KB012205

Goodend TOHKA

SpiritNo.10 if
AstralDress—PrincessType Weapon—ThroneType [Sandalphon]

DATE

데이트

22

토카 굿엔드　하

A

어

LIVE

라이브

정체불명의 정령— 〈비스트〉

"고양(高揚). 귀공의 힘,
이 두 눈으로 똑똑히 보았노라.
그 검에 관한 것도 지금은 묻지 않으마.
─조금 전의 결례는
오의의 공개를 통해 씻어낼까 하노라."

정령─카자마치 야마이

"─자, 네 세계에 관한 이야기를 들려줘."

"그래─ 그 대신, 네 이야기도 들려다오.
솔직히 말해, 매우 흥미롭다."

"4월, 10일⋯⋯인가."
대학생— 이츠카 시도

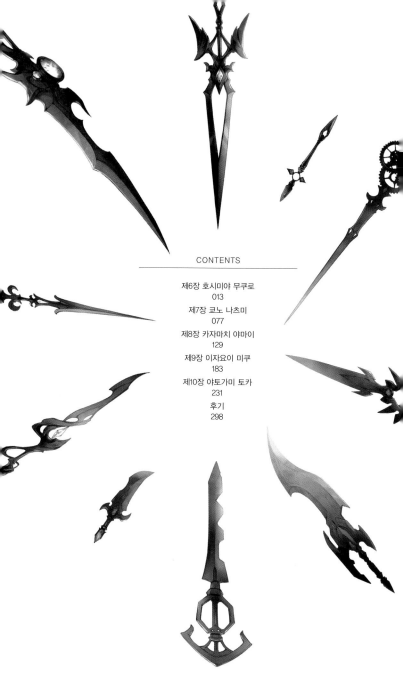

CONTENTS

DATE

데이트

A

어

LIVE

라이브

22

글 : **타치바나 코우시**
그림 : **츠나코**
옮긴이 : **이승원**

THE SPIRIT
정령(精靈)

인계(隣界)에 존재하는 특수 재해 지정 생명체. 발생 요인, 존재 이유 둘 다 불명.
이쪽 세계에 모습을 드러낼 때, 공간진(空間震)을 발생시켜 주위에 심각한 피해를 끼친다.
또한, 엄청난 전투 능력을 보유하고 있음.

WAYS OF COPING1
대처법1

무력을 통한 섬멸.
단, 위에서 말했듯 매우 강대한 전투 능력을 보유하고 있기 때문에 달성 가능성이 극도로 낮음.

WAYS OF COPING2
대처법2

——데이트를 해서, 반하게 만든다.

토카 굿엔드 하

Goodend TOHKA

SpiritNo.10
AstralDress-PrincessType
Weapon-ThroneType[Sandalphon]

제6장 호시미야 무쿠로

　얼마 전, 나리가 머리카락을 잘라줬느니라.

　엄밀하게 따지자면 다듬어줬다고 해야 할까.

　나리가 쥔 가위가 경쾌한 소리를 낼 때마다, 무쿠의 머리카락은 발치에 떨어졌느니라.

　그것은 참 불가사의한 느낌이었다.

　몇 년 동안, 머리카락을 자른 적이 없었기에…….

　머리카락에는 지층처럼 무쿠의 과거가 새겨져 있느니라. 즐거웠던 일, 괴로웠던 일, 그런 많은 것들이 머리카락에 담겨 있지.

　물론 머리카락을 자른다고 그 모든 것을 버린다 할 수는 없겠지만…… 얼마 전의 무쿠였다면 농담이 아니라 진심으로 그렇게 생각했느니라. 머리카락에 매달리고, 머리카락에 집착하며, 머리카락을 잃는 것을 과도하게 두려워했지.

무쿠가 머리카락을 자를 결심을 한 건, 다름 아닌 나리 덕분이니라.

머리카락을 잘라도 잃지 않을 명확한 것을, 느꼈기 때문이다.

무슨 일이 있어도 무쿠를 따뜻이 맞이해주는, 가족.

함께 웃고, 함께 우는, 벗.

그들을 얻은 순간, 무쿠는 새로운 무쿠가 됐느니라.

머리카락에 집착하지 않더라도, 앞으로 나아갈 힘을 얻었느니라.

이발을 마친 후, 거울 앞에 섰다.

나리는 무쿠가 세계 제일의 미녀라고 칭찬해줬느니라.

흠, 뻔한 겉치레지만 기분이 나쁘지는 않구나. 기쁘게 받아주마.

하지만 바로 그때, 무쿠는 문득 생각했느니라.

단 한순간이기는 하지만, 떨쳐낸 줄 알았던 마음을 다시 품고 말았지.

—나리가 칭찬해준 이 새로운 모습, 한순간이라도 좋으니 언니에게 보여주고 싶다는 마음을······.

사람이 발을 멈추는데, 꼭 벽이 필요한 것은 아니다.

사람의 몸을 옭아매는데, 꼭 사슬이 필요한 것은 아니다.

—그것을 증명하듯, 그 소녀는 그저 존재하는 것만으로 이 자리에 있는 이들의 발걸음을 멈추게 했고, 몸을 옭아맸다.

"—아, 아아— 아아아아아아아아아아—."

　마치, 천둥과도 같은…….

　기나긴 포효가 주위의 공기를 뒤흔들었다.

　거기에 맞춘 것처럼 그녀의 머리카락이— 원래 있던 색깔이 전부 빠져버린 듯한 그 머리카락이 희미하게 떨렸다.

　그 머리카락은 그녀의 존재 자체를 가리키는 것만 같았다. 비유를 들자면, 고목(枯木)이었다. 말라비틀어지며 빛바랜 나뭇가지가 바람에 흔들리듯 떨리더니, 얼마 안 남은 잎사귀 같은 머리카락이 흔들리고 있는 것만 같았다.

　그런 머리카락 사이로 보이는 얼굴과 두 눈에서도 생기는 느껴지지 않았다. 유리구슬 같은 눈에 비친 것은 환희나 향락이 아니거니와, 적의나 살의도 아니었으며, 그저 공허한 색만을 머금고 있었다.

　그런 소녀가 짊어진 열 개의 검은 각각 기묘한 압력을 뿜고 있지만, 딱히 그것을 과시하고 있는 것 같지도 않았다. 오히려 부상을 입은 짐승이 투박한 구속장치에 의해 억지로 일으켜 세워져 있는 듯한 안타까운 느낌마저 감돌았다.

　—식별명 〈비스트〉.

　정령이 사라진 세계에 나타난, 존재할 리가 없는 정령.

그것이, 이름 없는 그녀에게 주어진 일시적인 이름이었다.

"어…… 어……."

주위에서 당황으로 가득 찬 목소리가 들렸다.

하지만, 그것도 무리는 아니었다.

그녀가 나타난 곳은 바로 지상 15000미터에 떠있는 공중함, 〈프락시너스〉의 한가운데에 위치한 브리핑 룸이었던 것이다.

공중함. 그것은 견고한 외벽과 불가시막(인비지블)에 의해 지켜지고 있는 기계로 된 견고한 성. 천공의 패왕이 자리한 지고의 옥좌. 그 누구의 손도 닿지 않고, 그 누구도 침범할 수 없는, 절대적인 공간이다.

하지만 그 소녀는 너무나도 간단히 이 성역에 발을 들였다.

외벽을 뚫지도, 주위에 전개된 임의영역(테리터리)을 부수지도 않고, 허공에 만들어낸 『구멍』을 통해 모습을 드러낸다고 하는 비상식적인 방법으로 말이다.

현재 브리핑 룸에는 시도와 원래 정령이었던 소녀들, 그리고 〈프락시너스〉의 AI인 마리아, 이렇게 열두 명이 있었다. 그리고 그들은 정령 〈비스트〉 대책회의를 이곳에 모였던 것이다.

일제히 표정이 굳어진 그들의 시선은 〈비스트〉를 향하고 있었다.

느닷없이 눈앞에 절대적인 힘을 지닌 포식자가 나타난 것이다. 본능적으로 전율하며 온몸이 굳어버리는 것도 무리는 아니었다.

하지만—.

"……좀 미안한걸. 이런 곳까지 마중을 오게 했잖아."

시도는 농담 투로 그렇게 말하면서 한걸음 내디뎠다.

"어— 시도—."

"—쉿."

시도의 행동에 다들 당황하며 입을 열려고 했지만, 새된 목소리가 그녀들을 제지했다.

그 목소리가 들린 곳을 향해 고개를 돌리자, 진홍색 군복 차림에 검은색과 흰색 리본으로 머리카락을 양쪽으로 나눠묶은 소녀의 모습이 눈에 들어왔다.

—이츠카 코토리. 시도의 여동생이자, 이 〈프락시너스〉의 함장이다. 그녀의 표정에는 시도에 대한 확고한 신뢰가 어려 있었다.

시도는 자신의 의도를 눈치채준 여동생에게 마음속으로 감사한 후, 〈비스트〉의 공허한 눈을 똑바로 쳐다보며 서서히 다가갔다.

〈비스트〉가 무섭지 않다면 거짓말이리라. 그것도 그럴 것이, 지금 시도의 눈앞에는 눈 깜짝할 사이에 자신의 목을 벨 수 있는 존재가 서있는 것이다. 게다가 지금의 시도에게는 정령의 가호가 없다. 그녀에게는 시도를 해칠 생각이 없더라도, 〈비스트〉의 가벼운 장난질에 시도가 목숨을 잃을 가능성이 충분히 있다.

하지만 시도는 걸음을 멈추지 않았다.

그녀의 힘이 무시무시하다는 것은 잘 알고 있다. 하지만 시도는— 그녀와 대화를 나누고 싶다는 생각을 하고 말았다.

그녀의 정체는 대체 무엇인가.

그녀의 목적은 무엇인가.

이렇게 엄청난 힘을 지녔으면서— 왜, 비통함에 젖은 목소리로 울부짖는 것인가.

그 이유를, 알고 싶다.

그리고, 자신이 도울 일이 있다면 돕고 싶다.

그녀가 정령의 힘을 지녔기 때문이 아니라…….

그저— 그녀를 구해주고 싶다고, 생각한 것이다.

"그건 그렇고, 용케 여기를 알아냈네. 게다가 방금 그 검은 마치—."

"—네, 놈……은……."

시도의 말을 끊듯…….

〈비스트〉가 쉰 목소리로 그렇게 말했다.

"……읍!"

희미한— 하마터면 듣지 못했을 만큼 작디작은 목소리였다.

하지만 이 소녀가 명확한 자아를 지녔다는 것이 증명되자, 다른 소녀들이 숨을 삼키는 소리가 들렸다.

하지만 〈비스트〉는 그녀들을 개의치 않으며, 그저 시도를 노려보면서 말을 이었다.

"……네놈은, 뭐냐. ……왜, 나는…… 여기에 있는 거지?"

그것은 시도를 향한 질문이 아니라, 자기 자신을 향한 질문처럼 느껴졌다. 당황. 자신에게 일어난 행동의 의미를 모르는

데서 비롯된 망설임. 그녀가 몸에 두른 위태로운 분위기에서, 미세하지만 그런 느낌이 감돌았다.

"네놈의 잔향을 쫓아온, 건가……? 왜……? 나는…… 네놈에게…… 대체…… 나는— 나, 는……."

"……아! 진짜로 나를 만나러 와준 거야?"

"아, 아, 아…………아아아아아아아아아아아아아——!!"

다음 순간이었다.

〈비스트〉가 비명 같은 포효를 지르더니, 시도를 향해 오른 손을 휘둘렀다.

"——윽!"

그 손의 주위에는 각각의 손가락과 연동된 듯한 다섯 개의 칼날이 떠있었다. 그것은 짐승의 손톱을 연상케 했다. 시도는 이 갑작스러운 일에 반응하지 못한 채, 그 공격을 맞고—.

"—나리!"

"우왓?!"

하지만 바로 그때, 누군가가 옷을 잡아당긴 바람에 시도는 뒤편으로 쓰러졌다.

그와 동시에 다섯 줄기의 공격이 허공을 찢더니, 브리핑 룸의 벽에 깊은 흠집을 남겼다.

폭음. 온갖 정밀기기가 탑재된 이 배의 내벽이 파괴되자, 불꽃과 연기가 뿜어져 나왔다. 빙금 충격 닷인지 배가 흔들렸다.

"아……!"

"우왓?!

그 진동 탓에 균형을 잃은 소녀들이 엉덩방아를 찧었다.

하지만 그 덕분에 〈비스트〉 때문에 굳어버렸던 발을 움직일 수 있게 된 것 같았다. 다들 〈비스트〉와 슬금슬금 거리를 벌리고 있었다.

다음 순간, 시도의 등에서 땀이 배어나왔다. 그는 방금 자신을 잡아당겨준 소녀를 쳐다보았다.

"더, 덕분에 살았어, 무쿠로."

"음…… 하마터면 큰일 날 뻔 했느니라."

머리카락을 경단 모양으로 묶은 조그마한 체구의 소녀가 안도의 한숨을 토하며 그렇게 말했다.

호시미야 무쿠로. 그녀 또한 과거에 정령이었던 소녀 중 한 명이다. 그녀가 〈비스트〉의 움직임을 누구보다 먼저 눈치채지 못했다면, 지금쯤 시도의 상반신은 갈가리 찢겨나갔을 것이 틀림없다.

하지만 지금은 목숨을 건진 것을 기뻐하고 있을 때가 아니었다. 〈비스트〉의 일격에 의해 손상된 배의 내벽에서 연기가 피어올랐고, 스피커에서는 격렬한 긴급사태 통보가 터져 나오고 있었다. 그리고 무엇보다, 〈비스트〉가 아직 배 안에 있는 것이다. 위기적 상황이란 점에는 의심할 여지가 없다.

바로 그때, 맑고 차분한 목소리가 들려왔다.

"─함내에서의 폭발을 확인. 즉시 소화활동에 들어가겠습니다. 승무원은 서둘러 피난해 주세요."

그 목소리의 주인은 그렇게 말하면서 손을 과장스럽게 들어올렸다. 그러자 방 곳곳에서 기계 팔이 튀어나오더니, 불타고 있는 내벽을 향해 소화제를 뿌렸다.

마치 그녀가 뜻대로 이 배의 설비를 조종하고 있는 듯한 광경이었다. 하지만 그것도 당연했다. 그녀의 이름은 마리아. 이 〈프락시너스〉의 AI가 조종하고 있는 대인용 인터페이스 보디다.

"마리아, 피해 상황은 어때?!"

코토리는 연기에서 벗어나려는 듯이 몸을 낮추면서 물었다. 그러자 마리아는 코토리를 따라하듯 무릎을 굽히면서 말했다. 물론 그녀의 몸은 연기 안에 있더라도 문제될 것이 없지만, 그녀 나름대로 추구하는 바가 있는 것 같았다.

"경미—하다고는 볼 수 없지만, 가동 자체에는 문제가 없습니다. 단—."

"······단?"

"어디까지나 그녀가 이제부터 얌전히 있어준다는 가정 하에서의 이야기죠."

마리아가 담담한 목소리가 그렇게 말한 순간, 연기로 뒤덮인 이 방의 천장 쪽에서 또 폭발음이 들렸다.

"꺄아······!"

"—아아아아아아아아아아—!!"

귀를 먹먹하게 하는 포효가 브리핑 룸에 울려 퍼졌다. 아무래도 〈미스드〉가 불꽃에서 뿜어져 나오는 검은 연기와 소화제로 인해 발생한 하얀 연기를 걷어내기 위해 또 『손톱』을 휘두른 것 같았다.

농밀한 연기 너머에서 금속이 우그러드는 듯한 파괴음, 그리고 간헐적인 폭발음이 들려왔다. 그때마다 〈프락시너스〉의 거대한 함체가 크게 진동했다.

"꺄아아아아앗! 추, 추락하겠어어어엇?! 어떻게 좀 해봐, 마리에모오오오옹?! 네 몸뚱이잖아?!"

함교 바닥에 넙죽 엎드린 안경 쓴 여성이 울먹거리며 비명을 질렀다. ─혼죠 니아. 그녀 또한 원래 정령이었던 소녀 중 한 명이다.

그 한심한 모습을 본 마리아는 연민과 모멸이 뒤섞인 듯한 눈길로 그녀를 쳐다보았다.

"거 되게 시끄럽군요, 니아. 연장자답게 행동해 줄 수는 없는 건가요?"

"어쩔 수 없잖아아아아아아!"

니아의 비명에 반응한 건지, 〈비스트〉가 또 『손톱』을 휘둘렀다. 그 공격은 니아의 머리 바로 위편을 가르고 지나갔다. 얼굴이 새파랗게 질린 니아는 양손으로 입을 막으며 침묵에 잠겼다.

하지만 사태는 전혀 호전되지 않았다. 〈비스트〉는 여전히 간헐적으로 포효를 지르면서 배를 파괴하고 있었다. 이대로 있다간 아무리 테리터리로 함체를 유지하는 공중함일지라도, 추락을 피할 수 없을 것이다.

"큭……."

그런 생각이 뇌리를 스친 시도는 인상을 찡그렸다. 〈프락시너스〉의 추락. 그것은 이 배에 탑승한 이들 전원의 죽음을 가리켰다.

승무원들은 물론이고, 영력을 잃은 원래 정령이었던 소녀들도 예외는 아니다. 한시라도 빨리 〈비스트〉를 다른 곳으로 유인하지 않았다간, 피할 수 없는 죽음이 찾아올 것이다.

게다가 문제는 그것만이 아니다. 〈비스트〉에게는 공간에 『구멍』을 내는 검이 있다. 어떤 방법으로 그녀를 배 밖으로 쫓아내더라도, 다시 이 자리에 돌아온다면 아무런 의미도 없다.

"……큭!"

바로 그때였다. 〈비스트〉가 또 공격을 날린 바람에 브리핑 룸의 바닥이 파괴되고 말았다. 커다랗게 입을 벌린 구멍을 통해, 밖— 밤하늘의 풍경이 보였다.

〈프락시너스〉는 테리토리로 감싸인 공중함이기 때문에 기압의 차이에 의해 밖으로 빨려나가는 사태는 벌어지지 않았다. 하지만 이대로 파괴가 이어지다간, 시도 일행이 배 밖으로 내던져지는 것도 시간문제다. 한시라도 빨리 어떻게 해야—.

"——."

바로 그때, 시도는 작게 숨을 삼켰다.

이유는 단순했다. 머릿속에 어떤 생각이 떠올랐기 때문이다.

"……무쿠로."

망설인 것은 한순간에 불과했다. 시도는 〈비스트〉를 똑바로 쳐다보면서, 가장 가까운 곳에 있는 소녀의 이름을 불렀다.

그리고 시도를 지키려는 듯이 그의 몸을 잡고 있는 그녀의 손을, 살며시 치웠다.

"음⋯⋯? 나리, 왜 그러느냐?"

경보와 폭음이 울려 퍼지는 가운데, 무쿠로는 약간 불안한 표정으로 그렇게 말했다. 시도는 자세를 낮추더니, 다리에 힘을 주며 말을 이었다.

"—뒷일을⋯⋯ 부탁해!"

"뭐⋯⋯?!"

무쿠로가 당황한 목소리로 그렇게 외친 순간, 시도는 브리핑 룸의 바닥을 박찼다.

그리고 태클을 날리듯 〈비스트〉를 덮치더니, 그대로 그녀와 함께 바닥에 생긴 구멍으로 뛰어들었다.

〈비스트〉가 전투태세를 취하고 있었다면, 시도의 몸통 박치기 정도로 그녀의 자세를 무너뜨리는 건 무리였으리라. 하지만 농밀한 연기에 시야가 가려진 탓인지, 〈비스트〉는 시도의 포옹을 받아들이듯 뒤편으로 쓰러지고 말았다.

"미안하지만, 배가 더 망가지면 곤란하거든. —잠시 동안 나와 하늘 산책을 해줘야겠어⋯⋯!"

"아—아아—."

시도는 〈비스트〉의 신음을 들으며—— 밤하늘로, 추락했다.

"—나리——!"

뒤편에서 시도를 부르는 목소리가 희미하게 들린 것 같지만, 격렬한 풍압 때문에 제대로 들리지 않았다.

시도는 금방이라도 의식이 끊어질 것 같았지만, 〈비스트〉의 몸을 절대 놓지 않겠다는 듯이 양손에 힘을 줬다.

　—이것이 시도의 단순명쾌한 아이디어다. 그렇기 때문에 하늘로 다이빙하기 직전, 시도는 어떤 말을 남겼다.

　바로— 뒷일을 부탁해, 라는 말을…….

　"……나, 나리의 여동생! 마리아! 나리가 〈비스트〉를 끌어안고 뛰어내렸느니라!"

　무쿠로는 목까지 올라온 비명을 억누르면서, 코토리와 마리아에게 사태를 서둘러 전달했다.

　아직 머릿속이 혼란스럽다. 눈앞에서 시도가 사라졌다는 충격이, 무쿠로의 심장을 오그라들게 했다.

　하지만 충격에 사로잡힐 여유는 단 1초도 존재하지 않았다. 폭음과 경보, 그리고 농밀한 연기 탓에 이 자리에서 현재 상황을 정확하게 파악하고 있는 건 시도의 곁에 있었던 무쿠로뿐이었다. 그렇다면 한시라도 빨리 이 상황을 전하는 것이야말로, 시도의 말을 들은 무쿠로의 사명이다.

　"뭐?!"

　"—라, 라져. 테리터리 확대. 대상을 보호하겠어요."

　무쿠로의 말에 답하듯, 코토리와 마리아의 목소리가 들려왔다.

　그리고 다음 순간, 마리아의 목소리가 또 들려왔다.

　"……〈비스트〉의 저항 탓에 그녀에게서 떨어진 시도를 테리터리로 보호하는 데 성공했어요. 효과 지속 시간은 약 360초. 낙하 충격은 견딜 수 있겠죠. 하지만— 그 후의 안전은 보장할 수 없어요."

"아냐, 그 정도면 충분해. 잘했어, 마리아. —무쿠로도 고마워. 네가 없었다면 대응이 늦었을지도 몰라."

"아니…… 대수로운 일이 아니니라."

그 말은 겸손이 아니라, 회한으로 가득 찬 무쿠로의 본심이었다. 그녀는 어금니를 깨물며, 무력감에 사로잡혔다.

그렇다. 무쿠로가 할 수 있는 일이라고는 그런 것뿐이다.

만약 정령의 힘을 지녔다면, 직접 시도를 구할 수 있을 것이다. —아니, 그 이전에 시도가 아까처럼 위험한 일을 벌일 필요도 없었을 것이다.

"……."

거기까지 생각이 미친 순간, 무쿠로의 머릿속에 의문이 떠올랐다.

존재할 리가 없는 수수께끼의 정령 〈비스트〉. 그녀는 공간에 『구멍』을 뚫어서, 이 〈프락시너스〉 안으로 침입했다.

그렇다. 형태 자체는 다르지만, 이 힘은 무쿠로가 예전에 지니고 있었던 열쇠의 천사 〈봉해주(封解主)〉와 판박이였다.

그 정령은 무쿠로와 관련이 있는 걸까. 무쿠로와 연관이 있는 무언가가 시도를 궁지에 몰아넣은 걸까. 그렇게 생각하자, 무쿠로는 점점 호흡이 옅어지는 느낌이 들었다.

바로 그때—.

"—윽!"

무쿠로는 또 숨을 삼켰다.

무쿠로의 생각을 방해하려는 듯이, 새로운 경보가 들려온 것이다.

"무슨 일이야?!"

코토리는 고개를 들며 그렇게 외쳤다.

그러자 마리아는 미간을 찌푸리며 답했다.

"······나쁜 소식이에요. 〈비스트〉가 공중에서 날뛴 탓에, 두 사람의 낙하 예측 지점이 크게 어긋났어요. 이대로 가다간, 텐구 시의 시가지가 아니라 피난이 이뤄지지 않은 지역에 〈비스트〉가 추락할 거예요."

"뭐······."

코토리는 마리아의 말을 듣고 눈을 치켜떴지만, 곧 마음을 다스리려는 듯이 머리를 흔든 후, 지시를 내렸다.

"〈세계수의 잎〉 1번부터 11번까지 사출. 방어 효과가 떨어지기 전에 시도를 다시 테리터리로 감싸는 거야! 그 후, 시도와 〈비스트〉의 주위에 결계를 형성! 주민의 피난이 끝날 때까지 시간을 벌어!"

"라져—라고 말하고 싶지만, 그건 불가능해요."

"그게 무슨 소리야?"

마리아가 뜻밖의 말을 입에 담사, 코토리는 미간을 찌푸렸다.

그러자 마리아는 공중으로 손을 뻗어서 영상을 투영시켰다.

—간략화된 〈프락시너스〉의 실루엣이 표시됐다. 그리고 함체

곳곳에 붉은색 마크가 몇 개나 떠있었다.

"〈비스트〉의 아까 공격에 의해 센서 계열과 조작 계통이 심각한 피해를 입었어요. 〈위그드 폴리움〉의 원격 조작이 어려운 상황이에요."

"……윽!"

"뭐시라……?!"

코토리가 숨을 삼킨 순간, 무쿠로는 무심코 인상을 찡그렸다.

그것도 무리는 아니었다. 〈위그드 폴리움〉을 쓸 수 없다면, 지금으로부터 약 6분 후에는 시도가 방벽 하나 없이 저 흉포한 〈비스트〉 앞에 서게 된다는 것을 의미했다.

그리고, 그것이 의미하는 바는—.

"……윽."

무쿠로는 자신의 머릿속에 떠오른 최악의 상상을 억누르듯, 단정하게 자른 머리카락의 끝부분을 손가락에 휘감으며 움켜쥐었다.

◇

"……흠……."

—〈비스트〉가 텐구 시에 나타나기 몇 달 전.

시도는 희미하게 흔들리는 차량의 뒷좌석에 앉아서, 때때로 들려오는 목소리를 듣고 있었다.

그 목소리의 주인은 옆자리에 앉아있는 소녀— 호시미야 무쿠로다. 조그마한 체구와 앳된 느낌이 감도는 동안을 지녔지만, 무쿠로의 몸을 감싼 안전벨트는 그녀의 가슴을 옥죄지 못했다. 그것은 커다란 두 산 사이로 흐르는 계곡물 같아 보였다. ······솔직히 말해, 시도는 눈 둘 곳이 없었다.

하지만 지금은 그것보다 더 신경 쓰이는 일이 있었다. 무쿠로는 아까부터 안절부절 못하듯 한숨을 내쉬며, 단정하게 땋은 머리카락 끝을 만지작거리고 있었다.

긴— 너무나도 긴 머리카락이었다. 지금처럼 목덜미에 말지 않는다면, 아마 두 발로 지면에 서더라도 머리카락이 지면에 닿을 것이다.

"흐음······, 으음······."

무쿠로가 땋은 머리카락의 끝을 만지작거리더니, 사슬낫의 사슬을 투척하듯 던졌다. 그 모습을 본 시도는 쓴웃음을 머금으며 말을 건넸다.

"무쿠로, 괜찮아?"

"······읔! 음?"

시도가 말을 걸자, 무쿠로는 놀란 것처럼 눈을 동그랗게 떴다.

"뭐가 말이지?"

"그게, 아까부터 머리카락을 계속 만지작거렸잖아. 왠지 안절부절 못하는 것 같았거든."

"흠······."

무쿠로는 시도의 말을 듣더니, 자신의 손가락을 쳐다보았다.

"나리는 무쿠를 잘 살펴보고 있구나. 하지만 괜찮으니 신경 쓰지 말거르."

"르?"

"……."

시도가 고개를 갸웃거렸지만, 무쿠로는 자신의 말실수를 눈치채지 못한 채 다시 앞을 바라보며 머리카락을 만지작거렸다.

괜찮다는 사람에게 계속 지적을 하는 것도 좀 그럴 것 같았기에, 시도는 쓴웃음을 지으며 앞을 바라보았다.

그리고 어느 정도의 시간이 흘렀을까.

"나리, 나리."

"응? 왜 그래?"

무쿠로의 목소리를 듣고 고개를 돌려보니, 그녀는 머리카락 끝을 자신의 코밑에 대고 있었다.

"수염."

"푸읍?!"

그 갑작스러운 행동을 본 시도는 무심코 웃음을 터뜨렸다.

그리고 운전석에 앉아있는 〈라타토스크〉 기관원, 시이자키도 백미러로 그 모습을 본 건지 차가 가볍게 좌우로 흔들렸다.

"지, 진정해, 무쿠로. 너무 긴장할 필요 없어."

"음? 무쿠는 긴장 안했다만?"

"……."

명백한 거짓말이었다. ……아니, 무쿠로는 자각 못한 걸지도 모르지만, 그녀는 평소와 너무 달랐다. 눈은 불안한 듯이 흔들리고 있었고, 다리도 쉴 새 없이 떨리고 있었으며, 때때로 방금처럼 수수께끼의 개그를 했다.

……하지만 그것도 무리는 아닐지도 모른다.

왜냐하면 이 차는 지금— 무쿠로가 예전에 살았던 곳으로 향하고 있는 것이다.

"……음."

무쿠로는 다리가 떨리는 걸 막으려는 듯이, 무릎 위에 손을 얹었다.

자각을 한 건 아니지만, 시도의 반응을 보아하니 지금의 무쿠로는 약간 들떠 있는 것 같았다. 시도에게 걱정을 끼치고 싶지 않았기에, 무쿠로는 마음을 진정시키기 위해 심호흡을 했다.

하지만 지금 향하는 장소에 대해 생각하니, 그런 의지와 달리 마음이 더욱 크게 떨렸다.

"…………."

—〈라타토스크〉의 정보에 따르면, 무쿠로의 부모님과 언니는 아직 그 마을에 살고 있다고 한다.

부모님과 언니라고 부르지만, 그 사람들은 무쿠로와 피가 이어져 있지 않다.

고아인 무쿠로를 입양해준, 양부모님과 양언니다.

무쿠로에게 사랑을 가르쳐준, 소중한 이들…….

그리고— 무쿠로가 자신의 손으로 망가뜨리고 만, 자신이 있을 곳.

무쿠로는 수많은 추억과 후회가 가득 담겨 있는 그 장소에,
다시 발을 들이려 하고 있었다.

"⋯⋯무쿠로. 여기까지 와서 할 말은 아니지만, 혹시 내키지
않는다면 무리는ㅡ."

시도가 걱정스러운 눈길로 바라보며 그렇게 말했다. 하지만
무쿠로는 천천히 고개를 저었다.

"괜찮으니라. 지금의 무쿠에게는 나리가 있지 않느냐."

그렇다. 무쿠로는 이제 혼자가 아니다. 가족이 되자고 말해
준 시도가 있다. 자신과 마찬가지로 원래 정령이었던 벗들이
있다. 그렇기 때문에, 무쿠로는 오늘 자신의 과거와 마주하기
로 결심한 것이다.

ㅡ어릴 적, 의지할 곳 없었던 무쿠로는 호시미야 가문의 양
자가 됐다.

상냥한 부모님과, 사랑하는 언니. 멋진 가족에게 둘러싸여,
행복하기 그지없는 삶을 보냈다.

그런 삶에 문제가 생겼던 것인 언제일까⋯⋯ 언니가, 무쿠
로가 모르는 친구를 데려왔을 때였다.

딱히 별일은 아니다. 그저 언니가 친구를 데려왔을 뿐이다.
하지만 당시의 무쿠로에게는 그 친구가 자신이 사랑하는 언니
를 빼앗아갈 침략자처럼 보였다.

바로 그때, 무쿠로의 앞에 〈팬텀〉이 나타나서 무쿠로를 정
령으로 만들었다.

열쇠의 천사 〈미카엘〉의 힘을 얻은 무쿠로는 사람의 마음

을 뜻대로 조작해서 자기 주위의 세계를 고쳤다. 부모님이, 언니가, 자신만을 사랑하도록 바꾼 것이다.

하지만 힘의 행사가 정교하지 못했기에, 곧 언니와 부모님에게 들키고 말았다.

인지를 초월한 힘을 발휘하는 무쿠로를 본 그들이 보인 반응은— 공포, 그리고 거절이었다.

지금 생각해보면 무리도 아니었다. 자신의 여동생, 그리고 딸이라고 여겼던 소녀가 어느새 인간이 아닌 무언가로 변모한 것이다. 그들이 공포에 사로잡히는 게 당연했다.

하지만, 당시의 무쿠로는 그것을 견딜 수 없었다.

당시의 무쿠로에게는 가족이 전부였으며, 그런 가족에게 거절당한다는 건— 자신의 세계가 붕괴되는 것이나 다름없었다.

무쿠로는 〈미카엘〉로 언니와 부모님의 기억을 『잠근』 후, 그 누구의 손길도 닿지 않을 우주로 도망쳤다.

그리고 〈미카엘〉을 자신의 가슴에 찔러 넣어서 자신의 마음에 자물쇠를 채우고, 영원한 방황을 선택했다.

아무것도 생각하지 않고, 아무것도 느끼지 않으며, 아무것도 고찰하지 않는다.

그저 돌멩이처럼 지구 주위를 돌고 있을 뿐인, 아무 말도 하지 않는 존재가 된 것이다.

정말 제멋대로이고, 방자하며, 구제할 길 없는 정령. 그것이 바로 호시미야 무쿠로란 여자였다.

하지만— 그로부터 수 년 후. 그런 무쿠로를 찾아내서 손을 내밀어준, 그런 참견쟁이가 있었다.

그 사람이 바로 이츠카 시도. 지금의 무쿠로에게 있어, 새로운 가족이다.

"……그러니— 이제, 괜찮으니라. ……그 무엇을 보더라도 말이지."

"무쿠로……."

"눈썹."

"푸웁?!"

무쿠로가 머리카락 끝을 눈 위에 대면서 그렇게 중얼거리자, 시도는 크게 기침을 했다. 차 또한 좌우로 휘청거렸다.

"너, 너는 정말……."

"미안하구나. 농담 좀 해봤느니라."

무쿠로는 작게 웃으며 그렇게 말하더니, 주먹을 말아 쥐며 창밖을 쳐다보았다.

그리운 느낌이 감도는 경치가 왼쪽에서 오른쪽으로 흐르고 있었다. 이곳은 녹음이 우거진 교외의 주택가다. 단독주택이 드문드문 세워져 있었다.

"—이 근처에 세워주지 않겠느냐?"

차가 조그마한 언덕에 도착하자, 무쿠로는 그렇게 말했다. 운전석에 앉은 시이자키가 작게 대답을 하며 천천히 브레이크를 밟았다.

"여기면 될까요?"

"음."

그렇게 말한 무쿠로는 안전벨트를 풀더니, 차에서 내렸다. 그러자 시도도 뒤따라 차에서 내린 후, 무쿠로의 옆에 나란히 섰다.

"……어? 무쿠로의 집은 어디야?"

시도는 그렇게 말하며 주위를 둘러보았다. 그럴 만도 했다. 무쿠로가 차를 세우라고 말한 곳에는 집이 없었던 것이다.

"저기니라."

무쿠로는 짤막하게 대답한 후, 100미터 떨어진 위치에 있는 한 집을 손가락으로 가리켰다.

그런 동작에서도 긴장감이 느껴졌다. ―그리운 자신의 집. 손질이 잘 되어 있는 정원, 그리고 세월이 느껴지는 벽면, 진한 감색으로 된 지붕에는 채광창이 달려 있으며, 그곳을 통해 밖으로 나갈 수 있게 되어 있었다.

아아, 그렇다. 지금도 똑똑히 기억난다. 언니와 둘이서 지붕에 올라가 별을 바라봤던 어릴 적의 나날이…….

"―윽."

그 기억을 떠올리자, 집을 가리키는 손가락이 희미하게 떨렸다. 호흡이 흐트러지더니, 어깨에 두른 머리카락이 흔들렸다.

"……."

그것을 눈치챈 건지, 시도는 아무 말 없이 무쿠로의 어깨에 손을 얹었다. 그 따뜻한 감촉 덕분에, 무쿠로는 겨우 마음을 진정시켰다.

"……미안하구나, 나리. 각오는 되어있었다만……."

"괜찮아. 나도 비슷한 처지거든."

시도는 그렇게 말하며 웃음을 흘렸다. 그러고 보니 시도도 무쿠로와 마찬가지로 이츠카 가문의 양자가 된 고아였던 것이다. ―뭐, 시도의 경우는 좀 더 사정이 복잡하지만 말이다.

바로 그때였다―.

"……!"

무쿠로는 어깨를 부르르 떨더니, 시도를 향하고 있던 시선을 집 쪽으로 돌렸다.

―갑자기 집의 문이 열리더니, 거기서 세 사람이 걸어 나왔다.

한 사람은 쉰 정도로 보이는 남성이다. 그리고 다른 한 사람은 그 남성과 비슷한 나이로 보이는 상냥한 인상의 여성이다.

그리고 또 한 사람은― 20대 중반에 이목구비가 또렷하고 키가 큰 여성이었다.

"아―."

무쿠로의 목에서 낮은 목소리가 흘러나왔다.

틀림없다. 잘못 봤을 리가 없다.

다들 나이를 조금 먹기는 했지만, 저들은 틀림없는―.

과거에 무쿠로를 받아들여줬던, 부모님과 언니였다.

"아버님…… 어머님…… 언……니……."

휴일이기 때문일까. 다들 사복 차림으로 편하게 담소를 나누고 있었다.

아마 이제부터 쇼핑이라도 하러 가는 것이리라.

그 모습은 누가 봐도 행복한 가족 그 자체였다.

"—아…… 아, 아아……!"

그 모습을 본 순간…….

무쿠로는 작게 오열을 흘리며 무너지듯 주저앉았다.

"……아! 무쿠로! 괜찮아?!"

무쿠로의 갑작스러운 행동을 본 시도는 몸을 웅크리며 걱정스러운 목소리로 그렇게 말했다.

하지만, 멎지 않았다. 참을 수가 없었다. 두 눈에서 흘러나온 눈물이 방울져서 떨어지며 지면에 얼룩을 만들었다. 볼은 홍조를 띠었고, 코가 막혔으며, 목 깊숙한 곳에서 신음 같은 목소리가 흘러나왔다.

하지만 그것은 결코 통곡이라 불리는 것이 아니었다. 슬픔과 후회에서 비롯된 것은 아니었다.

그렇다. 지금 무쿠로의 폐부를 가득 채우고 있는 건—.

"…………다행이다……!"

—그런, 안도의 마음이다.

아아, 이렇게 부모님과 언니를 보고, 드디어 자각했다.

자신은— 무서웠다. 두려워서 견딜 수가 없었다.

몇 년 전, 천사의 권능에 의해 무쿠로에 관한 기억이 전부 『잠겨버린』 과거의 가족.

자신이 범했던 실수가, 사랑하는 가족에게 불행을 안겨주지는 않았나 싶어, 쭉 두려웠다.

코토리에게서 호시미야 가문 사람들이 지금 어떻게 지내는지를 듣고도, 완전히 우려를 떨쳐낼 수 없었다. 무쿠로의 기억에 존재하는 행복한 가족으로 되돌아갔을까.

"정말…… 다행이니라……."

"무쿠로……."

무쿠로의 말, 그리고 표정을 통해 그녀의 마음을 이해한 것이리라. 시도가 상냥히 등을 쓰다듬어줬다. 무쿠로는 손으로 더듬어 시도의 소매를 잡더니, 그것을 쥐어짜듯 꼭 움켜쥐었다.

"……무, 무쿠로 양, 시도 군! 서두르세요! 가속 분들이 외출할 거예요! 모처럼 만나러 왔잖아요!"

그런 무쿠로와 시도의 등 뒤에서 시이자키가 당황한 목소리로 그렇게 외쳤다.

그녀가 방금 말했다시피, 무쿠로의 부모님과 언니는 차고에 세워둔 차에 타려 하고 있었다. ―참고로 그 차는 언니가 운전하려는 것 같았다. 아아, 운전면허를 딴 건가, 하고 생각한 무쿠로는 불가사의한 감회에 사로잡혔다.

"괜찮느니라."

무쿠로는 숨을 고르더니, 손등으로 눈물을 닦으며 천천히 몸을 일으켰다.

"언니와 부모님은 행복하게 살고 있다. ……그것을 안 것만으로도, 충분하구나."

그리고 차에 탄 가족을 멀리서 지켜보며 말을 이었다.

"―저 단란함이 무쿠를 잊은 것에서 비롯됐다면, 어떻게 그것을 해칠 수 있겠느냐."

미오의 소멸과 함께, 모든 정령의 힘이 세상에서 사라졌다.

그리고 무쿠로가 지녔던 열쇠의 천사 〈미카엘〉도 예외는 아니었다.

하지만 코토리의 말에 따르면, 천사가 소멸했다고 해서 천사의 힘에 의해 뒤바뀐 것이 금세 원래대로 되돌아가는 건 아니라고 한다. 미쿠의 『목소리』에 조종을 당한 대중의 기억처럼, 무쿠로의 가족도 그녀를 잊은 채일 가능성이 큰 것이다.

하지만 그것은 사소한 계기만 있으면 그 자물쇠가 풀릴 가능성이 있다는 점을 의미하기도 했다. 예를 들어— 무쿠로와 대면한 순간, 가족들의 『잠겨 있던』 기억이 되살아날지도 모르는 것이다.

"그…… 그걸로, 괜찮겠어요?"

"—그게, 최선이니라."

무쿠로는 그렇게 말하더니, 멀어져 가는 가족의 차를 향해 손을 흔들었다.

그리고 차가 시야에서 사라질 때까지 바라본 후, 과장스럽게 숨을 들이마셨다.

"음—."

활력이 몸 구석구석까지 전해지는 느낌이 들었다. 무쿠로는 하늘을 올려다보려는 듯이 고개를 들더니, 단정하게 땋아서 어깨에 두른 머리카락을 풀면서 스텝을 밟듯 주위를 돌아다녔다.

—아름다운 금색 머리카락이 바람에 흩날렸고, 햇살을 받아서 찬란히 빛났다.

무쿠로에게 가장 소중한 것이, 언니가 아름답다고 칭찬해줬던 머리카락이⋯⋯.

"⋯⋯홋."

무쿠로는 자신의 시야 한구석에 비친 그것을 보더니, 표정을 풀면서 시도를 향해 고개를 돌렸다.

"저기, 나리. 뭐든 괜찮으니, 날붙이 같은 것은 없느냐?"

"뭐?"

시도는 눈을 동그랗게 뜨면서 잠시 생각에 잠기더니, 곧 차의 문을 열고 대시보드에서 조그마한 커터 칼을 꺼냈다.

"이런 건 있는데⋯⋯."

"그것이면 충분하니라."

무쿠로는 살며시 고개를 끄덕이며 그것을 넘겨받더니, 드르륵 하는 소리를 내며 칼날을 꺼낸 후—.

"—음."

긴 머리카락을 손으로 대충 움켜쥐더니, 그것을 단숨에 잘랐다.

"아⋯⋯."

"어엇?!"

시도와 시이자키는 경악하고 말았다.

무쿠로는 그런 두 사람의 표정이 웃긴지, 웃음을 흘렸다.

"왜 그렇게 놀라는 게지? 나리가 말했지 않느냐. 무쿠의 머리카락을 잘라주겠노라고 말이야."

"그, 그건⋯⋯ 그렇지만⋯⋯. 괜찮겠어? 너무 대담한 것 같은데……."

"괜찮으니라."

무쿠로는 환한 표정으로 그렇게 말하더니, 가족이 멀어져간 방향을 응시했다.

"나리에게 머리카락을 잘라달라고 말하기는 했지만, 무쿠는 마음 한편으로 망설이고 있었느니라. ……하지만, 방금 가족들을 보고, 결심을 할 수 있었지."

새로운 무쿠로가 되겠다는 결의이자, 두 번 다시 가족 앞에 모습을 드러내지 않겠다는 각오.

그 의지를 표명하기 위한 행동으로, 이보다 적절한 것은 없으리라.

"─그렇구나."

시도는 잠시 동안 망설이는 듯한 표정을 지었지만, 곧 표정을 풀었다.

상냥한 시도는 가족과 만나지 않겠다는 무쿠로의 선택을 듣고, 나름 생각하는 바가 있는 걸지도 모른다. 하지만 그는 무쿠로의 의지를 존중해주려 하는 것이다.

짤막하기 그지없는 말이었다. 하지만 그 안에 담긴 그의 배려가 너무나도 기쁜 나머지, 무쿠로는 시도를 향해 미소를 지었다.

"흐음……. 하지만 직접 자르는 건 쉽지가 않구나. ─집에 돌아가면 다듬어주지 않겠느냐?"

무쿠로가 그렇게 말하자, 시도는 잠시 동안 어리둥절한 표정을 지은 후—.

"그래. 맡겨줘. 세계 제일의 미녀로 만들어줄게."

미소를 머금으며, 그렇게 대꾸했다.

◇

—심장이, 점점 격렬하게 뛰었다.

이마와 등에 땀이 배어나오더니, 목이 메말라가는 느낌이 엄습했다. 손가락 끝이 떨렸고, 두 발로 서있는 것 자체가 곤란할 지경이었다.

시도가, 무쿠로의 가족이, 위험에 처해 있다. 그런 생각을 하기만 해도, 무쿠로는 가만히 있을 수가 없었다.

"큭……!"

무쿠로는 반쯤 무의식적으로 브리핑 룸의 바닥을 걷어찼다.

"—무쿠로?!"

코토리의 목소리가 등 뒤에서 들려왔다. 하지만 무쿠로는 개의치 않으며 브리핑 룸의 출입구로 향했다.

하지만 무쿠로가 방을 나서기 직전, 한 소녀가 그녀를 막아섰다. 마치 무쿠로의 행동을 예측하고 있었던 것처럼 말이다.

"무쿠로 양, 어디 가시는 거죠?"

그 소녀는 궁지나 다름없는 이 상황에서 부자연스럽게 들릴 만큼 차분한 어조로 그렇게 말했다. 윤기 넘치는 검은 머리카락과 도자기처럼 하얀 피부. 그리고 시원시원한 느낌의 눈빛에서는 나이에 걸맞지 않은 요염함이 배어나오고 있었다.

토키사키 쿠루미. 원래 정령이었던 소녀 중 한 명이자, 한때 최악의 정령이라 불렸던 존재다.

"……뻔하지 않느냐. 함교로 갈 것이니라. 해당 지점에 도달하면, 그곳에 있는 전송 장치로 지상에 보내달라고 할 생각이다."

"뭐……."

무쿠로가 그렇게 말하자, 등 뒤에서 당혹스러운 목소리가 들렸다. 하지만 쿠루미는 딱히 놀라지 않은 듯이 눈을 가늘게 뜨기만 했다.

"심정은 이해하지만, 지금의 당신이 무엇을 할 수 있죠? 아무런 준비 없이 나서봤자 〈비스트〉에게 당할 뿐일 거랍니다."

"……상관없느니라. 무쿠가 주의를 끌어서 나리에게 단 한 순간의 유예라도 생긴다면, 나리가 〈비스트〉를 막을 가능성이 눈곱만큼이라도 커진다면……. 그 정도면 이 목숨을 내놓을 가치로는 충분하지."

"어머, 어머……."

쿠루미는 손가락으로 턱을 매만지면서 장난스럽게 고개를 갸웃거렸다. 그런 쿠루미의 태도를 보고 약간 짜증이 난 무쿠로는 그녀를 옆으로 밀쳐내며 걸음을 옮기려 했다.

"말리시 말거라. 쿠루미. 무쿠는—."

"말릴 거랍니다. 귀중한 전력을 허비할 수는 없으니까 말이죠. 안 그런가요— 오리가미 양?"

"음……?"

쿠루미가 뜻밖의 말을 입에 담자, 무쿠로는 눈을 동그랗게 떴다.

그리고 쿠루미가 방금 한 말에 답하듯, 다른 소녀가 걸음을 내디뎠다. 어깨 언저리까지 기른 머리카락, 무표정한 얼굴을 지닌 소녀였다. ─그녀는 바로 전직 AST이자 시도의 클래스메이트인 토비이치 오리가미다.

오리가미는 냉철한 표정을 유지한 채, 눈 속 깊은 곳에 명확한 의지의 빛을 머금으며 무쿠로의 눈을 지그시 응시했다.

"─그 정도로 각오가 되어 있다면, 방법이 딱 하나 있어."

"방법⋯⋯?"

무쿠로는 미간을 미세하게 찌푸리며, 그렇게 되물었다.

◇

"─으음⋯⋯."

심야. 노동기준법을 아무렇지 않게 무시하는 회사, 그리고 퇴근 후의 술자리에서 해방되어 귀가하고 있던 아사히는 갑자기 기지개를 켰다.

등이 약간 뻐근했고, 어깨에서 둔탁한 소리가 났다. 아직 20대 중반인데도, 몸이 상당히 굳은 것 같았다. 아사히는 자조 섞인 웃음을 흘리며 하늘을 올려다보았다.

수많은 별이 하늘을 수놓⋯⋯고 있지는 않았지만, 드문드문 별이 보이기는 했다. 그 별의 희미한 빛을 위로 삼으며, 그녀는 숨을 내쉬었다. 솔직히 말하면 별이 더 많이 보였으면 좋겠지만, 도심의 시꺼먼 하늘보다는 그나마 나았다.

아사히는 옛날부터 별을 좋아했다.

왜냐고 묻는다면 답을 할 수 없었다. 철이 들었을 즈음에 하늘을 수놓은 그 찬란한 빛에 마음을 빼앗긴 적이 없는 사람이 있다면 가르쳐줬으면 할 지경이다. —뭐, 어쩌면 자신의 이름과도 연관이 있을지도 모른다.

"……왠지, 오래간만이네."

문득 입술 사이로 그런 말이 흘러나왔다.

딱히 그 말을 들려줄 상대가 있는 건 아니다. 한밤중인지라 집으로 이어지는 이 길은 정적에 휩싸여 있으며, 아사히 말고는 아무도 없었다.

그저, 약간의 감회에 젖어들었을 뿐이다. —별을 바라볼 기회가 꽤나 줄고 말았다. 학생 시절에는 매일 같이 본가의 지붕에 올라가서, 천체 관측 흉내를 냈던 것이다.

그 시절의 꿈은 천문학자가 되는 것이었다. 별의 위치를 손가락으로 가리키고, 별자리를 그리며, 의기양양한 목소리로 그 꿈을 이야기했다—.

"어라?"

바로 그때, 아사히는 고개를 갸웃거렸다.

별을 바라보며 꿈을 이야기했다. 그건 틀림없다. 하지만, 누구에게 이야기를 했는지 생각이 나지 않았다.

친구였을까, 어머니였을까, 혹은 여동생이었을까…… 그런 생각을 하던 아사히는 고개를 저었다. 만약 여동생이 있었다면 분명 그랬을 테지만, 유감스럽게도 아사히는 옛날부터 외동딸이었다.

"……."

뭐, 옛날 기억이란 원래 애매모호한 것이리라. 아사히는 머릿속으로 그렇게 결론을 내린 후, 어깨를 살짝 으쓱했다.

―그리고…….

"어?"

바로 그때였다. 찬란히 빛나는 무언가가 아사히의 시야에 비쳤다.

"어, 혹시 별똥별일까?"

아사히는 서둘러 고개를 들더니, 초점을 맞추기 위해 눈을 가늘게 떴다.

그러자, 시꺼먼 밤하늘에 빛의 궤적을 그리고 있는 무언가가 눈에 들어왔다.

하지만― 뭔가 이상했다. 보통은 순식간에 사라져야 할 별똥별의 빛이 서서히 강해지고 있는 것처럼 보였다.

그렇다. 마치, 점점 자신에게 다가오고 있는 것처럼―.

"――윽?!"

다음 순간…….

시야가 빛에 휩싸이나 싶더니, 엄청난 충격파가 아사히를 덮쳤다.

◇

　―폭음과 섬광이, 감각기관을 유린했다.

　"크윽……!"

　그와 동시에 엄청난 충격을 몸으로 느낀 시도가 무심코 낮은 신음을 흘렸다.

　둔탁한 고통이 온몸을 휘감았다. 시야가 번쩍거리고 있었다. 조금이라도 긴장을 풀었다간 의식이 끊어질 것만 같았다.

　하지만 시도는 강인한 의지로 그 모든 것을 견뎠다. 어금니가 깨질 정도로 이를 악물면서 몸을 일으켰다.

　아마 2년 전의 시도였다면 견뎌내지 못했을 것이다. 하지만 여러 정령, 그리고 마술사와 대치하며 인지를 초월한 힘을 사용했던 시도에게는 지금 이 상태조차도 『최악』은 아니었다.

　의식이 있다. 앞이 보인다. 손발이 움직인다. 내장 또한 치명적인 손상은― 아마, 입지 않았다.

　그렇다면, 충분하다. 시도가 하려는 건 투쟁이 아니다. 지금 이 자리에서 그가 원하는 것은 상대를 쓰러뜨릴 폭력이 아니라, 말을 속삭이고 포옹을 나누기 위한 친애의 표현이다.

　그렇다. 대미지가 **이 정도**로 그쳐서 다행이다. 시도는 마음속으로 감사했다.

　현재 그의 몸은 눈에 보이지 않는 막 같은 것에 감싸여 있었다. ―테리터리. 현현장치로 형성된, 초현실적인 결계다. 무쿠로가 마리아와 다른 이들에게 시도의 뜻을 전해준 것 같았다.

그것도 그럴 것이, 시도는 고도 15000미터에서 자유낙하를 한 것이다. 만약 이 결계가 없었다면, 시도의 몸은 갈가리 찢겨졌어도 이상할 것이 없다.

하지만 이제 시작이다. 시도는 천천히 숨을 고른 후, 고개를 들었다.

주위에는 텐구 시가 아니라 다른 마을의 밤 풍경이 펼쳐져 있었다. 아무래도 〈비스트〉가 공중에서 날뛴 바람에 낙하 위치가 어긋난 것 같았다. 게다가 〈비스트〉와 시도의 추락에 의해 발생한 충격파 때문에 지면에는 커다란 구덩이가 생겼다. 포장된 도로는 함몰됐고, 가로등이 꺾인 채로 스파크를 튀기고 있었다.

그리고, 그 한가운데에는—.

"————아, 아아——."

달빛을 받으며, 그 소녀가 서 있었다.

〈비스트〉. 이 세상에 유일하게 존재하는, 정령.

"……좋아."

그 모습을 본 시도는 주먹을 말아 쥐었다. —자신의 직감이 빗나가지 않았다는 것을 확신했다.

〈비스트〉는 무쿠로의 〈미카엘〉처럼, 공간을 초월하는 검을 지녔다. 그것을 쓴다면, 제아무리 〈프락시너스〉와 거리를 벌리더라도 의미가 없다.

하지만 함내에서 〈비스트〉가 한 말을 듣고, 시도의 머릿속에 어떤 가능성이 떠올랐다.

그렇다. 다름 아닌, 시도의 존재다.

이유는 모르겠지만, 아무래도 〈비스트〉는 시도를 쫓아서 〈프라시너스〉에 온 것 같았다. 그렇다면 시도가 함께 배 밖으로 나간다면, 〈프라시너스〉를 노리지 않을 거라고 생각했다.

어쩌면 그것은 그리움이나 흥미 같은 멋진 이유가 아니라, 그저 사냥감을 놓치지 않으려는 집념에서 비롯된 행동일지도 모르지만— 그렇더라도 상관없다.

그것이 친애의 정이 아닐지라도, 시도가 사냥감으로서『특별』하다면 충분히 의미가 있다.

왜냐하면, 적어도 그녀가『집착』이란 감정을 지녔다는 것을 의미하는 것이다.

"네, 놈……."

아지랑이처럼 몸을 흔들며, 〈비스트〉는 시도를 노려보았다. 시도는 마음을 진정시키기 위해 숨을 토한 후, 상대를 꿰뚫는 듯한 시선을 마주 바라보며 입을 열었다.

"나를 네놈, 이라고 부르지 말아주겠어? 내 이름은 이츠카 시도야. —잘 부탁해."

"……이……츠카……, 시, 도……?"

〈비스트〉는 갈라진 목소리로 시도의 이름을 입에 담더니—.

"……크, 아, 아, 아, 아, 아, 아, 아————."

강렬한 두통을 느끼는 것처럼 머리를 감싸 쥐더니, 신음에 가까운 고함을 질렀다.

"……어, 괘, 괜찮—"

"아…… 아아아아아아—!!"

시도는 갑자기 괴로워하는 〈비스트〉가 걱정되어서 다가가려 했지만, 〈비스트〉는 그의 접근을 허용할 생각이 없는 것 같았다. 포효를 지르면서 등에 짊어진 검중에서 왼쪽 구석에 있는 검을 휘둘렀다.

그 순간, 검의 칼날이 찬란히 빛나면서 뿜어져 나온 몇 줄기 광선이 주위를 파괴했다.

"큭……!!"

시도는 지면을 박차면서 옆으로 몸을 날렸다. 아무리 테리터리로 보호를 받고 있다 할지라도, 천사의 공격을 정통으로 맞을 수는 없다.

그러자—.

"아니……."

그 순간, 시도는 눈치챘다.

시도와 〈비스트〉가 낙하하고 얼마 지나지 않아, 격렬한 사이렌 소리가 이 주위를 가득 채웠다는 사실을…….

"비(非) 피난지역……!"

시도는 쥐어짜낸 듯한 목소리로 그렇게 말했다.

그렇다. 〈비스트〉가 나타난 텐구 시내에는 공간진 경보가 발령되어 있지만, 이 지역에는 아직 피난이 이뤄지지 않은 것 같았다.

다행히 시도 일행이 낙하한 장소는 주거지가 아니었지만, 주위에는 창문에서 빛이 흘러나오고 있는 건물이 드문드문 있었다. 이대로 〈비스트〉가 날뛴다면, 상당한 피해가 발생하고 말 것이다.

"큭……!"

시도는 인상을 찡그리더니, 〈비스트〉를 쳐다보며 생각했다. ─자기 혼자라면 어떻게든 될 거라고 생각했다. 하지만 이렇게 되면 이야기가 달라진다. 일반인이 피해를 입게 할 수는 없다. 보아하니 이곳은 교외다. 사람들이 그렇게 많지는 않은 것이다. 하지만 지금은 한밤중이다. 낮보다 피난에 시간이 걸릴 것이다. 이 주위에서 사람이 없어지는 데는 대체 몇 분이나 걸릴까? 그때까지 〈비스트〉를 막을 수 있을까? 아니, 막는 게 아니다. 공략해야 한다. 다른 방법은─.

"─아아아아아아아아아아앗!!"

시도의 생각을 방해하듯, 〈비스트〉가 울부짖었다. 그와 동시에 그녀의 검에서 또 무수한 광선이 뿜어져 나왔다.

생각에 잠겨 있던 시도의 몸은 즉시 반응하지 못했다. 새하얀 빛이 밤하늘을 찢으며 시도의 어깨에 명중했다.

"큭……!!"

충격. 시도의 몸을 감싸고 있던 테리터리가 그것에 반응하더니, 명중한 부위에 집중되어 강도를 상승시켰다.

그 덕분에 시도의 팔은 떨어져 나가지 않았지만─ 테리터리는 방금 충격을 견뎌내지 못한 것 같았다. 시도를 지키던 눈에 보이지 않는 결계가 소리 없이 흩어지고 말았다.

그것은 『다음』은 없다는 의미였다.

"……큭!"

하지만 시도는 도망칠 수 없었다. 지금 〈비스트〉의 눈앞에서 시도라는 목표를 대피시킬 수는 없는 것이다. 만약 그녀가 무차별적으로 날뛴다면, 피난하지 못한 이 인근의 주민들이 피해를 입으리라.

그래서 시도는 다시 각오를 다졌다. 발에 힘을 주며 양손을 들어 올린 후, 목청껏 절규를 토했다.

"─나는! 너에 대해 알고 싶어! 너는 대체 누구야?! 네가 원하는 건 뭐야?! 나는 너와 적대할 생각이 없어! 그저 너와, 이야기를 나누고 싶을 뿐이야!"

"─────, ─────."

시도가 그렇게 외치자, 〈비스트〉는 희미하게 반응을 보였다.

하지만─ 그것이 전부였다.

"아아……!!"

〈비스트〉는 짤막한 목소리를 흘린 후, 손에 쥔 검을 휘둘렀다. 광선이 어둠을 찢으며, 시도를 향해 뻗어왔다.

"큭─."

시도는 충격에 대비해 몸을 굳혔다.

물론, 그런다고 해서 천사의 공격을 맨몸인 인간이 견뎌낼 수 있을 리가 없다. 하지만, 시도는 포기하지 않았다. 자신이 고른 선택지를 포기하려 하지 않았다.

─그랬기에, 시도는 똑똑히 봤다.

하늘에서 뻗어온 빛이, 〈비스트〉의 공격을 막는 광경을…….

"어⋯⋯?!"

혹시 운좋게 하늘에서 운석이라도 떨어진 걸까. 이 갑작스러운 일에 놀라 눈을 치켜뜬 시도는 고개를 들었다.

그러자, 희미하게 빛을 뿜고 있는 마름모꼴의 거대한 『잎』이 눈에 들어왔다.

〈위그드 폴리움〉. 〈프락시너스〉가 자랑하는 자율 가동 유닛이다. 아무래도 시도를 구해준 것은 기적이 아니라 〈프락시너스〉 같았다.

하지만 그것만이 아니었다. 하늘을 올려다보는 시도의 곁에, 조그마한 누군가가 내려섰다.

"—나리, 무사한 게냐?"

"으악! 무쿠로?! 여기에는 왜 온 거야?!"

이 자리에 나타난 소녀를 본 시도는 무심코 그렇게 외쳤다.

그렇다. 〈프락시너스〉의 안에 있어야 할 소녀, 무쿠로가 지상에 나타난 것이다.

—그런 그녀는 머리에 조그마한 헤드셋 같은 것을 쓰고 있었다.

"음. 〈프락시너스〉가 파괴된 영향으로 〈위그드 폴리움〉의 조작이 불가능해졌느니라. —그래서 무쿠들이 〈위그드 폴리움〉의 『눈』이 되기 위해 이곳에 오게 됐지."

"뭐⋯⋯?!"

시도가 경악하며 그렇게 외친 순간, 그의 등 뒤에서 발소리가 들려왔다.

"……뭐, 어쩌다 보니 이렇게 됐어."

"크큭, 이 몸이 왔으니 걱정하지 말거라!"

"보조. 저희가 시도를 위해 길을 만들겠어요."

"정말~! 달링 혼자서 정령 씨와 데이트하겠다니, 너무 약았잖아요~!"

그렇게 말하면서, 무쿠로와 마찬가지로 헤드셋을 쓴 소녀들이 앞으로 나섰다.

나츠미, 카구야, 유즈루, 미쿠.

그리고 그 뒤편에는 오리가미, 니아, 쿠루미, 요시노가 있었다.

아홉 명의 소녀들이 거대한 〈위그드 폴리움〉을 하나씩 이끌며 전장에 나타난 것이다.

"다들―."

그 장관을 본 시도는 주먹을 말아 쥐었다.

―이곳은 위험하기 그지없는 전장이다. 상대는 엄청난 힘을 마구잡이로 휘둘러대는 정체불명의 정령. 영력을 잃은 그녀들이 있을 곳이 아니다.

『도망쳐』,『오면 안 돼』,『여기는 위험해』―.

그런 말을 외쳐야 마땅했다. 2년 전의 시도였다면, 분명 그렇게 말했을 것이 틀림없다.

하지만, 지금의 시도는 안다.

그녀들의 어떤 각오로 이 자리에 섰는지를…….

시도가 그녀들이 다치지 않기를 바라는 만큼― 어쩌면 그 이상으로― 그녀들 또한 시도를 소중히 여기고 있는 것이다.

그렇기에, 그녀들에게 해야 할 말은 정해져 있다 해도 과언이 아니다.

"―그래. 다들 부탁해. 나를, 도와줘."

시도가 그렇게 말하자…….

""""……!""""

소녀들은 각자의 마음이 담긴 말로, 그에 답했다.

"으음―."

무쿠로는 신음에 가까운 말을 흘리더니, 양손을 치켜들었다.

그러자, 공중에 떠있는 거대한 금속제 『잎』이 격렬한 구동음을 내면서 무쿠로를 따르듯 그녀의 등 뒤로 이동했다.

그렇다. 이것이 바로 〈프락시너스〉의 브리핑 룸에서 오리가미가 말했던 비책이다.

〈비스트〉에게 파괴당한 것은 어디까지나 조작 계통과 센서 계열이다. 〈위그드 폴리움〉 자체는 건재하니, 리얼라이저의 구동을 〈프락시너스〉에 맡긴 채로 인간이 직접 조작하면 된다―.

그리고 그 조작 요원으로 뽑힌 이가 바로 무쿠로를 비롯한 원래 정령이었던 소녀들이다.

오리가미의 말에 따르면, 아무리 리얼라이저의 구동을 〈프락시너스〉에게 맡긴다 할지라도 위저드로서의 훈련을 받지 않은 자가 유닛을 자유자재로 조종하는 건 어렵다고 한다.

하지만, 애초에 리얼라이저란 정령의 힘을 모델로 만들어진 것이다. 한때 영력을 지녔고, 천사의 힘을 구사했던 무쿠로 일행이라면 눈에 보이지 않는 힘을 조종하는 감각에 익숙할 것이라고 한다.

실제로 〈위그드 폴리움〉의 조작은 천사를 다루는 감각과 흡사했다. ─적어도, 출격하자마자 시도를 노리는 〈비스트〉의 공격을 방해할 수 있을 정도로는 말이다.

"…………아아……."

〈비스트〉는 무쿠로 일행을 차례차례 노려보듯 쳐다본 후, 낮은 신음을 흘렸다.

그 모습은 갑자기 눈앞에 나타난 새로운 적을 경계하고 있는 것처럼 보이기도 했으며─ 그저 자신의 공격이 막혔다는 사실을 불가사의하게 여기고 있는 것처럼 보이기도 했다.

이 상황 자체는 바람직했다. 무쿠로 일행은 인간을 초월한 힘을 다루고 있지만, 가능한 것은 〈위그드 폴리움〉의 진로를 지정해주는 것뿐이다. 애초에 〈위그드 폴리움〉의 힘은 정령에게 미치지 못하니, 〈비스트〉가 힘으로 밀어붙인다면 금방 파괴되고 말 것이다.

그 점은 사령관인 코토리도 알고 있을 것이다. 헤드셋을 통해, 함교에 있는 코토리의 지시가 들렸다.

『─세 팀으로 나뉘도록 해! 〈비스트〉 대응에 셋! 시도의 보호에 셋! 그리고─ 인근 주민의 구조 및 피난에 셋! ……〈위그드 폴리움〉은 비밀 기술의 결정체지만, 지금은 사소한 걸 따질 때가 아냐! 나중에 우리 쪽에서 정보 조작을 할 테니까,

다들 최선을 다해줘!』

"""라져!"""

코토리의 호령에, 소녀들이 답했다.

그리고 각자가 맡은 임무를 수행하기 위해, 몸을 날렸다.

오리가미, 카구야, 유즈루는 〈비스트〉를 포위했다.

쿠루미, 요시노, 미쿠는 시도의 뒤편으로 이동했다.

그리고 이 전장에서 벗어난 무쿠로, 나츠미, 니아는 파괴된 마을로 향했다.

이 팀 편성은 사전에 짠 것은 아니다. 하지만 마리아에게 건네받은 헤드셋을 장착하고 〈위그드 폴리움〉과 의식을 링크시킨 순간, 다들 어렴풋이나마 각자의 소임을 눈치챘다.

〈위그드 폴리움〉 자체에는 명확한 성능 차가 존재하지 않는다. 하지만 그것을 조작하는 소녀들에게는 과거에 지녔던 천사와 영력의 성질에 따른 특기 분야가 존재하는 것이다.

무쿠로 또한 시도를 지키고 싶다는 마음이 없는 건 아니다. 하지만 지금은 각자가 할 수 있는 일을 하는 것이 시도를 위하는 일이라는 것을 이해하고 있다. 그렇기에 니아, 나츠미와 함께 이동한 무쿠로는 붕괴된 건물에 도달했다.

"좋아, 그럼 해보자! 〈위그드 폴리움〉!"

니아는 그렇게 외치면서, 특촬 히어로를 연상케 하는 과장스러운 포즈를 취했다. 그 모습을 본 나츠미는 식은땀을 흘리며 도끼눈을 떴다.

"……그거 뭔가 의미가 있는 거야?"

"낫충, 무슨 소리를 하는 거야? 로봇걸이 말했지? 이럴 때 가장 중요한 건 마음이라고 말이야. 그런고로, 위그드 서치!"

니아가 정체불명의 기술명을 외치면서 의식을 집중하려는 듯이 눈을 감았다. 그러자 니아가 조종하는 〈위그드 폴리움〉이 날카로운 구동음을 내면서 테리터리를 확장시켰다.

"……아! 저 건물 아래에 두 명, 저쪽에도 한 명 있어! 다행히 전원 경상이고 의식도 있네! 뒷일을 부탁해, 낫충! 무쿠찡!"

"그래……."

"알았느니라."

니아의 말을 들은 나츠미와 무쿠로는 지시를 받은 건물로 향했다.

그렇다. 전지(全知)의 천사 〈섭고편질(囁告篇帙)〉^{라지엘}을 지녔던 니아는 테리터리를 이용한 탐색 능력이 뛰어났고, 〈위조마녀〉, 〈미카엘〉^{하니엘}이란 특수 능력을 보유한 천사를 지녔던 나츠미와 무쿠로는 테리터리의 정교한 조작이 특기였다.

"─음."

무쿠로는 의식을 집중하더니, 〈위그드 폴리움〉을 조작해서 붕괴된 건물을 테리터리로 감쌌다.

그리고 그 밑에 갇혀 있는 사람이 다치지 않도록, 조심조심 건물 파편을 들어올렸다.

그러자, 건물 밑에서 머리를 감싸 쥐며 몸을 웅크리고 있던 남자가 모습을 드러냈다.

"괜찮으냐?"

"어? 너, 너는⋯⋯."

무쿠로가 말을 걸자, 그 남자는 어깨를 부르르 떨며 고개를 들었다. 그리고 자신이 가둬두고 있던 건물 파편이 떠있다는 것을 눈치챈 건지, 경악한 것처럼 눈을 치켜떴다.

"공간진이 일어났느니라. 피난하거라. 혼자 일어설 수 있겠느냐?"

"어, 아⋯⋯ 으, 음⋯⋯ 고마워⋯⋯."

꿈이라도 꾸고 있다 생각한 건지, 그 남자는 볼을 꼬집으며 몸을 일으키더니, 셸터를 향해 뛰어갔다.

"음. 그럼 다음 사람을 구하러 가볼까. ―니아."

"오케이~. 그럼 다음에는 저쪽을 부탁해~!"

그 남자에게서 눈을 뗀 무쿠로는 니아의 새로운 지시에 따라 주민들을 차례차례 구조했다.

그리고―.

"⋯⋯으, 아⋯⋯."

"정신 차리거라. 서둘러 파편을 치워주마⋯⋯."

대체 몇 명을 구했을까. 무너진 담에 깔려서 꼼짝도 못하고 있던 여성을 구하려던 바로 그때였다.

"아――."

무쿠로는 숨을 삼켰다.

한순간 집중력이 흐트러진 탓에, 겨우 공중에 띄웠던 파편이 떨어질 뻔 했다. 무쿠로는 허둥지둥 테리터리를 유지해서 파편의 추락을 막았다.

하지만 흐트러진 정신 상태가 정상으로 되돌아온 것은 아니었다. 일정한 리듬을 새기고 있는 심장이 갑자기 격렬하게 떨리기 시작하더니, 온몸에서 땀이 일제히 쏟아져 나왔다. 〈비스트〉의 앞에 섰을 때도 이정도로 동요하지는 않았을지도 모른다.

"어라라, 무쿠찡. 무슨 일 있어? 왜 그런데서 딱딱하게 굳어버린 거야? 무슨 문제라도 생겼어?"

그런 무쿠로의 반응을 의아하게 생각한 건지, 뒤편에 있던 니아가 그런 말을 했다.

하지만 무쿠로에게는 그 말에 답할 여유가 없었다.

그것도 무리는 아니었다.

왜냐하면, 지금 무쿠로의 눈앞에 있는 사람은—.

"——언—니……?"

과거에 무쿠로가 진심으로 따랐던, 사랑하는 언니였던 것이다.

"어—, ……."

아사히— **호시미야 아사히**는 자신의 목에서 흘러나온 목소리를, 얼이 나간 채 듣고 있었다.

의식이 몽롱한 가운데, 자신에게 무슨 일이 일어난 것인지 떠올렸다. —아아, 그렇다. 회사에서 돌아가던 길, 거대한 별동별을 봤다고 문득 생각한 직후, 엄청난 충격파가 자신을 덮쳤다.

설마 진짜로 운석의 추락에 휘말린 것일까. ……아니, 그렇다면 아사히가 지금 살아있을 리가 없다. 몸 곳곳에서 둔탁한 통증이 느껴졌지만, 그 점이 아사히의 생존을 알려주고 있었다.

"……어?"

그 뒤를 이어, 아사히는 눈치챘다. 방금까지 자신의 몸을 짓누르고 있던 콘크리트 담의 무게가 사라졌다는 사실을 말이다.

구조대 혹은 자위대에서 구조를 하러 온 줄 알았지만— 그렇지 않았다. 고개를 돌려보니, 비스킷처럼 무너진 콘크리트 덩어리가 중력을 잃은 것처럼 아사히의 몸 위편에 둥둥 떠 있었다.

"뭐, 뭐야……."

영문을 모르겠다. 설마 담이 무너진 순간에 머리를 찧기라도 한 것일까. 눈썹을 찌푸린 아사히는 머뭇거리며 뒤통수를 매만졌다.

바로 그때— 그녀는 어떤 사실을 눈치챘다.

자신의 눈앞에, 체구가 조그마한 소녀가 서있다는 사실을…….

"——아."

상대방의 얼굴을 보니, 중학생 정도로 보였다. 단정하게 자른 머리카락이 달빛을 받아 찬란히 빛나고 있었다.

그 모습이 너무 아름다웠기에, 아사히는 한순간 자신을 천국으로 데려가려고 온 존재일지도 모른다고 생각했지만— 그녀의 표정을 보고 생각을 바꿨다.

소녀의 눈은 경악으로 가득 차 있었으며, 입술은 희미하게 떨리고 있었다. 마치 뜻밖의 사태를 목격한 것처럼…….

그리고 그 시선은 다름 아닌 아사히를 향하고 있었다. 아사히는 허둥지둥 자신의 몸 주위를 둘러보았다. ―하지만, 자신의 몸에는 그녀를 전율에 빠뜨릴 정도로 위중한 상처나 신체적 결손은 없었다.

"으, 으음…… 내, 얼굴에, 뭐라도 묻었어……?"

"……윽! 아, 아니다……."

아사히가 당황한 목소리고 묻자, 그 소녀는 화들짝 놀란 것처럼 어깨를 떨며 고개를 저었다.

그리고 뭔가를 숨기려는 듯한 행동을 취하며, 아사히에게 다시 말을 건넸다.

"일어설 수…… 있겠느냐? 여기는 위험하니라……. 빨리 피난하거라."

"어…… 아, 응. 혹시 당신이 나를 구해준 거야……?"

"……음. 그렇다고, 할 수 있지."

"……."

그 소녀가 머뭇거리며 고개를 끄덕이자, 아사히는 미간을 살짝 찌푸렸다.

그녀의 특이한 말투를 들은 순간, 미세한 두통이 아사히를 덮친 것이다.

한순간, 자신의 뇌가 이 사태를 받아들이지 못하고 있는 거라 생각했다. ―별똥별의 추락. 폭발. 붕괴. 그리고 불가사의한 힘으로 자신을 구해준 여자애. 초능력자? 마법사? 자신은 지금 꿈 혹은 환각을 보고 있는 거라 생각했다. 그렇게 생각하면, 이 두통도 설명이 된다.

하지만, 어째서일까.

이 두통은 더 근본적인 무언가에 기인하고 있는 듯한 느낌이 들었다.

또한 이 소녀의 얼굴을 본 후로, 이 소녀의 목소리를 들은 후로, 자신이 휩쓸린 기묘한 현상에 대한 흥미를, 그녀에 대한 흥미가 능가하고 말았다.

스스로도 이유를 알 수 없었다. 설명을 하라고 해도 할 수가 없었다. 어째서 초면인 소녀를 보고 이런 느낌을 받은 것일까. 초면— 그렇다. 초면이다. 자신의 기억 속에 그녀는 존재하지 않는다. 하지만—.

"……읙!"

그 순간, 어딘가에서 엄청난 폭발음이 들려오자 아사히는 흠칫 놀라며 몸을 부르르 떨었다.

"큭…… 시작된 게냐. 빨리 피난하거라……!"

그 소녀가 폭발음이 들린 방향을 쳐다보며 고함을 질렀다.

"아, 알았어……."

뭐가 어떻게 된 건지 모르겠지만, 아무래도 이 근처에서 심각한 일이 벌어진 것 같았다. 아사히는 머릿속에 생겨난 의문과 불신감을 전부 무시하며 발에 힘을 줬다.

확실히 기묘한 감각이 느껴섰시만, 우선 중요한 것은 자신의 목숨이다. 일단 그 소녀가 시키는 대로 한시라도 빨리 피난하는 편이 좋을 것이다. 그렇게 판단한 아사히는 몸을 일으

컸다.

하지만…….

"우, 우왓?!"

급하게 몸을 일으킨 탓에 균형이 무너진 아사히는 꼬꾸라지 듯 앞으로 쓰러졌다.

"……아! 언니!"

그러자 그 소녀는 아사히의 손을 잡고 일으켜줬다.

그 순간―.

"아……."

아사히는 자신의 뇌에 생겨난 감각 탓에 시야가 깜빡거리는 듯한 느낌을 받았다.

이 소녀의 손에서 느껴진 감촉에 의해, 그리고 이 소녀가 입에 담은 호칭에 의해…….

마치― 머릿속에 채워져 있던 자물쇠가, 벗겨진 듯한 느낌이 들었다.

둑에 막혀 있던 기억이, 격류가 되어 머릿속을 가득 채웠다. 강렬한 현기증이 엄습했다. 손발의 끝부분이 떨렸다. 부축을 받고 있는데도 서있는 것이 어려울 지경이다.

아아, 그렇다. 그렇다.

―자신은 이 소녀를 알고 있다.

왜 잊고 있었던 것일까. 이 소녀는―.

"……무, 쿠로……."

"――읍."

아사히가, 그렇게 말한 순간……

소녀― 무쿠로는 작게 숨을 삼켰다.

무쿠로. 호시미야 무쿠로. 과거, 아사히의 가족이 양녀로 삼았던 여자애다.

아름답고 긴 머리카락이 인상적이며, 항상 아사히의 뒤를 따라다니던 귀여운 여동생이다. 오랫동안 여동생을 가지고 싶어 했던 아사히는 눈에 넣어도 아프지 않을 만큼 무쿠로를 귀여워했다.

하지만…… 아아, 그렇다.

언제였을까― 무쿠로가, 자신이 모르는 『무언가』가 되어버렸다.

인지를 초월한 힘을 사용해 사람의 마음을 조종하는, 정체 모를 『무언가』가 된 것이다.

우연히 그 사실을 눈치채고 만 아사히는, 무쿠로를 두려워하며― 거부했다.

되살아난 기억의 끝, 그 순간을 담고 있었다.

눈물을 흘리며 자신을 바라보는 무쿠로의 얼굴―

"……윽."

그 후의 일은 기억나지 않았다.

적어도 그 후로 지금 이 순간까지, 아사히는 무쿠로의 존재를 잊고 있었다.

아니, 아사히만이 아니다. 아버지도, 어머니도, 주위 사람들도……

아사히에게 여동생이 있었다는 사실 그 자체가 없었던 일이 된 것처럼, 누구도 무쿠로를 기억하지 못했다.

지금 생각해보면, 무쿠로가 아사히를 거절했기 때문일지도 모른다. 그것을 증명하듯, 무쿠로는 지금도 비현실적인 능력을 사용하고 있었고— 그 후로 몇 년이나 흘렀는데도 나이를 거의 먹지 않은 것처럼 보였다. 겉모습의 변화를 따지자면, 예전보다 짧게 자른 머리카락뿐이었다.

그것을 자각한 순간, 망각의 저편으로 사라졌던 공포가 되살아났다. 정체불명의 무언가가, 어느 날 자신의 여동생과 바꿔치기를 한 듯한 느낌이다.

"——."

그런 아사히의 기척을 눈치챈 건지, 무쿠로는 겁먹은 것처럼 어깨를 떨면서 언니의 손을 낚았다.

"……무사해서 다행이니라. ……빨리 안전한 곳으로 피하거라."

그리고 애틋한 미소를 머금으며 그렇게 말한 후, 아사히에게서 돌아섰다.

"아—."

그 모습을 본 아사히는 심장이 옥죄어드는 듯한 느낌을 받았다.

확실히 당시에는 무쿠로가 너무나도 무서웠다.

하지만, 지금 눈앞에 있는 이 소녀는 어떨까.

오래간만에 재회한 언니에게 또 거부를 당했지만, 의연하게 상대방의 안부를 살피는 그 모습은—.

"—무쿠로!"

어느새 아사히는 멀어져 가는 무쿠로를 불러 세웠다.

"……윽!"

무쿠로는 몸을 부르르 떨며 걸음을 멈췄다.

하지만, 아사히는 이제 무슨 말을 하면 좋을지 알 수 없었다.

확실히 무쿠로는 그때, 인간이 아니게 되었을 것이다. 그 사실을 들키고 만 무쿠로는 아사히와 부모님 앞에서 모습을 감췄고— 그들은 그 사실을 알지도 못한 채, 몇 년이나 되는 시간을 보냈다.

아사히의 머릿속에 떠오른 것은 끝없는 공포, 그리고 그에 못지않게 거대한 후회였다.

아아, 그것은 아사히가 오랫동안 봉인해왔던 감정일지도 몰랐다. 무쿠로를 잊고 있었기에 느끼지 못했던 감정, 무쿠로가 사라졌다는 것을 인식조차 하지 못했기에 속죄할 수 없었던 죄업…….

시간이 있었다면, 무쿠로에게 이야기를 들을 수 있었을지도 모른다.

유예가 있었다면, 무쿠로를 이해할 수 있었을지도 모른다.

하지만 당시의 아사히는 그저 공포에 사로잡혀— 무쿠로를, 거부할 수밖에 없었다. 귀여운 여동생을, 밀쳐낼 수밖에 없었다.

하지만 그런 아사히를, 무쿠로는 구해줬다.

그리고 지금, 그녀는 어딘가로 가버리려 하고 있었다. 자초지종은 알지 못한다. 하지만 그녀는 지금 해야만 하는 일이 있다. 아사히를 구해준 것처럼, 누군가를 구하려 하고 있는 것이다. 그것만은— 왠지 알 것만 같았다.

─그렇다면, 아사히는 뭐라고 말하면 될까? 한 번은 거부했고, 배신하고 말았던 사랑하는 여동생에게, 대체 어떤 말을 건네면 될까?

그녀를 상처 입혀서는 안 된다. 그녀의 길을 막아서는 안 된다. 그녀의 발목을 잡아서는 안 된다. 망설이게 해서는 안 된다.

영겁처럼 느껴지는 망설임 끝에, 아사히가 한 말은─.

"……머리카락……, 잘랐구나……."

그런, 아무래도 상관없는 일상적인 대화였다.

하지만, 어쩔 수 없었다. 혼란과 동요 속에서, 유일하게 아사히가 입에 담을 수 있었던 것이 바로 그 말이었던 것이다.

"─으……, 음……."

아사히가 그렇게 말하자, 무쿠로의 시선이 희미하게 흔들렸다.

그 모습은, 마치 겁이라도 먹은 것처럼 보였다.

"……미안하다. 더는 언니 앞에 나타날 생각이 없었느니라. 허나……."

무쿠로는 희미하게 떨리는 목소리로 그렇게 말했다.

아사히는 아무 말 없이 걸음을 옮기더니, 천천히 손을 뻗어서 무쿠로의 머리카락을 만졌다.

등에 닿을 정도의 길이로 자른 그 머리카락은 흙먼지와 그을음 범벅이 되어 있었다. 분명 땀도 많이 흘렸을 것이다. 감촉도 거칠었으며, 아사히의 기억 속에 존재하는 비단결 같은 감촉과는 비교 자체가 안 됐다.

하지만 이 더러워진 머리카락에서는 무쿠로가 지금까지 지나온 발자취가, 확연하게 느껴졌다.

아사히가 모르는 무쿠로의 인생이, 새겨져 있었다.

"······예전보다, 훨씬 아름다워."

"······으!"

아사히는 미소를 지으며 그렇게 말하더니, 마지막으로 무쿠로의 머리를 한번 쓰다듬어준 후에 손을 뗐다.

"힘내렴."

"ーーーーーー음. 고맙다, 언니."

아사히의 말에······.

무쿠로는 작게 고개를 끄덕인 후, 다시 발걸음을 옮기기 시작했다.

그러자, 무쿠로를 기다리고 있던 니아가 미간을 살며시 모으며 말했다.

"······저기, 무쿠찡? 혹시 저 사람이 예의 그 언니야?"

"······그러하니라. 두 번 다시 만나지 않겠다고 맹세를 했건만, 이런 형태로 재회하게 될 줄이야······."

그 맹세에는, 각오에는, 한줌의 서짓도 섞여 있지 않았다. 무쿠로는 평생 그녀 앞에 모습을 드러내지 않을 생각이었다.

하지만 지금, 운명의 장난에 의해 재회한 그녀에게 뜻밖의

말을 듣고만 무쿠로의 가슴 속에서 타오르고 있는 건—.

아까보다 훨씬 강렬한, 의지의 불꽃이었다.

무쿠로의 말을 들은 니아가 아사히를 힐끔 쳐다보며 볼을 긁적였다.

"그랬구나. 신기한 일도 다 있네. ……하지만 그렇다면 고맙다는 말이라도 좀 해야 하는 거 아냐? 오래간만에 재회한 거지?"

"무슨 소리를 하는 게냐."

니아의 그 말에, 무쿠로는 짤막하게 답했다.

"방금 그 말보다 더 기쁜 말은, 없느니라."

"——."

니아는 그 말을 듣고 눈을 동그랗게 떴다.

아마 눈치챈 것이리라. —무쿠로의 두 눈에서 뜨거운 눈물이 흘러내리고 있다는 것을…….

"……그렇구나. 그럼 힘내야겠네."

"음."

무쿠로는 눈물을 닦으며 고개를 끄덕인 후, 다른 이를 구조하기 위해 땅을 박차며 몸을 날렸다.

"—해당 지역의 피난 상황을 보고해줘!"

"현재 약 85퍼센트! 〈라타토스크〉에서도 피난 유도용 기관원을 파견했으니, 곧 완료될 겁니다……!"

"서둘러. 〈위그드 폴리움〉을 거느리고 있기는 해도, 그 애들은 현재 평범한 인간이잖아. 장시간 싸우는 건 무리야."

"라져……!"

공중함 〈프락시너스〉의 함교에서는 코토리와 승무원들의 목소리가 울려 퍼지고 있었다. 해당 지역의 현황, 〈비스트〉에 대한 대응, 소녀들에게 내릴 지령— 그것들을 면밀하게 관찰하면서, 재빨리 지시를 내리고 있었다.

함교 정면에 탑재된 메인 모니터에는 시도와 소녀들이 있는 지상의 상황이 표시되어 있었지만, 그 영상은 격렬하게 흔들리고 있었다.

그렇다. 현재 함교에 현장의 영상을 보내고 있는 건 평소의 자율형 카메라가 아니라, 소녀들의 헤드셋에 탑재된 소형 카메라인 것이다.

〈비스트〉와 대치한 소녀들이 한곳에 계속 머물 수 있을 리가 없었고, 그에 따라 영상은 격렬하게 흔들리며 긴박감을 자아내고 있었다.

"우읍…… 멀미가 날 것 같아요……."

"우는 소리 할 때가 아냐. 그것보다 센서의 복구를 서둘러!"

"라, 라져……!"

코토리의 지시에 따라 〈프락시너스〉의 승무원인 미키모토가 작업을 재개했다. 코토리는 그것을 확인한 후, 함장석 뒤편을 쳐다보았다.

이유는 단순했다. 그곳에서는 기묘한 광경이 펼쳐지고 있었던 것이다.

"으음~, 훗후후~, 훗후후~, 훗후후~……♪"

"시끄러워요, 칸나즈키."

"좀 조용히 해주세요."

"확 숨을 쉬지 말아 주세요."

등등…….

눈을 감은 채 지휘자처럼 손을 놀리며 콧노래를 부르는 장신의 남성, 그리고 똑같은 얼굴을 지닌 소녀들이 도끼눈으로 그를 노려본다고 하는 영문 모를 광경이 펼쳐지고 있었다.

그 남자는 〈프락시너스〉의 부함장인 칸나즈키 쿄헤이, 그리고 똑같은 얼굴의 소녀들은 전부 마리아의 인터페이스 보디였다.

"이야, 너무하군요. 의식을 집중하는 데 있어서는 이게 최고입니다. 애초에 배의 제어를 저에게 요청한 사람은 마리아일 텐데요?"

"저도 가능하면 칸나즈키 따위에게 의지하고 싶지는 않았어요."

"전부터 생각했던 건데, 제어 현현장치에 뇌파를 직접 연결한 상태에서의 조작은, 일종의 성희롱 아닌가요?" 컨트롤 리얼라이저

"이번 일이 정리되고 나면 정식으로 고소하겠어요. 불안에 떨며 잠들도록 하세요."

"큭, 그딴 독설에 질 것 같습니까……!"

칸나즈키는 볼을 붉히며 몸을 배배 꼬았다. 그에 맞춘 것처럼 〈프락시너스〉의 함체도 희미하게 떨렸다.

그게 당연했다. 현재 이 〈프락시너스〉는 위저드인 칸나즈키 쿄헤이가 제어하고 있는 것이다.

원래라면 전투 상황에서 쓰이는 비상수단이지만, 〈비스트〉에게 입은 대미지가 심각했기 때문에— 그리고 마리아가 **다른 일**에 리소스를 할애해야만 하기에, 이렇게 된 것이다.

함교 뒤편에 나란히 선 열 명가량의 마리아들은 일제히 무릎을 끌어안으며 바닥에 앉아 있었으며, 목덜미에 케이블이 접속되어 있었다. 각자의 보디에 탑재된 연산 장치를 병렬 구동시키고 있는 것 같았다.

"그런데— 해석은 될 것 같아?"

"흐음, 저를 뭐로 보고 그런 소리를 하시는 거죠?"

코토리의 말에, 대표격인 마리아가 그렇게 말했다. 코토리는 그 농담 투의 말을 듣더니, 어깨를 으쓱했다.

그렇다. 마리아는 현재 〈비스트〉의 해석을 하고 있었다.

기존에 하던 호감도나 정신 상태 파악과는 다르다. 현재 현장에서 날아다니고 있는 〈위그드 폴리움〉을 통해, 〈비스트〉의 힘 그 자체— 그녀가 휘두르는 열 자루의 검을 조사하고 있는 것이다.

물론 승무원 중에서도 반대 의견을 내놓는 이가 있었다. 그럴 만도 했다. 마리아의 보디를 이용하면 정령이었던 소녀들을 위험한 전장에 보내지 않고도 〈위그드 폴리움〉을 운용할 수 있는 것이다.

하지만 최종적으로 코토리는 마리아의 제안을 받아들였다.

시도를 구하러 가고 싶다는 소녀들의 뜻을 막을 수 없었다는 것도 이유 중 하나지만— 무엇보다 코토리도 〈비스트〉에 대해 알아야만 그녀를 공략할 수 있을 거라고 판단한 것이다.

〈비스트〉. 존재할 리가 없는 수수께끼의 정령. 그녀는 대체—.

"……!"

바로 그때, 코토리의 눈썹이 희미하게 흔들렸다.

마리아의 인터페이스 보디에서 삐~ 하는 소리가 흘러나왔기 때문이다.

"마리아?"

"—해석, 완료했습니다. ……한 마디로 표현하자면 당혹. 두 마리로 표현하자면 매우 당혹, 이라고나 할까요."

"농담 할 때가 아냐. 그래서? 그녀는 대체 정체가 뭐야?"

코토리가 묻자, 마리아는 목에 연결된 케이블을 빼면서 대답했다.

"그녀의 정체는 아직 알 수 없어요. 하지만, 그녀가 지닌 열 자루의 검. 그것은—."

그리고 메인 모니터에 표시된 〈비스트〉의 모습을 응시하며, 말을 이었다.

"과거에, 정령들이 지니고 있었던 천사예요."

제7장 쿄노 나츠미

인간은 태어나는 순간에, 주역과 그렇지 않은 이로 나눠져.

다양한 면에서 차이가 존재하며, 가지지 못한 자는 가진 자의 상대가 못 돼.

……노력? 그게 가능하다면 가진 자인 거잖아.

딱히 윤회전생 같은 걸 믿지는 않지만, 기왕이면 전생의 나는 무시무시한 악인이었으면 좋겠어. 살인과 도둑질을 밥 먹듯이 하고, 하느님과 부처님도 포기한, 세상이 다 아는 대악당. 그 죄는 일곱 번 윤회할 때까지 다 갚지 못하리라— 같은 느낌으로 말이야. ……그렇다면, 조금은 포기가 될 거잖아?

……그래서, 나는 미오가 좀 고맙기도 해.

〈하니엘〉은 『나』를, 『내가 아닌 나』로 만들어줬거든.

그리고 무엇보다…… 다른 애들을 만날 계기를 만들어줬어.

……아, 그래. 빌어먹을 내 인생에서 유일하게 괜찮은 점을

꼽자면, 바로 그거라고 생각해. 그 점만으로도, 다른 나쁜 점들은 전부 상쇄시키고도 남을 거야.

만약 여신님이 내 앞에 나타나서 『이제까지와 똑같은 쓰레기 인생』과 『다른 애들과 만나지는 못하지만, 성공이 약속된 인생』 중에 하나를 고르라고 한다면, 나는 전자를 고르겠지.

하지만…… 아니, 그렇게 때문일까.

때때로, 불안을 느끼곤 해.

주연들 사이에 섞여 있는 조연.

가진 자들의 무리 안에 있는 가지지 못한 자.

성장하지 않는, 미운 오리 새끼.

나는— 정말 이대로 있어도 괜찮은 걸까.

◇

"……."

2월. 〈비스트〉가 나타나기 한 달 전.

시도의 집 옆에 있는 맨션의 한 방에서, 나츠미는 테이블 위에 놓인 커다란 봉투와 눈싸움을 하고 있었다.

이러쿵저러쿵 하다 보니 한 시간 가량 지난 듯한 느낌이 들었다. 거울로 확인해보지는 않았지만, 언제나 험악한 눈매가 한층 더 험악해진 듯한 느낌이 들었다.

하지만 그것도 어쩔 수 없다. 왜냐하면 이 봉투 안에는— 나츠미가 인간이었던 시절의 정보가 들어 있는 것이다.

그렇다. 일전에는 열람을 거부했지만, 그 후에 나츠미는 코토리를 찾아가서 몰래 봉투를 받아왔다.

심경의 변화가 발생한 것은 며칠 전의 일이다. 시도, 요시노와 함께 요시노가 살던 마을에 갔던 것이다.

그 날, 요시노의 모습을 보고, 『요시농』에게 담겨 있던 요시노 어머니의 마음을 느끼고— 나츠미의 마음은 격렬하게 흔들렸다.

물론 자신의 경력이, 요시노의 과거처럼 멋질 거라고는 눈곱만큼도 생각하지 않았다. 그 사실을 알려주듯 나츠미가 받은 봉투는 요시노의 봉투보다 얇은 것처럼 느껴졌다. 역시 얄팍한 인간은 그 인생 또한 얄팍하다는 생각과 함께 불가사의한 감회가 나츠미를 감쌌다.

하지만 나츠미는 어느새 행동을 시작했다. 엄청 거북한 표정을 지으며 코토리를 찾아갔고, 본론에 들어가는데 30분이나 되는 시간을 허비했으며, 인내심이 바닥난 코토리에게 약간 혼난 끝에, 이 봉투를 손에 넣었다.

하지만……

"으음……."

거기까지 행동을 했으면서, 내용물을 확인하려고 하니 「……뭐, 일단 손에 넣기는 했으니까 확인은 나중에 해도 되지 않을까?」 하고 마음속에 살고 나태의 리틀 나츠미가 속삭이기 시작했다. 참고로 리틀 나츠미는 총 일곱 명이며, 나태의 리틀 나츠미는 열반에 오른 부처님을 연상케 하는 드러누운 자세, 그리고 촌스러운 운동복 사이로 튀어나온 뱃살이 트레이드 마크였다.

"……에잇, 될 대로 되라지!"

하지만 언제까지 이러고 있어봤자 아무런 소용이 없다. 나츠미는 각오를 다지더니, 봉투를 열면서 안의 서류를 꺼냈다. 딱히 의미는 없지만, 눈은 자연스럽게 가늘게 떴다.

봉투의 틈새로 서류가 모습을 드러내더니, 거기에 적힌 문자가 서서히 눈에 들어왔다.

가장 먼저 보인 것은— 이름이었다.

"……쿄노, 나츠미."

나츠미는 서류에 적인 이름을 읽은 후, 작게 숨을 내쉬었다.

자신에게도 성이 있다는 사실에서 비롯된 불가사의한 감회, 그리고 의외로 평범한 성이라는 사실에서 비롯된 기묘한 안도감이 그녀의 폐부를 가득 채웠다.

하지만, 그것이 전부였다. 과거의 기억을 잃은 나츠미에게, 그것은 그저 새로운 정보에 지나지 않았다.

그러고 보니, 요시노 때도 마찬가지였다. 이름을 봐도, 당시의 사진을 봐도, 모든 경력을 읽어봐도, 실감이 나지 않는 것 같았다. 요시노가 모든 기억을 되찾은 건, 당시에 입원해 있던 병실에 갔을 때였다.

그렇다면 나츠미도 과거의 기억을 되찾기 위해서는 예전에 살았던 장소에 가야만 하는 걸까.

왠지 그것은…… 거북했다. 혼자서 가는 건 좀 그렇지만, 그렇다고 시도와 요시노에게 동행을 부탁하는 것도 부끄럽―.

"――어?"

바로 다음 순간이었다.

나츠미는 갑자기 머릿속에 생겨난 고통 탓에 인상을 찡그렸다.

"으, 아, 아, 아, 아……?!"

마치 날카로운 바늘이 머릿속에 박히더니, 그 바늘이 머릿속에서 뿌리를 내리고 있는 듯한 강렬한 두통이 느껴졌다. 나츠미는 봉투를 떨어뜨리더니, 무심코 그 자리에서 몸을 웅크렸다.

그 순간, 봉투의 내용물이 바닥에 흩뿌려지면서 나츠미의 시야에 들어왔다. 얼굴 사진. 가족 구성. 살던 마을. 정령이 된 것으로 추정되는 실종 시기.

그런 정보에 호응하듯 두통이 격렬해지더니―.

"읍―."

이윽고 나츠미는 위 안에서 뜨거운 무언가가 역류하는 것을 느꼈다.

구역질이 치밀어 올랐다. 무심코 입을 막으며 화장실로 뛰어가더니, 변기에 구토를 했다. 역류한 위산 탓에 목과 혀가 얼얼했다.

"……우웩……."

더는 토할 것이 남아 있지 않은데도, 구역실은 밎지 않았다. 나츠미는 어느새 흘러나온 눈물을 닦은 후, 반쯤 억지로 숨을 골랐다.

"하아……, 하아……."

그리고, 얼마나 이러고 있었을까. 조금씩 두통이 잦아들기 시작했다.

하지만 우울한 기분은 풀리지 않았다. ……그럴 만도 했다. 그 두통은 나츠미의 머릿속에 엄청난 것을 남긴 것이다.

"……우와, 맙소사. ……맙소사."

……아아, 아아. 요시노에 비하면 인스턴트 그 자체다.

그렇다. ……서류를 언뜻 봤을 뿐인데, 나츠미는 인간이었던 시절의 기억을 되찾고 말았다.

바로—.

"……읔!"

그때였다.

마치 나츠미를 부르듯, 이 방의 인터폰에서 경쾌한 소리가 흘러나왔다.

"…………아……."

나츠미는 유령 같은 공허한 얼굴을 들더니, 불을 향해 다가가는 나방처럼 비틀비틀 거리며 현관으로 걸어갔다.

잠금장치를 풀고, 문을 열었다. 그러자—.

"—안녕하세요, 나츠미 씨. 지금 한가하세요?"

『헤이~, 모두의 아이돌 요시농이야~! 나츠미~, 잘 지냈어~?』

폭신해 보이는 머리카락을 지닌 상냥한 인상의 소녀, 요시노와 귀여운 토끼 모양 퍼핏 인형 『요시농』이 나츠미의 눈에 들어왔다.

"요시노…… 요시농……."

"예…… 어, 나츠미 씨? 괜찮으세요?"

『어~. 완전 그로기 상태네~. 무슨 일 있었어?』

나츠미의 모습을 본 요시노와 요시농이 걱정 섞인 목소리로 그렇게 말했다. 나츠미는 고개를 좌우로 흔들었다.

"……아냐. 나는 항상 이렇거든? 완전 정상이야, 정상."

나츠미가 그렇게 말하자, 요시노는 「그, 그런가요……?」 하고 말하면서도 일단은 납득해줬다. 이 순간만큼은 나츠미도 언제나 우울해 보이는 자신의 면상에 감사했다.

뭐, 상냥한 요시노는 나츠미에게 뭔가 사정이 있을지도 모른다고 생각해서 배려해준 걸지도 모르지만 말이다.

"……아, 그것보다 무슨 일이야?"

"실은 관심이 가는 영화가 있는데, 괜찮다면 나츠미 씨와 같이 보러 가고 싶어서요. 하지만 몸이 좋지 않다면 무리는 하지 말아주세요."

"……아~, 괜찮아. 영화 보러 가자는 거지? 마침 나도 보고 싶었어. 응. 그럼 옷 갈아입고 올게."

"아…… 예. 하지만……."

평소보다 공허한 나츠미의 대답을 들은 요시노가 또 걱정스러운 표정을 지었다.

나츠미는 힘없이 웃더니, 요시노의 눈을 똑바로 응시했다.

"……저기, 요시노."

"예, 왜 그러세요?"

"⋯⋯역시 요시노는 여신이야."

"―예엣?!"

나츠미의 말을 들은 요시노가 눈을 동그랗게 떴다. 나츠미는 그런 요시노의 반응을 보고 또 한 번 웃더니, 「잠시만 기다려」 하고 말하며 문을 닫았다.

◇

―엉망진창으로 파괴된 마을 안에서⋯⋯.

찬란히 빛나는 거대한 『잎』이 짐승 한 마리를 포위하고 있었다.

"―방해⋯⋯ 하지 마아아아―――!"

〈비스트〉가 몇 번째인지 모를 포효를 지르며, 오른손의 『손톱』을, 혹은 등 뒤의 『검』을 휘둘렀다.

그에 맞춰 모든 것을 찢어발기는 공격, 여러 줄기의 광선, 불꽃과 냉기가 뿜어져 나왔다.

"요시노 양, 미쿠 양, 테리터리를 겹치죠!"

"아, 예!"

"라져~예요!"

쿠루미의 지시에 따르듯, 세 장의 〈위그드 폴리움〉이 빛나면서 시도 앞에 눈에 보이지 않는 벽을 형성했다. 그 벽들은 〈비스트〉의 공격을 상쇄시키더니, 자신의 역할을 다한 것처럼 소리 없이 박살났다.

"—하앗!"

그 순간, 오리가미의 목소리에 맞춰 다른 〈위그드 폴리움〉이 〈비스트〉의 주위에 결계를 만들었다.

시도를 지키는 것과는 다른 종류의, 힘을 억압하는 테리터리다. 〈비스트〉의 주위 지면이 눈에 보이지 않는 힘에 눌리는 것처럼 약간 함몰됐다.

"……이런 건 통하지 않는다는 걸…… 아직도 모르겠느냐……!"

하지만 〈비스트〉는 몸을 가볍게 흔드는 것만으로 그 구속에서 벗어나더니, 오리가미를 향해 『손톱』을 휘둘렀다. 이 자리에 있는 소녀들 중에서 유일하게 CR-유닛을 장비한 오리가미는 가볍게 몸을 비틀더니, 밤하늘에 빛의 궤적을 남기며 그 공격을 피했다.

소녀들이 조종하는 〈위그드 폴리움〉은 날뛰고 있는 〈비스트〉를 어찌어찌 억누르고 있었다.

—아까부터 몇 번이나 반복된 광경이다. 그 점을 자각한 시도는 주먹을 말아 쥐었다.

확실히 다른 이들이 도와주기에, 절망적이었던 상황이 어찌어찌 개선됐다. 시도가 순식간에 당해서 모든 것이 수포로 돌아가는 일은 피했다.

하지만 그녀들이 목숨을 걸고 지원해주고 있는데도, 시도는 〈비스트〉와 제대로 된 대화조차 나누지 못했다.

그저 시간을 낭비하며, 위험한 줄타기를 되풀이하고 있는 것이다. 극한 상황에서 최선의 수를 계속 두며, 어찌어찌 목숨을 이어가고 있다. 아까부터 그런 일만 반복되고 있었다.

소녀들의 집중력과 기력에 매달리는, 위험한 교착 상태. 이런 진흙탕 상황 속에서, 시도의 심박수는 점점 빨라지고 있었다.

하지만—.

"……."

이런 위기 상황에서도, 시도는 자신의 의식이 날카로워지는 것을 느끼고 있었다.

기묘한 감각이 머릿속 한편에 생겨났다.

다른 이들 덕분에 〈비스트〉를 유심히 관찰할 수 있기 때문일까, 그녀의 움직임에서 위화감이 느껴졌다.

확실히 〈비스트〉는 격렬하게 날뛰고 있다. 이 마을의 풍경 자체를 뒤바꿔버릴 듯한 공격을 연이어 퍼붓고 있다.

하지만 그 공격이 소녀들을 노리고 있는 것처럼 보이지는 않았다.

〈위그드 폴리움〉을 조작하고 있기는 하지만, 지금의 그녀들은 평범한 인간이나 다름없다. 〈비스트〉가 진심으로 그녀들을 제거하려 한다면, 이 싸움이 이렇게 길게 이어질 리가 없다.

그렇다면—.

스스로도 억누를 수 없는 격렬한 감정에 휘둘리고 있는 듯한…….

혹은, 어리광쟁이가 손발을 버둥거리고 있는 듯한…….

너무나도 슬퍼서 견딜 수 없지만, 뭘 어쩌면 좋을지 모른다고 호소하고 있는 듯한…….

―아아, 그렇다. 이 감각은 전에도 느껴본 적이 있다.

2년 전의 봄, 시도가 시도로서 처음으로 정령과 만난 날에 느꼈던―

"―앗! 달링, 위험해요!"

"……윽!"

미쿠의 목소리가 들려온 순간, 시도는 눈을 치켜떴다. ―〈비스트〉의 공격이 소녀들이 형성한 테리터리를 찢으며 시도를 향해 쇄도한 것이다.

방심했다. 생각에 잠긴 탓에 즉각적으로 반응하지 못했다. 시도는 허둥지둥 몸을 날리면서도, 충격과 극심한 통증을 각오하며 어금니를 깨물었다.

하지만, 아무리 기다려도 고통이 밀려오지 않았다.

어느새 상공에 나타난 새로운 〈위그드 폴리움〉이 시도를 지키려는 듯이 눈에 보이지 않는 벽을 형성한 것이다.

"……위험했네. 네가 당해버리면 끝장이니까, 한눈 팔다 죽는 일은 피해줬으면 좋겠어……."

〈위그드 폴리움〉과 함께 모습을 드러낸 조그마한 체구의 소녀가 식은땀을 흘리며 그렇게 말했다. 격렬한 운동을 한 것처럼 퍼석퍼석해진 머리카락과 새하얀 얼굴을 지닌 소녀였다. 두 눈은 언짢아 보였지만, 방심한 시도 탓에 짜증이 난 것이 아니라 항상 저랬다.

"나츠미……! 미안해, 덕분에 살았어!"

"……흥."

시도가 이름을 부르자, 나츠미는 가볍게 코웃음을 치며 고개를 돌렸다.

"꺄아~! 나츠미 양, 멋져요~! 나중에 상으로 허그해드릴게요~!"

"그건 상이 아니라 벌칙 게임 같은데……."

나츠미의 활약을 본 미쿠가 눈을 반짝이며 몸을 배배 꼬았다. 나츠미는 혼잣말을 중얼거렸지만, 미쿠는 들리지 않는 것 같았다.

바로 그때, 나츠미의 뒤편에서 발소리가 들려왔다. ―나츠미와 함께 인근 주민의 구조를 맡았던 무쿠로와 니아의 발소리였다.

"나리, 괜찮은 게냐?!"

"사람들은 전부 무사히 구조했어! 그럼 이제부터 메인 게임이네!"

두 사람은 그렇게 말하더니, 시도를 지키려는 듯이 〈비스트〉와 대치했다. ―왠지 무쿠로의 얼굴에는 기력이 넘쳐흐르는 것처럼 보였다.

"응, 세 사람 다 고마워. 하지만―."

시도는 미세하게 미간을 찌푸렸다.

확실히 인근 주민들을 신경 쓰지 않아도 된다는 건 크다. 구조를 맡았던 세 사람의 합류도 든든했다. 하지만 이쪽의 전력이 늘어난다고 해서 이 교착 상태에서 벗어나는 게 가능할 것 같지는 않았다.

그렇다. 뭔가가 필요하다. 〈비스트〉를 지키고 있는 힘을 벗겨낼 수 있을 법한, 무언가가—.

"—그래. 이제부터가 메인 게임이야."

바로 그때였다.

그런 시도의 생각을 끊듯이, 늠름한 목소리가 위편에서 들려왔다.

시도는 고개를 치켜들며 그 목소리의 주인을 찾았다.

어느새 그곳에 나타난 것일까. 공중에 떠서 찬란히 빛나고 있는 〈위그드 폴리움〉 위에, 당당히 팔짱을 낀 코토리가 서있었다.

"코토리!"

"나리의 여동생!"

"코토리 씨!"

소녀들이 각자의 호칭으로 코토리를 불렀다. 그러자 코토리는 그 목소리에 답하듯 몸을 비틀며, 지면에 가볍게 착지했다.

"여동생 양, 어떻게 된 거야? 사령관이 전장에 나서도 되는 거야? 아, 혹시 자기도 오빠를 직접 돕고 싶어졌다, 같은 거야?"

"그런 이유도 없지는 않아."

니아가 농담 삼아 한 말에 코토리는 흰색과 검은색 리본을 희미하게 흔들며 답했다. 니아도 코토리가 이런 대답을 할 거라고는 예상하지 못했던 건지, 가볍게 휘파람을 불었다.

"물론, 그런 감상적인 이유만은 아냐. 내가 여기에 온 건— 〈비스트〉를, 알몸으로 만들기 위해서야."

"뭐?"

시도가 되물은 순간, 〈비스트〉가 그 말에 답하듯 울부짖으면서 또 공격을 날렸다.

"큭……!"

그 공격을 대처하기 위해 방어 팀이 테리터리를 형성했고, 공격 팀은 지면을 박차며 몸을 날렸다.

그러던 와중, 아까 무쿠로에게 받은 인터컴에서 마리아의 목소리가 들려왔다.

『―그 점에 관해서는 제가 설명하죠. 다들, 전투를 이어가며 들어주세요.』

아무래도 다른 이들의 헤드셋에도 이 통신이 전해지고 있는 것 같았다. 곁에 있는 나츠미와 미쿠가 살며시 고개를 끄덕이는 모습이 눈에 들어왔다.

『결론부터 말씀드리겠습니다. 〈비스트〉가 지닌 열 자루의 검― 그것들은, 형태는 달라졌지만 여러분이 과거에 소유했던 천사와 동일한 반응을 보이고 있어요.』

"뭐……?"

"그, 그게 무슨 말이죠?"

마리아의 말을 들은 소녀들이 당황했다. 하지만 무리도 아니었다. 정체불명의 정령이 휘두르는 무기가, 미오의 소멸과 함께 사라진 자신들의 천사와 같은 반응을 보이고 있다니 말이다.

하지만, 어째서일까. 시도는 그 말을 듣고 어째선지 납득이 됐다.

불꽃과 빛, 냉기와 바람, 그리고 결정타는 공간에 『구멍』을
내는 열쇠의 검—.

그것들은 지금까지 시도가 봉인했던 정령들의 힘과 흡사했다.

『〈비스트〉의 정체는 아직 알 수 없어요. 진짜로 과거나 미래
에서 온 정령인지, 혹은 다른 세계의 존재인지—.

하지만 지금 중요한 것은 바로, 그녀가 쓰는 힘이 여러분이
과거에 지녔던 힘과 동일한 종류라는 점이에요.』

"아니, 그래서 뭘 어쩌라는 거야…… 옛날에 지녔던 것과
동일한 능력이니 나한테는 안 통해, 같은 만화에서 나올 법한
짓거리는 무리거든……?"

뒤편에 있는 나츠미가 미심쩍은 목소리로 그렇게 말했다.
마리아는 어험 하고 가볍게 헛기침을 한 후, 말을 이었다.

『이야기를 일단 끝까지 들어보도록 하세요. —여러분, 손을
앞으로 내밀어 주시겠어요?』

"……응? 이렇게 말이야?"

"의문. 이게 무슨 의미가 있죠?"

소녀들은 마리아의 말에 따라 한손을 앞으로 내밀었다.

그러자 그 동작에 맞춘 것처럼, 하늘— 〈프라시너스〉 쪽에
서 소녀들을 향해 눈부신 빛이 뿜어졌다.

"……앗!"

"이건—."

그 빛에 휩싸인 소녀들이 깜짝 놀란 듯한 반응을 보였다.

그리고 그 빛이 잦아들자, 그녀들이 내민 손에는 어렴풋한 빛을 뿜는 무기 같은 것이 쥐어져 있었다.

　형태는 위저드가 사용하는 레이저 블레이드와 흡사했다. 금속제 손잡이의 끝에는 30센티미터 정도 되는 빛의 칼날이 얼굴을 내밀고 있었다.

　하지만 위저드가 사용하는 것처럼 매끄러운 형태를 하고 있지는 않았다. 기묘하게 비틀린 그 모습은 마치 나뭇가지를 연상케 했다.

　『〈세계수의 가지〉라고나 할까요. 무쿠로의 〈미카엘〉을 모델로 해서 만든 실험 병기예요. 그 칼날을 정령의 몸에 꽂으면, 그 힘을 분리─ 즉, 정령에게서 천사를 분리시킬 수 있죠.』

　"천사를─ 분리?"

　"어? 뭐 그런 말도 안 되는 무기가 다 있어. 그렇게 편리한 게 있으면 빨리 내놓으란 말이야. 분위기 띄우려고 일부러 안 준 거야? 로봇걸, 너는 이래서 문제라니깐."

　니아는 불만 섞인 목소리로 그렇게 말했다. 그러자 마리아는 약간의 짜증이 섞인 목소리로 대꾸했다.

　『어디 사는 3류 만화가도 아니고, 그런 짓을 할 리가 없잖아요. 방금 실험 병기라고 말했을 텐데요? 아직 실용 단계와는 거리가 멀어요.

　─확실히 이 무기는 이론상 정령과 천사의 존재를 분리시킬 수 있죠. 하지만 그게 가능한 건 한순간에 불과해요. 정령을 행성으로 본다면, 천사는 위성이죠. 분리를 시키더라도 곧 그

둘은 서로를 당기며 원래대로 되돌아갈 거예요. 겨우 그런 성과를 위해 정령의 품속으로 뛰어 들어가는 건, 위험부담이 너무 크죠.』

하지만, 하고 마리아는 말을 이었다.

『지금 이 순간만큼은 이야기가 달라요. 한순간. 한순간이라도 상관없어요. 〈비스트〉에게서 천사를 분리시킬 수만 있다면—.』

코토리가 마리아의 말을 이어받듯 입을 열었다.

"—이 자리에는 〈비스트〉와 마찬가지로, 천사를 끌어당기는 힘을 지닌 존재가 열 명이나 있잖아?"

"""…………아!"""

소녀들은 깜짝 놀라며 숨을 삼켰다.

그것은 시도도 마찬가지였다. 그것도 그럴 것이, 〈비스트〉에게서 천사를 빼앗을 수 있을지도 모르는 것이다.

"만약 그게 가능하다면—."

"만약이 아냐. 우리가 가능하게 만드는 거야."

코토리는 다른 이들을 의욕을 북돋아주려는 듯이 말했다.

"다들, 가자. —단 한 명만이라도 괜찮아. 〈비스트〉에게 이 검을 찔러 넣는 거야."

"""—오!!"""

힘찬 목소리로 그렇게 외친 소녀들이 날뛰는 정령을 향해 몸을 날렸다.

"……하아."

철풍뇌화(鐵風雷火)가 휘몰아치는 전장에서, 나츠미는 작게 한숨을 내쉬었다.

긴박한 상황이라는 것은 잘 알고 있다. 긴장을 풀 때가 아니라는 것도 말이다.

하지만 아무리 강대한 적이 눈앞에 있더라도, 이렇게 모두가 한 자리에 모이니 불가사의한 안도감이 느껴졌다.

확실히 〈비스트〉의 힘은 강대하다. 솔직히 말해 아까까지는 뭘 어쩌면 좋을지 알 수가 없었다.

하지만 코토리가 참전하고, 마리아에게서 비밀병기를 받으면서, 공략의 실마리를 찾았다. 그러자, 나츠미의 머릿속에서 어떤 일그러진 생각이 떠올랐다.

—위기 상황이지만, 역시 광명이 보였다. 역시 코토리, 역시 마리아다. 나츠미와는 다르게, 선택받은 주역들이다. 이제 다른 이들에게 맡겨두기만 하면, 전부 깔끔하게 해결될 것이다. 그것도 그럴 것이 이 자리에는 우수한 인재들이 모여 있다. 신체능력이 뛰어난 야마이 자매에 초특급 전함 무쿠로, 그리고 완벽초인 오리가미는 CR-유닛까지 걸쳤으며, 쿠루미는 죽여도 죽지 않을 것 같았다. 요시노는 여신이고, 미쿠도 미소녀가 상대라면 어마어마하게 강했다. 니아 또한 만화를 잘 그렸다. 왠지 전에도 비슷한 생각을 했던 것 같은 느낌이 들었다.

좋게 말하자면 신뢰, 나쁘게 말하자면 방심이다. 분명 누군가가 〈비스트〉에게 저 검을 꽂을 것이며, 시도가 그 힘을 봉인할 것이 틀림없다. 그런 막연한 생각이 머릿속에 떠올랐다.

자신이 나서면 안 된다. 하물며 다른 이들을 방해해선 안 된다. 도움이 되지 않는 정도라면 차라리 낫다. 자신이 괜히 나섰다간, 남들의 발목만 잡을 것이다. 왜냐하면 자신은―.

"윽……."

그런 생각이 머릿속을 스치자, 나츠미는 무심코 인상을 찡그렸다.

―왜, 지금 이런 생각을 하는 것일까.

그것은 과거에 한번 극복했던 생각이다. 타력본원(他力本願). 남에게 떠맡기기. 동료들을 소중하게 여기면서도, 스스로 행동을 하려 하지 않는 부정적인 자세. 마치, 시도와 만나기 전의 나츠미로 되돌아간 듯한 느낌이 들었다.

나츠미는 여전히 비관적이고 부정적인 편이지만, 그 당시에 비하면 다소 나아졌다. 이 자리에 있는 이들과의 만남을 통해 생각을 바꿨다. 남들이 보기에는 애벌레가 기어가는 속도 같아 보일지도 모르지만, 조금씩 앞으로 나아가고 있었다.

하지만…….

"……하아, 젠장."

나츠미는 욕지거리를 토했다.

최악인 것은 그 원인이 짐작됐기 때문이다.

틀림없다. ―떠올리고, 말았던 것이다.

나츠미가 이런 성격을 가지게 된 근원을, 더러운 진흙 속에 가라앉아 있던 자신의 과거를―.

"—나츠미 씨!"

"……으, 윽—!"

그 순간, 요시노의 목소리를 들은 나츠미가 화들짝 놀라며 어깨를 부르르 떨었다.

하지만— 이미 늦었다. 나츠미가 눈치를 챈 순간, 〈비스트〉의 공격에 의해 무너진 건물 파편이 이미 그녀를 향해 쏟아지고 있었다.

◇

"핫——!"

오리가미는 가늘게 숨을 토하면서 〈비스트〉를 시야 한가운데에 포착하더니, 의식을 집중시켰다.

오른손에는 레이저 스피어 〈에인헤랴르〉, 왼손에는 실험 병기 〈위그드 라무스〉, 그리고 온몸은 백은색 갑옷 〈브륀힐드〉에 감싸여 있었다.

그렇다. 전직 AST이자 위저드이기도 했던 오리가미는 이 자리에 있는 소녀들 중에서 유일하게 CR-유닛을 장비하고 있었다.

물론, 현재 전투능력은 이 자리에 있는 멤버들 중에서 가장 뛰어나다. 〈위그드 라무스〉는 모든 소녀들에게 전달됐지만, 〈비스트〉에게 육박해서 그 칼날을 꽂아 넣을 수 있는 건 자신뿐이라고 오리가미는 자부하고 있었다.

그리고 다른 소녀들도 공통적으로 그런 인식을 지니고 있었다. 사전에 의논한 것은 아니지만, 다들 오리가미를 중심으로 좌우로 전개해서 〈비스트〉를 둘러싸는 진형을 형성하고 있었다.

"크큭! 간다, 정령! 바람처럼 빠른 야마이의 속도를 느껴보거라!"

"연계. 좌우에서의 동시 공격을 피할 수는 없어요."

카구야와 유즈루가 힘차게 고함을 지르며 〈비스트〉를 협공했다. 원래 고함을 지르면서 공격을 하는 건 쓸데없는 행동에 지나지 않지만, 지금은 사정이 다르다.

야마이 자매는 일부러 자신의 존재를 드러내서, 〈비스트〉의 주의를 끌고 있는 것이다.

준비된 열쇠는 열 개다. 그 중 하나가 상대의 몸에 닿기만 하면 된다.

"아아— 아아아아아아아—!!"

〈비스트〉는 포효를 지르더니, 아홉 번째 검을 손에 쥐고 지면에 찔러 넣었다. 그러자 검을 찔러 넣은 기점으로 해서 공기가 떨리더니, 눈에 보이지 않는 『소리』의 벽이 형성됐다.

"우왓!"

"충격. 이건—."

돌격이 저지된 야마이 자매는 움직임을 멈췄다. 그 뒤를 이어 〈비스트〉가 휘두른 여덟 번째 검에서 바람이 뿜어지더니, 그녀들이 손에 쥔 〈위그드 라무스〉를 날려버렸다.

하지만 소녀들은 공세를 멈추지 않았다. 야마이 자매에게 정신이 팔린 〈비스트〉의 빈틈을 찌르듯, 다른 이들이 공격을 퍼부었다.

"하아아아앗!"

"이거나 받아아아아아아앗!"

"음—!"

"—아아아아앗!!"

〈비스트〉가 차례차례 검을 뽑아 들어서 소녀들의 공격을 받아내고, 막아낸 후, 쳐냈다. 그녀들이 손에 쥔 기사회생의 열쇠가, 차례차례 파괴됐다.

"……."

하지만— 이걸로 됐다. 오리가미는 냉정하게 〈비스트〉의 움직임을 관찰한 후, 조용히 하늘을 박찼다.

〈위그드 폴리움〉이 형성한 테리터리와 〈비스트〉가 휘두른 검의 여파가 어지러이 뒤섞여 만들어진 마력과 영력의 폭풍 속을, 소리 없이 헤엄치듯 비행했다.

승부는 한순간에 갈린다. 소녀들의 공격에 대처하고 있는 〈비스트〉의 등에 손에 쥔 검을 찔러 넣는 것이다. 오리가미는 테리터리로 〈위그드 라무스〉를 띄운 후, 레이저 스피어의 끝부분에 고정시켰다.

"——지금이야."

무쿠로가 〈위그드 라무스〉를 들고 돌격한 순간, 주위를 살피고 있던 〈비스트〉의 의식이 한순간 그쪽으로 쏠렸다. 마리아의 말에 따르면, 〈위그드 라무스〉는 원래 무쿠로의 천사 〈미카엘〉을 모델로 만들어졌다고 한다. 어쩌면 무쿠로는 다른 이들보다 이 무기를 능숙하게 다루고 있는 걸지도 모른다.

오리가미가 그 틈을 놓칠 리가 없다. 그녀는 테리터리를 조작하더니, 무쿠로와 대치한 〈비스트〉에게 순식간에 육박하면서 〈위그드 라무스〉를 내질렀다.

하지만―.

"아니……."

오리가미는 자신의 목에서 흘러나온 목소리를 들었다.

〈비스트〉에게 〈위그드 라무스〉의 끝부분이 닿으려던 순간, 그 진로가 희미하게 어긋난 것이다.

눈에 보이지 않는 벽에 튕겨났거나, 바람에 밀려난 느낌과는 달랐다. 굳이 따지자면, 팔이 자신의 의지를 거부하며 멋대로 공격을 비튼 듯한―.

"……윽!"

그 순간, 오리가미는 눈치챘다. 〈비스트〉의 등 뒤에 존재하는 열 개의 천사. 그 중 두 번째 천사가 공중에 찬란히 빛나는 문자를 자아내고 있었던 것이다.

"미래기재(未來記載)―."

오리가미는 방심한 자기 자신을 저주했다. 〈비스트〉는 모든 정령의 천사를 지녔다는 이야기를 들었으면서, 그녀의 짐승 같은 전투 방식을 보고 이렇게 될 가능성을 배제하고 말았다.

아니― 만약 그 가능성을 염두에 뒀더라도, 결과는 달라지지 않았을 것이다.

미래기재. 전지의 천사 〈라지엘〉에 새겨진 말은, 현실이 된다. 그렇다. 설령 적의 행동일지라도 말이다.

"······아아, 그래. ······덤벼드는 건, 너다. 어째선지····· 그럴 것, 같았다."

〈비스트〉는 공허한 눈길을 머금으며, 떠듬떠듬 그렇게 중얼거렸다.

그리고 그대로 여섯 번째 검을 쥐더니, 오리가미의 몸에 찔러 넣은 후에 열쇠를 돌리듯 칼날을 비틀었다.

"아—."

오리가미가 걸친 CR-유닛이 파편이 되면서 사방으로 튕겨져 날아갔다.

마치 벚꽃이 흩날리는 듯한 그 광경을 보면서, 오리가미는 무너지듯 지면을 향해 가라앉았다.

◇

"으····· 응······."

둔탁한 통증 탓에 얼굴을 찡그린 나츠미는 천천히 눈을 떴다.

아무래도 머리를 찧은 건지, 몇 초 동안 기억이 혼탁했다.

하지만 눈을 몇 번 깜빡이는 사이, 점점 의식을 잃기 전의 일이 생각났다.

그렇다. 지금은 〈비스트〉와 전투 중이었다. 다들 일제 공격을 하려던 순간, 나츠미를 향해 건물 파편이 쏟아졌고—.

"······정신이······ 들었나요, 나츠미······ 씨······."

"······아! 요시노?!"

갑자기 들려온 그 목소리에 놀란 나츠미가 눈을 치켜떴다.

그리고, 그제야 눈치챘다. 이마에서 피가 흘러나오고 있는 요시노가 나츠미의 몸을 감싸고 있다는 것을······.

확인할 필요도 없이, 이해했다. 요시노가 건물 파편으로부터 나츠미를 감싸준 것이다.

"어, 어째서—"

나츠미는 입에서 나오려던 말을 삼키며, 주위를 둘러보았다.

지금은 괜한 대화를 주고받을 때가 아니다. 빨리 도움을 요청해서, 요시노가 치료를 받게 해야 한다.

나츠미와 요시노가 참가하지 않았다고는 해도, 수적으로는 충분히 우세했다. 지금쯤 〈비스트〉에게서 천사를 떼어낸 후, 시도가 그녀와 대화를 나누고 있을 것이다. 그렇다면, 여유가 있는 사람도 있을—

"······윽."

그런 생각을 하며 주위를 둘러보던 나츠미는 온몸을 부르르 떨며 숨을 삼켰다.

아까까지 마을이 존재했다는 것이 믿기지 않을 정도로, 주위는 폐허로 변해 있었다.

그런 폐허 곳곳에 소녀들이 쓰러져 있었다.

그리고, 이 처절한 전장을, 한 소녀가 완만한 발걸음으로 활보하고 있었다.

─〈비스트〉. 이 세상에 존재할 리가 없는 정령은 여전히 열 개의 검을 지니고 있었다.

　"말도…… 안 돼……."

　나츠미는 얼이 나간 채, 떨리는 목소리로 그렇게 말했다.

　코토리가, 쿠루미가, 무쿠로가, 카구야가, 유즈루가, 미쿠가, 니아가, 그리고 오리가미조차도, 허무하게 당해버리고 만 것인가.

　나츠미는 비교조차 안 되는 『주역』들이, 신의 선택을 받은 『가진 자』들이…….

　아니, 그녀들만이 아니었다. 싸움의 여파에 휘말렸던 건지, 시도 또한 건물 파편 위에 쓰러져 있었다. 때때로 고통스러운 신음을 흘리는 것을 보면, 아직 숨이 붙어 있는 것 같지만─〈비스트〉가 그의 숨통을 끊기 위해 걸음을 옮기고 있다는 것은 누가 봐도 명백했다.

　"나츠미, 씨……."

　요시노가 자신의 이름을 부르는 소리가 들리자, 나츠미는 어깨를 부르르 떨었다.

　"거, 걱정하지 마……. 금방 도와줄 사람을 부를 테니까……."

　"─나츠미 씨."

　"……윽."

　요시노가 올곧은 눈길로 응시하자, 나츠미는 숨을 삼켰다.

　요시노의 눈에는 상처 입은 조그마한 소녀의 몸에 어울리지 않을 만큼, 강렬한 의지의 불꽃이 어려 있었다.

"지금 저 사람을 막을 수 있는 건, 나츠미 씨뿐이에요. 부탁이에요. 제발— 시도 씨를, 도와주세요."

그리고, 말 한 마디 한 마디에 의지를 담은 듯한 어조로, 그렇게 말했다.

그 말을 들은 순간, 나츠미의 안면이 창백해졌다.

"무, 무리, 무리야……! 다른 애들도 당해내지 못했는데, 나 따위가 어찌할 수 있을 리가 없잖아……!"

다들 나츠미보다 우수하고, 나츠미보다 머리가 좋으며, 나츠미보다 강했다.

그런 그녀들도 해내지 못한 일을, 나츠미가 해낼 수 있을 리가 없다. 나츠미는 눈가에 눈물이 맺힌 채 고개를 저었다.

하지만 요시노는 그런 나츠미의 말을 듣고도 상냥한 미소를 머금기만 했다.

"괜찮아요……. 나츠미 씨라면, 분명 해낼 수 있어요. 나츠미 씨는, 자기가 생각하는 것보다 훨씬, 대단한 사람이니까요."

"그, 그렇지 않아……."

"부탁이에요, 나츠미 씨…… 시도 씨, 를……."

요시노는 금방이라도 끊어질 듯한 목소리로 그렇게 말하더니, 결국 눈을 감으며 힘없이 축 쓰러졌다. 그녀가 놓친 〈위그드 라무스〉가 지면을 굴렀다.

"요, 요시노……!"

나츠미가 허둥지둥 이름을 불러봤지만, 요시노는 아무 말도 하지 않았다. 아마 이미 한계에 도달한 것이다. 기력만으로,

지금까지 의식을 유지하고 있었던 것이다.

나츠미가 무사한지 확인하기 위해······.

그리고— 나츠미에게, 뒷일을 부탁하기 위해······.

"······왜, 왜, 하필이면 나 따위한테······."

나츠미는 절망적인 심정으로 그렇게 중얼거리더니, 다시 전장을 둘러보았다.

죽음의 대지를 활보하는 폐허의 왕 〈비스트〉. 여덟 소녀의 맹공을 받았는데도, 그 힘은 전혀 쇠퇴하지 않은 것처럼 보였다. 쇠창살 같은 열 자루의 검을 몸 주위에 두른 채, 완만히, 그리고 확실히 시도를 향해 걸음을 내딛고 있었다.

소녀들을 잃은 시도는 완전한 무방비 상태다. 이대로 〈비스트〉가 시도의 곁에 도달한다면, 인간인 그는 그대로 당하고 말 것이다.

그런 시도를 구해야 할 주역들은 전부 지면에 쓰러져 있었다.

무사한 이는— 나츠미뿐이다.

그 사실을 다시 자각한 나츠미는 극심할 정도로 가슴이 뛰고, 위가 뒤집힌 것처럼 구역질이 났다.

긴장과 초조 탓에 뇌가 타들어갈 것만 같았다. 온몸에서 땀이 뿜어져 나오더니, 손발이 부들부들 떨렸다.

—어째서, 어째서 이렇게 된 것일까.

아무것도 지니지 못한 나츠미가, 왜 이런 큰 역할을 맡게 된 것일까.

전혀 어울리지 않는 무대다. 엑스트라 중의 엑스트라에게,

갑자기 스포트라이트가 비춰진 것이나 다름없다.

가능하면 지금 바로 이 자리에서 도망치고 싶다. 혹은 숨죽인 채 숨어 있고 싶다. 나츠미에게 허락된 행동은 그게 전부다. 그게 당연했다. 그게 나츠미에게 있어 당연한 것이다.

"……윽!"

그런 생각에 머릿속이 지배당하려던 순간, 나츠미는 입술을 세게 깨물었다. 날카로운 고통이 뇌를 꿰뚫고 지나가더니, 입 안에서 피맛이 감돌았다.

이 자리에서 도망치고 싶다?

숨죽인 채 숨어있고 싶다?

나츠미에게 허락된 행동은 그게 전부다?

"……헛, 소리, 하지 마……!"

무의식적으로 머릿속에 어떤 생각이 떠올랐다. **나츠미에게 있어 당연한 생각**을, 발꿈치로 즈려밟듯 걸음을 내디뎠다.

─당연? 왜 그런 쓰레기 같은 생각을 당연하게 여기는 거지?

아아, 아아, 알고 있다. 그 모든 건 그 시절의 기억에 기인하고 있다.

나츠미는, 떨리는 손으로, 〈위그드 라무스〉를 움켜쥐었다.

아버지의 얼굴은, 잘 기억나지 않는다.

─자신이 철이 들 즈음에는, 없었기 때문이다.

어머니의 얼굴도, 잘 기억나지 않는다.

—똑바로 쳐다보며 이야기를 나누려 하면, 두들겨 맞았기 때문이다.

그래서, 인간이었던 시절의 기억이 생각난 지금도, 그 광경에는 결여된 부분이 있었다.

자신의 어머니를 떠올려도, 얼굴 부분이 검은색 매직으로 칠해진 듯한 모습이었다.

아, 그래도 목소리는 기억했다. 항상 화난 목소리, 혹은 힐난하는 목소리였지만 말이다.

쿄노 ■■란 그 여자는 나츠미가 마음에 안 들었는지, 항상 짜증이 나 있었다. 그녀가 하는 말의 의미를 처음에는 이해하지 못했지만, 격렬한 어조와 폭력이 세트였기 때문에 그다지 좋은 의미는 아니었을 거라는 점은 충분히 알 수 있었다.

분명 자신이 잘못했기 때문에, ■■는 이렇게 화가 난 거라고 생각했다.

그래서, 가능한 한 잘 지내보려 했다. 집안일을 익히고, 시키는 대로 하며, 착한 아이가 되려 했다.

하지만 그런 행동도 ■■를 언짢게 했다. 그래서 나츠미는 가능한 한 괜한 짓을 하지 않으려 했다. 폭풍 앞의 무력한 벌레가 할 수 있는 일이라고는 뻔했다. 그저 바위 밑에 들러붙어서, 날씨가 좋아질 때까지 얌전히 기다리는 것뿐이다. 때때로 바람에 흩날리겠지만, 정면에서 맞서는 것보다는 나을 것이다.

■■는 툭하면 나츠미를 못났다며 멸시했다. 무엇이 아름답고 무엇이 추한지는 잘 모르겠지만, ■■가 그렇게 말하니 그 말이 맞을 거라고 생각했다.

혹시 자신이 더 귀엽다면 ■■에게 사랑받았을까. 그렇게 생각하니 가슴이 아팠다.

그렇다면 더 예쁘게 낳아줬으면 좋았을 거라고도 생각했지만, 말하지는 않았다. 이즈음에는 나츠미도 폭풍의 대처법을 익히고 있었던 것이다.

─딱히 유별난 구석은 없는, 그런 흔하디흔한 평범한 가정.

나츠미는 그런 곳에서 자랐다.

……코토리가 건네준 봉투가 얇은 것도 당연했다. 〈라타토스크〉가 편찬한 그 서류에는 필요 최소한의 데이터만 실려 있었고, 가정 환경에 대해서는 다루지 않았다.

〈라타토스크〉가 그 정도의 정보만 파악했을 거라고는 생각하기 어렵다. 아마 코토리는 나츠미를 배려해서 정보를 걸렀을 것이다. 「썩 유쾌한 정보는 아니다」라고 협박조의 말을 했으면서 이렇게 손을 써둔 것만 봐도, 코토리가 얼마나 유능한지 알 수 있었다.

뭐, 나츠미는 자신의 이름을 보자마자 당시의 기억이 전부 떠올랐기 때문에, 코토리의 그런 배려도 수포로 돌아갔지만 말이다. 지금 생각해보면 참 나츠미다운 일이기는 했다.

기본적으로 ■■는 나츠미에게 식사를 주지 않았기 때문에, 나츠미의 주된 영양분은 초등학교 급식이었다.

……당연히 급식비도 내주지 않은 것 같지만, 무사안일주의인 담임교사는 나츠미의 상황을 못 본 척하는 대신에 그 점도 추궁하지 않았다.

문제는 여름 방학이나 겨울 방학 같은 장기 휴가 때였다. 이것은 나츠미에게 있어 사활문제였다. 집에는 컵라면과 레토르트 식품 같은 것이 있지만, 그것에 손을 댔다간 ■■가 자신을 죽이려 할 거라는 확신을 가지고 있었다.

하지만 아무것도 먹지 않았다간 결과는 똑같다. 나츠미는 ■■ 몰래 칼로리를 섭취할 방법을 생각해야만 했다.

그리고 내린 결론은 조미료였다. 컵라면처럼 한 끼 분량으로 분류되어 있다면 몰라도, 조미료는 조금씩 양이 줄어들더라도 개의치 않을 것이다. 이때만은 나츠미도 ■■의 매사에 대충인 성격에 감사했다.

장기 휴가 시기의 나츠미의 주식은 설탕, 그리고 수돗물로 희석한 간장이다. 냉장고에 버터와 마가린이 있으면 운수 좋은 날이다. 혀에 녹아드는 유지의 맛은 나츠미를 조금이나마 행복하게 해줬다.

그런 생활을 한 만큼, 나츠미는 같은 또래 아이들보다 신체 발육이 나빴다.

게다가 자기 의복의 세탁과 목욕은 ■■ 몰래 해야만 했기에, 씻지도 못한 채 학교에 가야 하는 날도 적지 않았다.

어린애는 이단아를 찾아내는 데 있어 천재다. 『남들과 다른』 나츠미는 노골적으로 기피 당하거나, 혹은 주목을 당했다. 이단아와 닿은 이 또한 이단아로 몰리는 것이 어린이 세계의 룰이다. 자신은 『저것』과 다르다는 것을 동료들에게 증명하지 못하면, 커뮤니티 안에서 살아갈 수 없다.

필연적으로 나츠미는 학교가 싫어졌다. 솔직히 말해, 가지 않아도 된다면 가고 싶지 않았다.

하지만 급식을 먹기 위해서는 가야만 했다. 나츠미에게 있어 학교란, 가혹한 환경을 견디는 대신에 영양분을 섭취할 수 있는, 식량 공급소 이외의 그 무엇도 아니었다.

그리고…… 그것은 언제였을까.

그렇다. 나츠미가 중학생이 되고 얼마 지나지 않았을 때의 일이다.

(……우와. 이게 다 뭐야)

평소처럼 우울한 기분에 사로잡혀 집으로 돌아온 나츠미는 현관문을 열자마자 인상을 찡그렸다.

이유는 단순했다. 집안이 엉망진창이었던 것이다.

선반과 텔레비전, 전자레인지 같은 것이 내동댕이쳐져 있었으며, 바닥에는 식기와 유리 파편이 흩뿌려져 있었다. 마치 소형 태풍이 나츠미의 집안에서만 발생한 듯한 참상이었다.

하지만 나츠미는 그것을 보고도 강도나 빈집털이, 폭한 등의 범행이라고는 생각하지 않았다.

■■는 툭하면 성질을 냈고, 흥분하면 물건을 부쉈으며, 얼마 전부터는 위법 약물에도 손대고 있었다.

뭐, 그래도 이 날의 참상은 평소보다 더 엄청났다.

나중에 알게 된 것이지만 ■■는 그 날, 어떤 연락을 받은 것 같았다.

—그것은 나츠미의 아버지인 남자가 죽었다는 연락이었다.

아무래도 나츠미의 아버지는 아내와 자식이 있는 남자이며, ■■에게는 입막음 삼아 거액의 양육비를 비밀리에 지불하고 있었던 것 같았다.

즉 ■■는 이 날, 생활비 공급이 끊긴다는 통보를 받은 것이다.

그리고 그것은 ■■에게 있어 나츠미의 마지막 존재의의가 사라졌다는 것과 같은 의미였다.

(⋯⋯⋯⋯야.)

나츠미가 귀가했다는 사실을 눈치챈 건지, 쓰러진 장롱 옆에서 몸을 웅크리고 있던 ■■가 낮은 목소리로 말했다.

(⋯⋯⋯⋯왜?)

괜히 눈에 띈 것을 후회한 나츠미는 미간을 찌푸리며 그렇게 대꾸했다. ⋯⋯그러고 보니 ■■와 이야기를 나누는 건 3주 만인 것 같은 느낌이 들었다.

(⋯⋯돈⋯⋯, 내놔.)

(⋯⋯뭐? 그딴 게 있을 리 없잖아.)

(없으면 몸이라도 팔아서 벌어오란 말이야!)

■■는 고함을 지르면서 옆에 있던 유리잔을 집어던졌다. 깨

진 유리잔의 날카로운 부분이 나츠미의 이마에 명중하자, 피가 배어나왔다.

(…………)

나츠미는 천재지변에는 맞서지 말자는 주의지만, 이때만큼은 가슴 속의 일렁거림을 억누를 수가 없었다.

딱히 얼굴에 상처가 나서 분노한 것은 아니다. 그저 나츠미를 못났다며 경멸하던 여자가 이딴 소리를 늘어놓는다는 사실에, 약간 발끈한 것이다.

(무슨 소리를 하는 거야? 나 같은 못난이와 자고 싶어 하는 남자가 있을 리가 없잖아. 너를 쏙 빼닮아서 참 미안하네.)

(…………이게!)

그 후로 어떤 대화를 나눴는지는 잘 생각나지 않는다.

정신을 차리고 보니, 나츠미는 ■■의 밑에 깔린 채, 목을 졸리고 있었던 것이다.

(커……어…… 억―.)

가느다란 숨소리가 목에서 흘러나왔다.

시야가 밝아졌다 어두워지기를 반복했으며, 의식이 점점 멀어졌다. 얼굴이 뜨거워졌고, 손발에는 힘이 들어가지 않았다.

―죽는다. 죽는다. 죽는다.

나츠미의 뇌는 그저 그런 생각에 지배당하고 있었다.

바로 그때였다.

(―저기, 너. 힘을 원하지 않아?)

나츠미의 앞에 정체불명의 노이즈가 나타났다.

〈팬텀〉. 시원의 정령. ―타카미야, 미오.

지금은 그 정체를 알고 있지만, 당시의 나츠미는 극한 상황에서 환각이라도 보고 있는 줄 알았다.

하지만, 그래도 상관없다. 나츠미는 필사적으로 힘을 원한다고 소망했다. 눈앞에 나타난 썩은 동아줄에 매달렸다.

(――.)

졸리고 있는 목에서는 목소리가 나오지 않았지만―.

그 노이즈는 나츠미의 뜻을 이해한 것처럼, 녹색으로 빛나는 조그마한 보석 같은 것을 던졌다.

―그 후의 일은, 약 3분도 채 되지 않는 동안 일어났다.

정령이 되어, 천사 〈하니엘〉을 손에 넣은 나츠미는 그 힘으로 ■■를 조그마한 개구리로 만들었다.

개구리는 기침을 토하며 몸을 일으키는 나츠미를 올려다보며, 겁먹은 듯이 껑충껑충 뛰었다.

그 왜소하고 우스꽝스러운 모습을 본 나츠미는 환희와 연민보다, 깊디깊은 탈력감에 사로잡혔다.

(…………..)

천천히 한쪽 발을 들어 올려서 개구리를 짓밟으려다 멈춘 후―.

나츠미는 그대로 〈하니엘〉에 걸터앉더니, 창문을 깨부수며 창밖으로 날아갔다.

(――하, 하하…….)

저녁노을에 물든 하늘을 날면서, 나츠미는 자신의 목에서 흘러나온 웃음소리를 들었다.

무슨 일이 일어난 것인지는 모른다.

느닷없이 이상한 것이 나타나서, 이상한 힘을 줬다.

그리고 지금까지 어찌할 수 없다고 여겼던 문제가, 순식간에 해결됐다.

아아, 그렇게 무서웠던 ■■이, 그렇게 강대했던 어머니가, 이렇게 왜소한 존재였을 줄이야.

(아하하하하하…… 하하하하하하하하핫!)

그런 생각이 들자, 웃음소리가 점점 커졌다.

자신은 왜 지금까지, 이렇게 간단한 일을 못한 것일까.

자신은 왜 지금까지, 그딴 어머니의 곁에 있었던 것일까.

자신은 왜 지금까지—.

(아…… 아아…… 아아아아아아아아아아아아아———!!)

—하늘에 울려 퍼지는 웃음소리는, 어느새 찢어질 듯한 통곡으로 변했다.

지금까지 자신을 괴롭혔던 ■■에게 복수를 하고, 처음으로 깨달았다.

자신은 복수를 하고 싶었던 것이 아니라—.

—그저, 사랑받고 싶었을 뿐이었다.

◇

"……빌……어……먹을!!"

나츠미는 악다구니를 하듯 그렇게 외치더니, 근처에 있던 건물 파편에 박치기를 날렸다.

안 그래도 아프던 머리가 더 아팠다. 현기증이 나더니, 이마에서 피가 흘러나왔다.

하지만 덕분에 정신이 번쩍 들었다. 나츠미는 거친 숨을 내쉬며 어금니를 깨물었고, 각오를 다지며 지면을 박찼다.

◇

"──."

조용히……

인간들로부터 〈비스트〉라 불리는 정령은, 걸음을 내디뎠다.

잿빛으로 물든 시야에 비치는 건, 먼지와 파편이 쌓인 대지.

그리고― 그 한가운데에 쓰러져 있는 소년의 모습이었다.

"……, 아……, 크으……."

그 소년은 숨을 헐떡이며 고통스러운 목소리를 토했다. 옷은 찢겨졌고, 노출된 피부에는 깊은 상처가 새겨져 있었다. 아마 이대로 내버려두더라도, 머지않아 숨을 거두고 말 것이다.

하지만……

"괜……찮……아……. 무서워……하지, 마……. 우리는……

적이…… 아냐……."

동료들이 전부 쓰러졌는데도…….

자신의 몸이 죽음에 이르게 할 상처를 입었는데도…….

소년이 입에서 흘러나오는 말에는, 변함이 없었다.

"……닥쳐라……."

그녀는 미간을 찌푸리며, 울화 섞인 목소리로 중얼거렸다.

어째서일까. 다 죽어가는 이 소년의 목소리가, 그녀는 괜히 거슬렸다.

소년이 말을 할 때마다, 그녀에게 뭔가를 호소할 때마다…….

그녀는 자신의 귀를, 머리를, 목을 쥐어뜯고 싶은 충동에 사로잡혔다.

아마, 어떤 식의 정신 공격일 것이다. 아무런 대비도 없이 그녀의 앞에 서는 인간이 있을 리가 없다. 빨리 죽여야 한다. 빨리 없애야 한다. 빨리 배제해야 한다. 이대로 이 인간의 목소리를 계속 듣다간, 머릿속이 이상해질 것만 같다.

하지만, 그녀의 마음속에는 어렴풋한 의문이 생겨났다.

지금까지 몇 번이나, 이 소년의 숨통을 끊을 기회가 있었다. 하지만 그런 기회를 잡을 때마다, 어찌된 건지 그녀의 손은 그의 목을 치는 것을 주저했다.

애초에 지금 이 상황 또한 이상했다. 그녀는 스스로의 의지로 그의 잔향을 쫓기 위해, 열쇠의 검으로 공간에 『구멍』을 냈다. 마치— 그를 다시 만나러 가는 것처럼…….

알 수 없다. 자신의 행동을 이해할 수 없다. 왜, 자신은, 이 소년을 이렇게 신경 쓰는 걸까. 자신은—.

"……그러니까…… 그렇게, 울 것 같은 표정을, 짓지 마……."

"……윽."

소년이 금방이라도 잦아들 듯한 목소리로 그렇게 말하자…….

그녀는 무심코 숨을 삼켰다.

기묘할 정도로 가슴이 뛰었다. 심장이 꿰뚫린 듯한 격렬한 아픔이 느껴졌다.

—안 된다. 안 된다. 이 녀석은 위험하다. 이 녀석은, 자신을, 자신이 아닌 무언가로 바꾸고 말 것이다. 죽여야 한다. 없애야 한다. 멸해야 한다.

"……사라……져라—!!"

—그리고…….

그녀가, 소년을 죽이기 위해 검을 손에 쥔, 바로 그때였다.

하늘에서 그녀를 향해, 마력의 빛이 발사됐다.

"……윽?!"

눈앞에서 일어난 광경을 본 시도는 무심코 숨을 삼켰다.

소녀들을 해치우고, 시도를 향해 걸어오던 〈비스트〉.

그녀를 향해, 눈부신 빛이 발사된 것이다.

다음 순간, 〈비스트〉의 위편에 눈부시게 빛나는 한 장의 『잎』이 떠다는 사실을 눈치챘다.

—〈위그드 폴리움〉. 공중함 〈프락시너스〉가 자랑하는 범용

병기.

하지만 그것을 눈치챘는데도, 시도는 경악을 금치 못했다.

그럴 만도 했다. 〈위그드 폴리움〉을 다룰 수 있는 소녀들은 전부 〈비스트〉에게 당했기 때문이다.

누군가가 정신을 차린 것일까? 아니면 〈프락시너스〉가 복구된 것일까? 아니면—.

"—건방지구나……."

시도가 그런 생각을 하고 있을 때, 〈비스트〉가 네 번째 검을 치켜들었다. 그 순간, 주위의 기온이 내려가면서 그녀의 머리 위에 얼음으로 된 벽이 형성됐다.

〈위그드 폴리움〉에서 뿜어진 마력광은 〈비스트〉가 만든 얼음벽에 막히더니, 주위에 그 여파를 흩뿌렸다.

하지만 〈위그드 폴리움〉을 조종하는 자 또한, 이런 공격이 〈비스트〉에게 통하지 않을 거라는 사실을 알고 있었던 것 같았다. 〈비스트〉가 광선을 튕겨내기 위해 한손을 들어 올린 순간, 그녀의 뒤편에서 조그마한 누군가가 모습을 드러냈다.

"—으……, 아아아아아앗—!!"

퍼석퍼석한 머리카락을 흩날리며, 나뭇가지 같은 단검을 쥔 조그마한 체구의 소녀가, 〈비스트〉를 향해 돌격했다. 그 모습을 본 시도는 무심코 눈을 치켜떴다.

"나츠미……?!"

그렇다. 〈비스트〉에게 돌격한 이는 처음부터 모습을 보이지 않던 나츠미였다.

하지만 〈비스트〉의 주의가 상공으로 향한 것은 한순간에 불과했다. 이미 그녀는 뒤편에서 뛰어오는 나츠미를 눈치챈 것 같았다.

"……꺼져라."

냉담한 목소리로 그렇게 말한 〈비스트〉는 왼손으로 여덟 번째 검을 쥐더니, 나츠미를 향해 휘둘렀다. 그 궤적에 따라 진공 칼날이 날아가더니— 나츠미의 목을, 너무도 간단히 잘라버렸다.

"아앗—."

그 광경을 본 시도는 절규를 토하려다— 곧 생각을 바꿨다.

아무리 궁지에 몰렸더라도, 나츠미가 이렇게 무모한 짓을 벌일 리가 없는 것이다.

그 부정적이고, 비관적이며, 자신감이 없을 뿐만 아니라— 지나칠 정도로 용의주도한 나츠미가, 강대한 적에게 아무런 작전 없이 돌격할 리가 없다.

그렇기 때문에 시도는 곧 그 위화감을 눈치챌 수 있었다.

—잘려나간 나츠미의 목에서, 피가 한 방울도 흘러나오지 않았다.

"이건……!"

시도가 그 말을 한 순간, 나츠미의 목이 텔레비전의 노이즈처럼 흔들리더니, 공기에 녹아들 듯 사라졌다.

시도는 그제야 이해했다. —방금 나츠미의 모습은 테리터리로 형성된 더미 영상이었던 것이다.

〈위그드 폴리움〉을 중심으로 전기된 테리터리는 사용자의 의지를 현실에 투영하는 공간이다. 복잡한 조작을 하기 위해서는 익숙해질 필요가 있겠지만, 나츠미는 원래 거울의 천사 〈하니엘〉을 지녔던 정령이다. 빛의 굴절을 조작해 허상을 만들어내는 건, 그녀에게 어려운 일이 아닌 것 같았다.

하지만 방금 나츠미가 허상이었다면, 진짜 나츠미는―.

"――."

시도가 그렇게 생각한 그 순간이었다.

마치 풍경에 녹아들어 모습을 감춰주는 베일이 벗겨진 것처럼…….

〈비스트〉의 품속에서 조그마한 누군가가 모습을 드러냈다.

허상처럼 괜히 고함을 지르거나, 발소리를 내지는 않았다.

소리도 없이, 목소리도 내지 않으며…….

어둠 속에 몸을 숨긴 암살자처럼, 나츠미는 조용히―.

손에 쥔 〈위그드 라무스〉를, 〈비스트〉의 가슴에 꽂았다.

"……윽."

양손을 통해 그 감촉이 느껴진 순간, 나츠미는 숨을 삼켰다.

―지금 자신이 할 수 있는 모든 수를 썼다. 〈위그드 폴리움〉의 포격을 미끼로 쓰고, 테리터리로 만든 허상에 주의가 쏠리게 하며, 그 틈에 상대의 품속으로 숨어들었다.

〈비스트〉의 공격방법은 크게 두 가지로 나뉜다. 하나는 『손톱』을 이용한 공격, 다른 하나는 『검』을 이용한 특수 공격이다. 후자는 열 가지의 패턴으로 나뉜다.

그 모든 공격에 대처하는 건 불가능하다 해도 과언이 아니다. 하지만 『검』의 권능을 쓸 때는 거기에 해당하는 『검』을 손에 쥐어야만 하는 것 같았다.

즉, 한 번에 사용 가능한 『검』은 두 자루뿐이다. 만약 그 두 자루를 동시에 사용하는 상황을 만들 수 있다면, 한순간이기는 하지만 빈틈이 생길 거라고 판단한 것이다.

가지지 못한 자의 암습. 정말 비겁하고, 꼴사나우며, 교활한 전술이다. 하지만 나츠미는 주저 없이 그 수를 선택했다.

애초부터 지켜야 할 체면이나 명성 같은 건 없다. 수치심 같은 건 옛날 옛적에 전부 내다버렸다. 시도와 친구들의 목숨을 구할 수만 있다면, 비겁자라고 손가락질을 당한들 아프지도 가렵지도 않다.

—하지만.

".............."

조용히—.

〈비스트〉는 눈살을 찌푸리지도 않으며, 나츠미를 쳐다보았다.

그럴 만도 했다.

나츠미가 휘두른 〈위그드 라무스〉의 칼날은, 〈비스트〉에게 닿지 않은 것이다.

그렇다. 〈비스트〉의 가슴 앞.

그곳에 생겨난 조그마한 『구멍』이 〈위그드 라무스〉를 삼킨 것이다.

—여섯 번째 검. 공간에 『구멍』을 만드는 열쇠의 검 손잡이를, 〈비스트〉는 어느새 입에 물고 있었다.

괴물. 그 단어가 나츠미의 머릿속을 스쳤다.

나츠미와는 차원이 다른, 압도적인 『진짜배기』다.

"—아—."

그 광경을 본 나츠미는 작게 숨을 토했다.

그 순간, 머릿속에는 싫증날 정도로 들었던 목소리가 떠올랐다.

(……거봐. 역시 무리잖아. 너는 뭘 하든 다 이 모양이야.)

—닥쳐.

(그러니까 그때 죽는 편이 나았을 거야. 너는 이제까지 뭘 해냈어? 네가 있어서 달라진 게 있긴 해?)

—닥쳐.

(굼벵이가 거들먹거리며 나서기는. 너는 아무것도 못해. 너는 약해빠졌어. 너는 못났어. 너는 평생, 누구에게도 사랑받지 못해.)

—닥……쳐……!!

마음속으로 죽을힘을 다해 저항했지만, 그 말은 철사처럼 나츠미의 손발을 옭아맸다.

아직 끝나지 않았다. 아직 남은 수가 있다. 머릿속으로는 그것을 알고 있지만, 몸이 움직이지 않았다. 다음 수를 둬야만 하는데, ■■의 그림자가 나츠미를 사로잡은 채 한사코 놔주지 않았다.

이윽고 〈비스트〉가, 눈을 가늘게 떴다.

마치, 나츠미에게 종언을 고하려는 듯이…….

"……윽!"

—하지만, 바로 그때였다.

"나……츠미……!!"

신음에 가까운 목소리가 들리더니, 폐허 위에서 걸음을 내딛는 소리가 들렸다.

"……시, 시도—?!"

나츠미는 무심코 목소리를 쥐어짜냈다. 하지만 그것도 당연했다. 만신창이인 시도가 온몸으로 피를 흘리면서, 몸을 일으킨 것이다.

관련 지식이 없는 나츠미가 보기에도, 움직일 수 있는 상태가 아닌 것이 명백했다. 온몸에 타박상을 입었고, 피부가 찢겨져 나갔다. 그야말로 빈사 상태다. 저 상태에서 움직이는 건 자살행위에 가깝다.

하지만, 시도는 몸을 일으켰다.

대체 왜?

그것은 생각해볼 필요도 없었다. 아무리 비관적인 나츠미라도, 비로 눈치챘다.

—나츠미를, 구하기 위해서다.

"……어디를 쳐다보는 거야? 네 표적은 나잖아? 자아. 덤벼, 허니. 상냥히 안아줄게."

말을 하는 것도 힘들 텐데, 시도는 자신만만한 미소를 머금으며 〈비스트〉를 도발하듯 그렇게 말했다. 그 말을 들은 〈비스트〉의 눈썹이 희미하게 흔들리더니, 그녀는 시도를 노려보았다.

『―츠미. 나츠미.』

"……윽! 어―."

곧 귓가에 작은 목소리가 전해졌다. 아무래도 〈비스트〉에게 들키지 않도록, 인터컴을 통해 시도가 말을 하는 것 같았다.

『……너라면, 분명 생각해둔 작전이 있을 거야. ……내가 주의를 끌겠어. 네 뜻대로 해.』

"그, 그걸, 어떻게……."

『……당연히 눈치채야지. 오랫동안 알고 지냈잖아. ……걱정하지 마. 너라면, 할 수 있어.』

"……아……아―."

그 순간, 나츠미는 자신의 두 눈에 눈물이 맺혔다는 걸 눈치챘다.

―누구에게도, 사랑받지 못해?

그런 생각이 머릿속을 스친 것 자체가, 부끄러웠다.

자신이 대체 무슨 생각을 한 것일까.

빈사 상태인데도, 나츠미를 위해 몸을 일으킨 남자가 이 자리에 있다.

절체절명의 위기에서, 나츠미를 믿으며, 나츠미에게 목숨을 맡기는 벗이, 이렇게 곁에 있는데……!

"우……오오!"

나츠미는 헤드셋을 통해 〈위그드 폴리움〉에게 지령을 내렸다.

"——윽?!"

다음 순간, 〈비스트〉의 얼굴이 처음으로 경악에 의해 일그러졌다.

하지만, 그러는 것도 무리는 아니었다.

〈비스트〉의 등에는, 머리가 없는 나츠미의 허상이 움켜쥔 〈위그드 라무스〉가 깊숙이 박혀 있는 것이다.

—허상 속에 숨겨두었던, 또 하나의 〈위그드 라무스〉가 말이다.

애초에 〈위그드 라무스〉는 한 사람 당 하나씩만 주어졌다. 나츠미 본인이 그것을 움켜쥐고 있는 이상, 이런 공격은 불가능하다.

하지만 나츠미의 손에는 원래 주인의 원통함이 어린 〈위그드 라무스〉가 하나 더 존재했다.

그렇다— 나츠미를 구하기 위해 전선을 이탈할 수밖에 없었던, 요시노의 단검이다.

"……남의 머릿속에서 잔소리 좀 작작 지껄여. 이제 그만 닥치란 말이야, 망령."

나츠미는 쥐어짜낸 듯한 목소리로 그렇게 외치더니, 머리에 장착한 헤드셋을 통해 테리터리를 조작해서 〈비스트〉의 등에 꽂힌 〈위그드 라무스〉의 손잡이를 움켜쥐었다.

"나는…… 할 수 있어."

그리고, 중얼거리듯 그렇게 말하며 손에 힘을 줬다.

"나는…… 강해."

스스로를 향해 말하듯, 강하게, 강하게……

그 목소리에서는 망설임이 느껴지지 않았다. 그 말의 근거는 이미 갖춰졌다.

시도만이 아니다. 요시노도, 코토리도, 니아도, 오리가미도, 카구야도, 유즈루도, 무쿠로도, 쿠루미도, 미쿠도, 그리고 지금은 이 세상에 없는 토카도……

다들, 나츠미를 인정해줬다.

이곳에 있어도 된다고, 말해줬다.

나츠미가 과거에 원하고, 갈구했지만─ 결국 손에 넣지 못했던 것을, 그녀에게 줬다.

나츠미를─ 사랑해줬다.

"나는…… 귀여워……!!"

확실히 상대는 강대하다. 이 세상에 유일하게 존재하는 정체불명의 정령. 그 힘은 절대적이다.

그에 반해 나츠미는 약해빠졌다. 지닌 것이라고는 남에게 빌린 무기 뿐. 그것 말고는 남의 안색을 살피다 보니 지니게 된, 병적일 정도의 관찰안뿐이다.

하지만, 그렇다고 해서 포기할 수는 없다.

나츠미를 사랑해주는 벗들을, 죽게 내버려둘 수는 없다.

"─모두 다…… 내가─"

한순간, 입을 다물었다. 그것은 너무나도 불손하고, 가당찮은 발언이었다.

하지만, 나츠미는 곧 생각을 바꿨다.

각오를 말에 담으며, 탄환처럼, 토했다.

"내가, 지킬 거야……!!"

나츠미는 손에 힘을 주며—.

〈비스트〉의 몸에 꽂힌 단검을, 비틀었다.

제8장 카자마치 야마이

—그것은, 어둠 속에 매장한 기억.

쌍둥이자리의 성신(星辰)이 야천을 비추나, 그 근원을 아는 자는 없노라. 야마이의 섭리 또한 그러할지니.

어둠을 뒤지는 것을 책망치는 않노라. 그 또한 인간의 업이기에. 허나 잊지 마라. 인간이 심연을 들여다 볼 때, 심연 또한 인간을 들여다본다는 것을…….

……응? 어라? 이게 아냐? 뭐, 됐어.

으음, 무슨 이야기를 하려던 거였더라? 아, 그래. 유즈루와의 일이네.

응. 시도한테는 고맙게 생각해. 시도 덕분에 나와 유즈루는 둘인 채로 존재할 수 있었거든.

당시의 나는 자신이 희생될지라도 유즈루가 살아남기를 바랐어.

지금도 그때와 같은 상황이 된다면, 분명 같은 일을 할 거야.

하지만, 지금은— 절대 그 말을 입에 담지 않아.

왜냐하면, 유즈루한테 가장 괴로운 일이 나를 잃는 것이라는 확신을 가지고 있거든.

좀 멋쩍은 소리라는 건 알고 있지만, 사실이니 어쩔 수 없잖아.

그러니 우리는 발버둥칠거야. 죽도록 고민할 거야. 우리 둘 다 살아남을 길을 찾기 위해…….

왜냐하면, 스스로 선택지를 늘릴 수 있다는 걸— 시도가 가르쳐줬거든.

회고(回顧). 요즘 들어 옛날 일이 생각나요.

아, 인간이었던 시절의 기억은 아니에요. 공교롭게도, 당시의 기억은 하나의 확신— 카구야와 하나였다는 점을 제외하면 어렴풋하니까요.

아까 말한 옛날 일이란 카구야와 했던 승부, 그리고 시도와 만났을 때의 일이에요.

그때는 카구야를 살리기 위해서 필사적이었지만, 지금 떠올려보면 즐거운 추억이에요. 참 불가사의해요. 시간에는 기억을 원만하게 만드는 효과가 있는 것 같아요. 아무리 힘든 기억도, 지나고 나면 하나의 경험에 불과하죠. 고생이 많으면 많을수록, 진하게 마음속에 새겨져 있는 듯한 느낌이 들어요.

하지만 그것이 효과를 발휘하는 건 평온한 『현재』를 맞이했기 때문이겠죠. 아무리 험난했던 여정도, 아무리 괴로웠던 길도, 지금 이 세상을 형태 짓는 데 필요한 것이었다고 생각하면 전부 존귀하게 느껴져요.

그렇기 때문에, 이렇게 생각해요. 만약 유즈루와 카구야가 인간이었던 시절의 기억을 되찾더라도. 그리고— 설령 그것이 그 어떤 고난과 역경으로 점철되어 있을지라도.

유즈루와 카구야는 웃으면서 그것을 회상할 거예요.

그러니까 말이야. 앞으로 무슨 일이 일어나더라도, 나와 유즈루라면—.

확신. 유즈루와 카구야라면—.

—간단히 돌파하고 말겠어.

—간단히 돌파하고 말겠어요.

"······콜록, 콜록······. ······유즈루, 살아있어?"

"······대답, 어찌, 어찌······."

건물 파편으로 만들어진 산 위에 나란히 드러누워 있던 카구야와 유즈루는 동시에 눈을 뜨더니, 동시에 몸을 비틀거리며 일으켰다.

두 사람 다 온몸이 상처로 뒤덮여 있었다. 그녀들은 서로를 쳐다보더니 자조 섞인 웃음을 흘린 후, 고통이 느껴지는 몸을 조심조심 놀리며 주위를 둘러보았다.

……얼마나 의식을 잃고 있었던 걸까. 두 사람이 정신을 잃기 전에 했던 마지막 행동은 〈위그드 라무스〉를 들고 〈비스트〉에게 돌격하는 것이었다. 아무래도 두 사람 다 허무하게 〈비스트〉에게 당한 것 같았다.

하지만, 그것은 돌격을 하기 전부터 예상했던 일이었다. 원래 카구야와 유즈루의 역할은 회심의 일격을 감추기 위한 미끼다. 허무하게 당하기는 했지만, 한순간이라도 〈비스트〉의 주의를 끌 수만 있다면 됐다.

물론 야마이 자매가 지고 기뻐할 리가 없다. 분통하지 않다면 거짓말일 것이다. 하지만 이 자리에 있는 이들 중에서 〈비스트〉에게 공격을 명중시킬 수 있는 사람은, 그녀들 중 유일하게 CR-유닛을 장비한 오리가미 뿐이다.

이것은 공적을 쌓기 위한 싸움이 아니라, 〈비스트〉를 구원하기 위한 싸움이다. 시도가 그녀에게 다가갈 길을 만드는 싸움이다. 그 목적만 달성한다면, 카구야와 유즈루가 공적을 쌓을 필요는 없다.

"……"

하지만 주위의 광경은 두 사람이 기대했던 것과 달랐다. ─ 끝없이 펼쳐져 있는 폐허. 카구야와 유즈루가 정신을 잃기 전과 달라진 것이 없었다.

이상적인 상황은 두 사람이 기절한 사이에 모든 일이 끝났고, 〈프락시너스〉나 〈라타토스크〉의 의료시설에서 정신을 차리는 것이었지만— 아무래도 일이 그렇게 뜻대로 풀리지는 않은 것 같았다.

하지만 오리가미가 아무것도 못한 채 당할 리가 없다. 분명 지금 쯤—.

"—아."

"전율. 설마……."

바로 그때, 카구야와 유즈루는 눈치챘다.

주위에, 두 사람과 마찬가지로 고통에 찬 신음을 흘리는 소녀들이 있다는 사실을…….

그리고 그 안에는 백은색 CR-유닛이 파괴당한 오리가미도 있다는 사실을…….

"아니……! 오, 오리가미?! 말도 안 돼……?!"

"경악. 설마, 마스터 오리가미가……!"

두 사람은 숨을 삼킨 후, 무심코 서로를 쳐다보았다.

오리가미는 이 자리에 있는 소녀들 중에서 가장 강했다. 그런 그녀가 졌다는 것은 시도를 지킬 사람이 없다는 것을 의미했다.

"……우랴아앗!"

"분발. 에잇……!"

그 사실을 확인한 순간, 카구야와 유즈루는 이를 악물면서 몸을 일으켰다. 물론 온몸에서 극심한 통증이 느껴졌지만, 그런 것은 기합으로 억눌렀다. 극단적인 이야기지만, 손발이 떨어져 나가더라도 살아만 있다면 리얼라이저도 다시 붙일 수 있는 것이다.

그렇다. —살아만 있다면, 말이다.

죽어버리면, 돌이킬 수 없다. 인지를 초월한 위저드의 힘을 이용하더라도, 설령— 최강의 존재인 시원의 정령조차도, 그 결과를 뒤집을 수는 없다.

그러니 한시라도 빨리, 시도와 다른 이들의 안부를 확인해야만 한다. 물론 최악의 사태가 벌어졌다면 〈프락시너스〉도 가만히 있지 않겠지만, 아까 심각한 손상을 입었던 것이다. 만일의 상황이 벌어질 수도 있다. 아무튼 두 눈으로 확인을 할 때까지는—.

바로 그때였다.

"——어?"

"——경악. 저건……."

다음 순간, 카구야와 유즈루는 얼이 나간 것처럼 눈을 치켜떴다.

하지만 그러는 것도 당연했다.

느닷없이 지상에서 밤하늘을 향해, 거대한 빛의 기둥이 솟구쳤던 것이다.

"으…… 크, 아, 아, 아, 아아아아아아아아아아아아아——!!"

—〈비스트〉의 절규가 이 주위의 공기를 뒤흔들었다.

"……윽."

시도는 그저 멍하니 그 처절한 광경을 응시했다.

나츠미가 휘두른 단검 〈위그드 라무스〉. 기묘한 형태를 한 칼날에 몸을 꿰뚫린 순간, 〈비스트〉가— 정확히는 그녀가 지닌 열 자루의 검이, 빛을 뿜기 시작했다.

그 눈부신 빛은 마치 맥박 치는 것처럼 반짝이더니, 점점 강렬해졌다. 이윽고 파지직 하는 소리를 내면서 영력의 여파를 사방에 흩뿌렸다.

"어……, 우왓……?!"

당황한 목소리로 그렇게 외친 이는 〈비스트〉와 가장 가까운 곳에 있는 나츠미였다. 갑자기 빛나기 시작한 〈비스트〉를 보고 놀란 건지, 그 자리에서 그대로 굳어버렸다.

"나츠미! 거기 있으면 위험해! 일단 떨어져!"

"……아! 으, 응……!"

시도가 고함을 지르자, 나츠미는 허둥지둥 그 자리를 벗어 났다. 방금까지 나츠미가 있던 장소에 격렬한 영력의 빛이 작렬했다.

"끄아~! 위, 위험했어……."

"괜찮아?!"

"으, 응……. 하지만, 이건……."

『—잘 했어요, 귀여운 나츠미.』

그 말을 한 이는 인터컴 너머에 있는 마리아였다. 자신의 이름 앞에 붙은 형용사를 들은 순간, 나츠미의 볼이 파르르 떨렸다.

『〈위그드 라무스〉의 발동을 확인. 〈비스트〉에게서, 일시적으로 천사가 분리됐어요. 역시 나츠미. 할 때는 하는 아이. 강한 아이. 귀여운 아이.』

"끄아아아아——!!"

마리아가 그렇게 말하자, 나츠미는 몸을 감싸 쥐며 배배 꼬았다. 그 모습은 자신의 공적을 인정받아서 기뻐하고 있다기보다, 잊고 싶은 흑역사를 파헤쳐져서 괴로워하고 있는 것처럼 보였다.

……왠지 남일 같지 않았기에, 시도는 힘없이 쓴웃음을 흘렸다.

"……너무 놀리지 마. 모처럼 스스로 자기 자신을 인정했잖아."

『칭찬 삼아 한 말인데 말이죠. —뭐, 좋아요. 그것보다, 시작됐어요.』

"어—."

마리아가 그렇게 말한 직후였다.

"—크, 으, 아, 아, 아아아아아아아아아아아아아아아아아아아아아——!!!"

〈비스트〉가 한층 더 큰 고함을 지르자— 그녀의 몸에서 방대한 빛이 하늘을 향해 뻗어갔다.

그 모습을 하늘을 향해 우뚝 솟은 첨탑, 혹은 밤의 어둠에 찢어발기려는 듯이 깊숙이 꽂힌 거대한 검을 연상케 했다.

"우왓……!!"

"으윽―."

그 갑작스러운 광경을 본 시도와 나츠미는 눈을 치켜뜨며 고개를 들었다.

그 동작에 맞춘 것처럼, 빛으로 된 기둥의 끝부분이 별처럼 빛나고―.

그곳에서 여러 줄기의 유성이 지상을 향해 쏟아졌다.

"……어, 잠깐만, 이쪽으로 오는 것 같지 않아……?!"

시도와 함께 하늘을 올려다보던 나츠미가 비명에 가까운 목소리로 그렇게 외쳤다.

그렇다. 하늘에서 쏟아져 내리는 부수한 빛줄기 중 하나가 시도와 나츠미를 향해 날아오고 있었다.

"큭―."

두 사람은 굳어버리려고 하는 몸을 억지로 움직여서 피하려 했지만, 이미 늦었다. 시도와 나츠미의 시야가 눈부신 빛에 휩싸였다.

"우, 우왓, 끄아아아아―?!"

하지만 예상과 달리 충격이 느껴지지는 않았다.

그 대신―.

"어……?"

나츠미의 망연자실한 목소리가, 주위에 울려 퍼졌다.

다음 순간, 시도는 눈치챘다.

엉덩방아를 찧은 나츠미의 눈앞에, 단검 한 자루가 꽂혀 있다는 사실을 말이다.

"이, 건……."

나츠미는 작게 숨을 삼키며 그 검을 응시했다.

파괴력보다 날카로움을 추구한 듯한 곡도(曲刀)였다. 그 중심에 존재하는 녹색 보석이 찬란히 빛나고 있었다. 우아한 곡선을 그리고 있는 그 실루엣은 왠지 마녀의 모자를 연상케 했다.

그 검은 눈에 익었다. ―〈비스트〉가 지닌 열 자루의 검 중 하나였다.

"――!"

그 순간, 마치 그 유성이 아침을 부른 것처럼 동쪽 하늘이 밝아오기 시작했다.

여명의 빛을 온몸으로 쬐며 고개를 든 시도가 주위를 둘러보았다. ―지상에 떨어진 유성의 행방을 좇듯이…….

그리고, 이해했다.

각각의 유성이 자신이 있어야 할 장소에 당도했다는 사실을 말이다.

오리가미의 앞에는, 첫 번째 검이…….

니아의 앞에는, 두 번째 검이…….

쿠루미의 앞에는, 세 번째 검이…….

요시노의 앞에는, 네 번째 검이…….

코토리의 앞에는, 다섯 번째 검이…….

무쿠로의 앞에는, 여섯 번째 검이…….

나츠미의 앞에는 일곱 번째 검이······.

카구야와 유즈루의 앞에는, 여덟 번째 검이······.

미쿠의 앞에는, 아홉 번째 검이······.

—각각, 꽂혀 있었던 것이다.

"이, 건······."

"키야······ 멋지네······."

"어머, 어머. 참— 반가운 느낌이 드는군요."

소녀들이 비틀거리며 몸을 일으키더니, 자신의 눈앞에 강림한 검을 응시했다. 의식을 잃은 줄 알았던 이들도, 검의 영력에 의해 깨어난 건지 낮은 신음을 흘리며 고개를 들었다.

"크, 으······ 이, 녀, 석······!"

그에 반응하듯, 검을 잃은 〈비스트〉가 고통스러운 듯이 목소리를 쥐어짜냈다.

이 기회를 놓칠 수는 없다. 시도는 모든 이들에게 들리도록 목청껏 외쳤다.

"다들, 검을 쥐어!"

""""······오오!!""""

시도의 그 말에 답하듯, 소녀들은 일제히 손을 뻗어서 눈앞에 있는 검의 자루를 움켜쥐었다.

그 순간······.

목숨이 다한 폐허의 산에, 몇 개나 되는 영력의 빛줄기가 소용돌이치더니—

커다란 꽃을 이루듯, 흐드러지게 피어났다.

"……윽!"

소녀들이 쥔 자루를 기점으로 해서, 무쇠 빛깔이었던 검이 선명한 색깔로 물들었다.

그리고 소녀들이 쥔 검이 빛을 뿜으며 그 형태를 바꿨다.

어떤 것은 무수한 깃털로, 어떤 것은 호화로운 책으로, 어떤 것은 총이 달린 시계로, 어떤 것은 거대한 토끼로, 어떤 것은 불꽃을 두른 도끼로, 어떤 것은 열쇠 모양의 석장으로, 어떤 것은 거울이 달린 지팡이로, 어떤 것은 빛나는 악기로…….

그렇다. 시원의 정령이 소멸하면서 세상에서 소멸한 줄 알았던 천사들이, 다시 지상에 그 모습을 드러낸 것이다.

"……아! 〈빙결괴뢰(氷結傀儡)〉—!"

"지, 진짜로 우리의 천사를 지니고 있었네……."

"음……. 이제야 싸워볼 만 하겠구나."

소녀들— 정령들은 자신들의 천사를 쥐더니, 그 감촉을 반가워하듯 자신의 몸에 영력을 두르며 다양한 형태의 옷을 현현시켰다.

—영장(靈裝). 정령이 두르는 절대적인 갑옷이자, 성(城).

소녀들이 나란히 선 그 눈부신 모습은 1년 전의 풍경을 재현하고 있는 것만 같았다. 시도는 가슴 속을 가득 채운 불가사의한 감회를 느끼며 무심코 주먹을 말아 쥐었다.

"어……?"

바로 그때였다. 따뜻한 빛이 자신의 몸을 감싸자, 시도는 눈을 동그랗게 떴다.

옆을 바라보니, 나츠미가 〈하니엘〉을 치켜들고 있었다. 그와 동시에 시도의 몸에 새겨진 상처들이 거짓말처럼 깨끗하게 아물었다.

"……오래간만이라 불안했는데, 다행히 기억하고 있네. 일단 응급처치를 했어. 예전과 마찬가지로 겉보기에만 깨끗하게 나은 것 같은 상태니까, 무리는 하지 마."

"그래도 꽤 좋아졌어. 고마워, 나츠미. 네가 있어서 다행이야."

"……응."

시도가 상처를 확인하듯 손을 쥐락펴락하며 그렇게 말하자, 나츠미는 멋쩍은 듯이 고개를 돌렸다.

짤막한 반응이지만, 그것은 나츠미가 시도의 칭찬을 솔직하게 받아들였다는 증거였다. 왠지 기뻐진 시도는 미소 지었다. 그것을 눈치챈 나츠미는 볼을 더욱 붉혔다.

그 옆에서는 코토리가 훈훈한 표정을 짓고 있었다. 하지만 곧 마음을 다잡으려는 듯이 헛기침을 하더니, 다른 이들을 이끌려는 듯이 입을 열었다.

"자아—."

일본 풍 영장과 도깨비를 연상케 하는 뿔, 그리고 작열하는 불꽃을 몸에 두른 코토리가 활활 타오르는 도끼로 〈비스트〉를 가리켰다.

"이제부터가, 우리의 전쟁^{데이트}이야."

그 말에 맞춰—.

정령들이, 동틀녘의 하늘로 날아올랐다.

아침 햇살을 받고 있는 폐허에서, 여러 줄기의 빛이 반짝였다.

그것은 천사를 손에 넣은 소녀들이 뿜는, 영력의 빛이었다.

이 세상을 가득 채운 힘을 모아서 생성한, 초자연적인 결정. 인지를 초월한『형태를 지닌 기적』.

약 1년 만에 영장을 두른 소녀들은 그 공백이 느껴지지 않을 정도로 정교하게 천사를 다루며, 차례차례 〈비스트〉를 포위했다.

"이, 녀석, 들. 나에게…… 무슨 짓을, 한 것이냐……."

『검』을 빼앗긴 〈비스트〉는 남루한 외투를 휘날리며, 오른손의『손톱』을 휘둘렀다. 공간 그 자체가 잘려 나가는 듯한 날카로운 공격이 소녀들을 덮쳤다.

"우왓?! 디버프가 걸린 거 아니었어?! 여전히 강하잖아!"

"확실히 천사는 일시적으로 빼앗았지만, 원래 힘 자체가 차원이 달라. 약체화시켰다기보다, 공격의 선택지를 빼앗은 정도로 생각해. 방심하지 말고, 연계하면서 제압하는 거야!"

"""―오오!!"""

코토리의 말에, 정령들이 답했다.

하지만―.

"……."

"……."

그런 전장 안에서, 저 몽환적인 광경을 아무 말 없이 지켜

보고 있는 이가 두 명, 있었다.

—야마이 카구야와, 야마이 유즈루.

평소 같으면 솔선해서 다른 이들의 앞에 서서, 자기가 돌격 대장을 맡겠다며 다퉜을 쌍둥이 자매는, 어찌된 건지 눈앞에 꽂힌 검을 움켜쥐지 못했다.

〈비스트〉가 지니고 있던 여덟 번째 검.

소용돌이를 연상케 하는 느낌으로 꾸며진, 가느다란 검이다.

형태는 다르지만 이 검에서는 과거에 카구야와 유즈루가 지녔던 바람의 천사 〈구풍기사(颶風騎士)〉의 위용이 느껴졌다.

분명 이것을 쥐면 다른 이들과 마찬가지로 정령의 힘을 되찾을 것이다. 그렇게 하면, 분명 시도의 도움이 될 수 있다. 주저할 필요는 전혀 없다. 하지만—.

"저기, 유즈루."

"호명. 카구야."

카구야와 유즈루는 서로의 이름을 부르며, 시선을 교환했다.

"……픗."

"……미소. 후후."

마치 미리 짜기라도 한 것처럼 동일한 타이밍이었기에, 두 사람은 무심코 웃음을 터뜨렸다.

그리고, 동시에 떠올렸다.

지금으로부터 약 한 달 전. 이 망설임의 원인이 된 일을—.

◇

　—기억하고 있는 건, 하늘이다.

　그렇다. 하늘이다. 푸른 하늘. 구름 한 점 없―다고는 할 수 없지만, 숨 막힐 정도로 아름다운 광경이었다고 생각한다.

　그리고, 그런 하늘을 가르며 나는 새가 묘하게 아름다워 보여서, 손을 뻗었다.

　아니― 손을, 뻗으려 했다.

　실제로는, 자신의 손은 눈에 보이지 않았다.

　하늘을 향해 뻗지 못했을 뿐인지, 전혀 움직이지 않은 건지…… 아니면, 이미 팔 그 자체가 없었던 건지는, 자기 자신도 알지 못했다.

　머릿속은 또렷한데도, 몸의 감각이 미묘하게 애매모호했다. SF작품에 나오는, 뇌와 척수만 수조에 넣어져 있는 인간은 이런 느낌을 받을지도 모른다, 같은 뜬금없는 생각이 머릿속에 떠올랐다가 사라졌다.

　하지만 몸의 감각이 없어서 다행일지도 모른다.

　만약 감각이 선명하게 존재했다면, 이런 생각을 하지도 못했을 것이다.

　그 날은, 평소와 다름없었다.

　아침에 일어났을 때도 평소와 다름없었으며, 토스트에도 평소와 마찬가지로 버터와 집에서 만든 수제 딸기잼을 반씩 발랐다. 그런 토스트를 넉 장이나 먹었다. 버터 바른 것 두 장과 딸기잼 바른 것 두 개를 먹어서는 안 된다. 이 콤비네이션이 중요하기 때문이다. 그렇게 역설하자, 어머니도 「알았으니까 빨리 학교에 가렴」하며 칭찬을 해줬다.

그리고 너무나도 가벼운 학생용 가방과, 아르바이트비(와 부모님에게 졸라서 미리 받은 용돈)를 모아서 산 일렉트릭기타를 짊어지고 등교한 후, 성실하게(주관적으로) 수업을 들었다.

점심도 평소와 마찬가지로 매점에서 빵을 사먹었다. 항상 경쟁하는 2반의 마야, 5반의 코노미를 가볍게 제치고, 인기 있는 돈까스 샌드위치와 커스터드 멜론빵, 그리고 소시지 마요롤과 쵸코 데니시를 손에 넣었다. 눈물을 흘리며 남아있는 빵이나 먹는 두 사람을 감상하며 먹는 빵은 평소보다 더 각별했다.

방과 후에는 다음 학교 문화제에서 연주할 곡을 가지고 부활동 동료인 카나와 다퉜고(이 녀석은 내가 추천하는 곡은 구리다고 말했다. 유죄), 도우미를 부탁 받은 여자 농구부에 얼굴을 비췄으며, 모델을 부탁받은 디자인 연구부에도 들렀다. 그리고 같은 반인 미에리의 연애 상담(거의 자학을 빙자한 자랑질. 마지막에는 꼭 「야마이도 빨리 애인 만들어~」라는 말로 끝낸다. 아무래도 오래 살 생각이 없는 것 같다)을 해주고 하교했다.

지금까지 한 100번은 반복했을 듯한, 그런 일상의 한 페이지다.

확실히 즐겁기는 하지만, 이제 와서 딱히 주목할 부분도 없는 하루다. 10년 혹은 20년 후에 그 때가 참 좋았지~ 하며 회상하기에 딱 좋을 것 같았다.

군이 평소와 다른 점을 꼽자면—.

집으로 향하는 도중, 굴러간 공을 쫓아서 차 앞으로 뛰어든 아이의 모습…… 같은, 만화의 한 장면 같은 광경을 목격한 것일까.

……아무튼, 멋들어진 짓을 하고 말았다. 옛날에 동경했던 히어로가 된 것 같았다.

분명 경찰에게 표창장 같은 것도 받고, 지역 신문의 3면 기사를 장식할 게 틀림없다. 아침 조례에서 전교생 앞에 서서 소개될지도 모른다.

아아, 그래도 다치는 건 싫다. 문화제가 얼마 남지 않은 것이다. 자기가 없으면 제대로 된 연주를 못할 것이다. 운동부의 도우미도 해야 한다. 게다가—.

거기까지 생각했을 때, 의식이 서서히 흐려지면서 자신의 상태를 자각할 수 있었다.

아니, 실은 알고 있었다.

알고 있으면서, 눈치채지 못한 척 했다.

—난감하네. 아직 하고 싶은 일이 많은데 말이야. 여행도 하고 싶어. 맛있는 것도 더 먹고 싶어. 게다가 아직 연애도 못해 봤단 말이야.

아아, 그래. 나는—.

카자마치 야마이는, 이 순간, 죽은 것이다.

◇

"······."

"······."

2월. 정령 맨션 808호실. 야마이 자매가 함께 사는 방.

봉투에서 꺼낸 자료를 본 카구야와 유즈루는 아무 말 없이 소파에 앉았다. 잠을 잘 때 이외에는 한 쪽, 혹은 양쪽 다 쉴 새 없이 말을 늘어놓는 야마이 자매답지 않은 상황이기는 했다.

하지만 그것도 무리는 아니었다.

그것도 그럴 것이, 그 자료에는 두 사람이 예상조차 못했던 사실이 담겨 있었던 것이다.

"······카자마치 야마이, 라네."

얼마나 침묵이 이어졌을까. 이 무언의 상황을 견디다 못한 것처럼, 카구야가 입을 열었다.

"······수긍. 그런 것 같네요. 의외지만 말이죠."

"으음······ 응. 뭐, 이름은 꽤 멋진 것······ 같아."

"실소. 그게 신경 쓰이는 건가요."

카구야의 말을 들은 유즈루가 작게 웃음을 터뜨렸다. 그러자 카구야는 애매하게 웃음을 흘리며 어깨를 으쓱했다.

자료가 들어있는 봉투가 눈앞에 나타난 순간, 카구야와 유즈루는 다른 누구보다 먼저 그 봉투를 손에 쥐었지만— 이런 내용일 거라고는 생각도 못했다.

설마 자료에 실린 인물의 정보가, 한 명 뿐일 줄이야.

아니, 솔직하게 말하자면 예전부터 예감은 하고 있었다.

—카구야와 유즈루는 원래 하나였으며, 둘로 나뉘어졌다는 예감을…….

실제로 시도와 만나기 전에 벌였던 수많은 승부는, 두 사람이 언젠가 한 명의 정령으로 되돌아갔을 때 메인이 될 인격을 정하기 위한 싸움이었다.

하지만 미오와 토카를 제외한 정령 전원이 원래 인간이었다는 사실이 밝혀진 후, 두 사람의 생각은 조금 달라졌다.

그럴 만도 했다. 미오와 토카처럼 영력으로 만들어진 존재라면 혹시 모를까, 한 인간이 두 명으로 분열한다는 건 일반적으로 있을 수 없는 일이다.

그렇기 때문에 카구야와 유즈루는 『원래 하나의 존재였다』라는 느낌은, 자신들에게 주어진 영결정(靈結晶)^{세피라}의 영향일 거라고 생각했다.

즉, 둘로 나뉜 세피라가 쌍둥이 자매에게 부여되면서 원래 하나의 존재였다는 착각이 심어진 것이 아닐까— 하고 생각한 것이다.

그래서 이 봉투를 열기 전만 해도 두 사람은…….

"내가 언니일 거야!"

"부정. 누가 봐도 유즈루가 언니예요. 여기를 보면 바로 알 수 있죠. 조물조물."

"아무렇지 않게 남의 가슴을 주물러대지 마아아아앗! 정말…… 내가 언니라면 『카구야 언니』하고 부르게 할 거야!"

"각오. 카구야야말로 유즈루가 언니일 경우에는 『멋지고 상냥한, 카구야가 사랑해 마지않는 유즈루 언니』라고 불러주세요."

"너만 형용사가 너무 많은 거 아냐?!"

그런 느긋한 말다툼을 하며, 누가 언니냐를 가지고 내일 간식이 걸린 내기를 한 것이다.

……뭐, 이 가설을 세운 사람은 옛날에 두 사람에게 상의를 받았던 오리가미이며, 카구야와 유즈루는 그 가설을 듣고 「아하…… 아, 아니, 이 몸도 그렇게 생각했느니라」, 「칭찬. 역시 마스터 오리가미예요」 하고 말했을 뿐이다.

하지만, 실제로 〈라타토스크〉의 자료에는 『카자마치 야마이』란 이름의 소녀 한 명에 관한 정보만 실려 있었다.

카구야는 혼란스러운지 머리를 쥐어뜯었다.

"……즉, 어떻게 된 거야? 우리는 원래 인간이었는데도 슬라임처럼 분열한 거야? 어, 그래가지고 인간이라 할 수 있어? 정령보다 훨씬 몬스터 같지 않아?"

"상세. 〈라타토스크〉의 주석에 따르면, 배니싱 트윈에 가까운 상태였던 것이 아닐까…… 라고 하는 군요."

"배니싱 트윈……? 그 멋들어진 말은 또 뭐야? 상대의 공격을 확 없애버리는 기술 같네."

"해설. 쌍둥이를 임신했지만, 한쪽이 제대로 자라지 못하면서 모체 혹은 다른 태아에 흡수되는 현상…… 즉, 엄청 간단하게 설명하자면, 카자마치 야마이는 『쌍둥이로 태어날 예정이었던 인간』이라는 거예요."

"쌍둥이로……."

카구야와 유즈루는 다시 서류를 쳐다보았다.

—카자마치 야마이. 당시 열일곱 살. 10월 18일 출생.

어느 날 하교 도중, 어린아이를 구하고 사고를 당했다는 부분까지는 기록되어 있었다. 아마 이 순간, 〈팬텀〉에 의해 정령이 된 것이리라.

하지만, 카자마치 야마이의 생명 활동이 정지 직전이었기 때문인지— 그 존재의 이면에 숨어 있던, 또 다른 인간의 인자가 세피라에 반응한 것이 아닐까.

자료에는 그렇게 적혀 있었다.

"……으음, 다른 자료는 없어?"

"확인. 찾아볼게요. 다른 건—."

유즈루가 그렇게 말하며 서류 다발 안에서, 조그마한 봉투를 발견했다.

겉면에 『사진/카자마치 야마이』라고 적힌 봉투였다.

"……."

"……."

그것을 본 카구야와 유즈루는 다시 침묵에 잠겼다.

그리고, 그렇게 어느 정도의 시간이 흘렀을까.

"저기, 유즈루."

"호명. 카구야."

두 사람은 누가 먼저랄 것 없이 동시에 입을 열었다.

"아……, 무슨 일이야?"

"질문. 카구야야말로, 무슨 일이죠?"

두 사람 다 상대방에게 먼저 말하라고 양보했다. 하지만 이 대로는 결국 말을 꺼내지 못할 것이다. 결국 두 사람은 마음을 다지듯 어험 하고 헛기침을 했다.

"아…… 그러고 보니 오늘 아직 점심은 안 먹었거든. 밥도 먹을 겸 잠시 쉬자. 그리고 한 두 시간 후에 여기서 다시 보는 건…… 어떨까?"

"우연. 실은 유즈루도 그런 생각을 하고 있었어요."

카구야와 유즈루는 한순간 시선을 교환한 후, 애매하게 웃으며 동시에 자리에서 일어났다.

"…………하아."

정령 맨션을 나선 카구야는 한동안 걸음을 옮기다 작게 한숨을 내쉬었다.

점심을 먹자는 명목으로 휴식 시간을 가지기는 했지만, 실은 전혀 배고프지 않았다. ……오늘은 아침에 딸기 잼을 바른 토스트와 샐러드만 먹으니 배가 고파야 하지만, 허기가 전혀 느껴지지 않았다.

이유는 뻔했다. ―카자마치 야마이 때문이다.

유즈루에게는 말하지 않았지만…… 그 자료를 읽은 후, 카구야의 머릿속에는 카자마치 야마이의 기억이 어렴풋이 되살아났다.

그렇다. 생각나고, 만 것이다.

그녀의 과거가, 그녀의 생각이, 그녀의― 최후가…….

그것이 무엇을 의미할까. 카구야는 이 갑작스러운 일 때문에 혼란에 빠졌고, 적당한 이유를 대며 자리를 벗어날 수밖에 없었다.

―자신과 유즈루가 둘로 나뉜 것은, 카자마치 야마이 안에 다른 인간의 인자가 깃들어 있었기 때문이라고 한다.

그렇다면 누군가는 원래의 카자마치 야마이이며, 다른 한 명은 이 세상에 태어나지 못했던 쌍둥이 자매인 것일까.

그리고, 카구야에게서 카자마치 야마이의 기억이 되살아났다는 건―.

"……하아, 정말."

카구야는 우울한 기분을 떨쳐내려는 듯이 고개를 저었다.

안 된다. 이래선 안 된다. 혼자서 고민하면, 나쁜 상상만 하게 된다.

역시 이럴 때 가볼 곳은 딱 한군데뿐이다. 카구야는 고개를 들더니, 빠른 걸음으로 복적지를 향해 나아갔다.

바로 그때―.

"—생각. 으음."

정령 맨션을 나선 유즈루는 한동안 걸음을 옮기다 작게 한숨을 내쉬었다.

점심을 먹자는 명목으로 휴식 시간을 가지기는 했지만, 실은 전혀 배고프지 않았다. ……오늘은 아침에 버터를 바른 토스트와 샐러드만 먹었으니 배가 고파야 하지만, 허기가 전혀 느껴지지 않았다.

이유는 뻔했다. —카자마치 야마이 때문이다.

카구야에게는 말하지 않았지만…… 그 자료를 읽은 후, 유즈루의 머릿속에는 카자마치 야마이의 기억이 어렴풋이 되살아났다.

그렇다. 생각나고, 만 것이다.

그녀의 과거가, 그녀의 생각이, 그녀의— 최후가…….

그것이 무엇을 의미할까. 유즈루는 이 갑작스러운 일 때문에 혼란에 빠졌고, 적당한 이유를 대며 자리를 벗어날 수밖에 없었다.

—자신과 카구야가 둘로 나뉜 것은, 카자마치 야마이 안에 다른 인간의 인자가 깃들어 있었기 때문이라고 한다.

그렇다면 누군가는 원래의 카자마치 야마이이며, 다른 한 명은 이 세상에 태어나지 못했던 쌍둥이 자매인 것일까.

그리고, 유즈루에게서 카자마치 야마이의 기억이 되살아났다는 건—

"……자책. 이래서는 안 돼요"

유즈루는 우울한 기분을 떨쳐내려는 듯이 고개를 저었다.

안 된다. 이래선 안 된다. 혼자서 고민하면, 나쁜 상상만 하게 된다.

역시 이럴 때 가볼 곳은 딱 한군데뿐이다. 유즈루는 고개를 들더니, 빠른 걸음으로 목적지를 향해 나아갔다.

바로 그때—.

"——아."

"—경악. 이건……"

카구야와 유즈루는 동시에 서로의 모습을 확인하며, 눈을 동그랗게 떴다.

그렇다. 정령 맨션 앞에서 헤어지고, 이 근처를 걷던 두 사람은 동시에 같은 장소에 도착한 것이다.

이곳— 맨션의 옆에 있는, 시도의 집에 말이다.

"……"

"……"

두 사람은 잠시 동안 얼이 나간 것처럼 서로를 응시하더니…….

"풋, 하하……"

"고소(苦笑). 후, 후후……"

누가 먼저랄 것 없이, 웃음을 터뜨렸다.

그렇다. 카구야도, 유즈루도 불안한 나머지— 시도와 이야기를 나누러 온 것이다.

그리고 두 사람의 웃음소리를 들은 건지, 시도가 집 현관문을 열며 고개를 불쑥 내밀었다.

"……응? 두 사람 다 우리 집 앞에서 뭐하고 있는 거야?"

"아…… 미안. 시도와 상의할 일이 있어서 말이야."

"긍정. 이야기를 좀 들어주지 않겠어요?"

"상의?"

시도는 의아하다는 듯이 고개를 갸웃거리면서도, 카구야와 유즈루를 집안으로 들였다.

"그런데, 상의할 게 대체 뭐야?"

시도는 재빨리 차를 끓여서 두 사람에게 대접했다. 카구야와 유즈루는 서로를 쳐다본 후, 낮은 신음을 흘리며 입을 열었다.

"으음……. 저기 말이야. 만약에……."

"질문. 혹시 시도가, 당신은 가짜였습니다, 라는 말을 들으면 어떻게 생각할 건가요?"

"……뭐?"

시도는 두 사람의 질문을 듣고 의아하다는 듯이 미간을 찌푸렸다.

"무슨 소리를 하는 거야? 가짜……? 혹시 심리 테스트 같은 거야?"

"으음~. 뭐, 그런 거야. 한번 생각해 봐. 어느 날 갑자기 자기와 똑같이 생긴 인간이 나타나서……."

"선언. 『지금까지 고생 많았군. 내가 진짜 시도다』 같은 소리를 한다면 어떨 것 같나요?"

"……혹시 신지 이야기를 하는 거야?"

시도는 턱에 손을 대며 물었다. 그러자, 카구야와 유즈루는 「아」 하고 말하며 눈을 치켜떴다.

신지는, 시도가 시도 이전의 존재였을 때의 이름이다. 카구야와 유즈루는 그런 의도가 전혀 없었지만, 시도가 듣는다면 그렇게 생각하는 것도 무리는 아니었다.

"미, 미안해. 그런 의도는 없었는데……."

"사죄. 그렇게 들렸다면 사과하겠어요. 두 사람을 모욕할 의도는 전혀 없었어요."

카구야와 유즈루가 허둥지둥 그렇게 말하자, 시도는 어깨를 으쓱하며 옅은 미소를 머금었다.

"괜찮아. 그 정도는 나도 알거든."

그렇게 말한 시도는 잠시 동안 생각에 잠긴 후, 대답했다.

"……가짜란, 대체 뭘까?"

"뭐?"

"의문. 그게 무슨 말이죠?"

"아니, 그러니까 말이야. 나는 그 『진짜 시도』라는 녀석과는 다른 삶을 살고 있는 거지? 다른 사람과 만나서, 다른 이야기를 나누고, 다른 걸 먹을 거야. ……그렇다면 그런 나는 가짜가 아니라, 또 한 명의 진짜 아닐까?

─적어도, 나와 신지는 서로를 그렇게 생각해."

"……."

"……."

시도의 말을 들은 카구야와 유즈루가 서로를 쳐다보더니—.

"후…… 헤헤헤."

"미소. 맞는 말이에요."

기대에 완벽하게 부응하는 그 대답을 듣고, 미소 지었다.

—아아, 역시, 이곳에 오기 잘했다.

마음속을 가득 채운 따뜻한 감정이, 카구야와 유즈루를 점점 미소 짓게 했다.

분명 그 대답은 카구야와 유즈루의 내면에도 이미 존재했을 것이다. 만약 자신이 카자마치 야마이가 아니라면, 더 빨리 그 대답에 도달했을 것이다. 설령 자신이, 이 세상에 태어나지 못했던 존재일지라도, 지금의 자신과는 상관없다는 식으로 말이다.

하지만 상대를 배려하는 마음이 망설임을 자아내고 말았다. 유즈루가, 카구야가, 자신의 출생에 충격을 받을지도 모른다는 우려가, 두 사람을 고민에 빠뜨린 것이다.

지금 생각해보면, 왜 그런 고민을 한 것일까.

카구야와 유즈루는 동시에 그런 생각을 했다. 또한, 어찌된 건지 상대방도 같은 생각을 하고 있을 거라 확신했다.

확실히 카구야와 유즈루는 인간에서 정령이 된 다른 소녀들보다, 약간 특수한 경우일지도 모른다.

하지만, 그것은 아무런 문제도 되지 않는다.

이렇게, 둘이라서 이렇게 즐거운데…….

둘이서 경쟁하는 것이, 이렇게 마음을 뜨겁게 만들어주는데…….

서로의 존재가, 서로를 구원해주고 있는데—.

어리둥절한 표정을 짓고 있는 시도 앞에서, 두 사람은 한참 동안 웃었다.

◇

—그렇다. 그 순간, 각오는 되어 있었다.

한순간 망설인 것은, 잃은 줄 알았던 천사의 힘이 눈앞에 나타난 바람에 당황한 것에 지나지 않는다.

정령의 힘은, 마음에 따라 그 형태가 얼마든지 달라진다. 카자마치 야마이로서의 기억을 지닌 상태에서 영력을 손에 넣는다면, 자신들에게 어떤 식의 변모가 일어날지도 모른다고 생각한 것이다.

하지만— 이제 와서 뭘 두려워하는 것일까.

카구야가 있으면.

유즈루가 있으면.

—자신들은, 최강인데…….

빛으로 뒤덮인 전장에서 서로를 향해 미소 지은 카구야와 유즈루가, 누가 먼저랄 것 없이 손을 맞잡았다.

"그럼 할까? 유즈루."

"동의. 하죠, 카구야."

그렇게 말한 두 사람은 눈앞에 꽂힌 나선 형태의 검의 자루를 함께 움켜쥐었다.

"——!"

"……!"

그 순간. 두 사람의 손이 닿은 자루 부분에서 검의 표면으로 파문이 퍼져 나가더니, 검의 형태가 변하기 시작했다.

그와 동시에 카구야와 유즈루 또한 반가운 느낌에 사로잡혔다.

차갑게 식어있던 몸에, 뜨거운 피가 흘러들어오는 듯한……

뱃속 깊은 곳에 잠들어 있던 무언가가 깨어나는 듯한……

—잃어버렸던 날개가, 다시 등에 달린 듯한……

"유즈루—."

"호응. 카구야."

맞잡은 손을 기점으로 해서, 두 사람의 몸은 그 경계가 애매해지는 느낌이 들었다.

하지만 두 사람은 두려워하지 않았다. 오히려 마음속에서 샘솟는 고양감을 억누르느라 정신이 없었다.

카구야와 유즈루는, 누가 먼저랄 것 없이 서로를 향해 얼굴을 내밀더니—.

""——.""

입술을, 포갰다.

◇

"─아아아아아아아아아아아아아아아아──!!"

분노에 찬 포효와 함께, 여러 줄기의 날카로운 공격이 뻗어 왔다.

〈비스트〉가 지닌 다섯 개의 『손톱』은 공기를, 지면을, 간단히 찢어발기며 정령들을 덮쳤다.

"큭……! 정말 어마어마한 파워네……!"

엄청난 위력이 담긴 그 공격을, 코토리는 〈작란섬귀(灼爛殲鬼)〉로 어찌어찌 쳐냈다. 팔을 통해 느껴진 무거운 충격 탓에, 그녀는 무심코 인상을 찡그렸다.

〈위그드 라무스〉에 의해 『검』을 빼앗긴 〈비스트〉는 이 상황에서도 코토리 일행과 압도하며 전투를 이어가고 있었다.

열 자루의 『검』을 휘두를 때처럼, 공간에 『구멍』을 내거나 얼음 혹은 불꽃을 뿜지는 않았다.

하지만 〈비스트〉는 모든 것을 찢어발기는 『손톱』, 그리고 상상을 초월하는 완력과 반응속도─ 즉, 순수하고 명쾌한 『힘』만으로 정령들을 압도하고 있었다.

오리가미의 광선도, 요시노의 냉기도, 무쿠로가 사각에서 날린 공격도, 나츠미의 변신도, 미쿠의 음파도, 전부 일격에 무너뜨리며, 모든 저항을 부질없는 짓이라 치부하듯 울부짖었다.

그 모습은 그야말로 족쇄에서 풀려난 짐승이었다. 그녀가 뿜고 있는 신성하기마저 한 위용은, 소녀들이 무심코 숨을 삼키게 했다.

　물론 코토리 일행의 목적은 〈비스트〉를 굴복시키는 것이 아니며, 하물며 죽이는 것도 아니다. 하지만 이 상태로는 시도가 〈비스트〉와 대화를 나누는 건 꿈만 같은 일이다.

　오히려『검』을 빼앗기 전보다 더 흉포해진 느낌마저 들었다. 어쩌면 무기를 빼앗긴 탓에 그녀가 진심으로 싸우게 된 것일지도 모른다. 혹은— 열 자루의『검』이야말로, 그녀를 가둬둔 감옥이었던 걸까.

　코토리가 머릿속을 스치고 지나간 웃기지도 않는 상상 탓에 식은땀을 흘리고 있을 때, 헤드셋에서 마리아의 목소리가 흘러나왔다.

　『—느긋하게 소모전이나 하고 있을 때가 아니에요. 〈위그드라무스〉는 어디까지나 일시적으로 〈비스트〉와 천사를 떼어놨을 뿐이니까요. 이대로 전투가 길어지면, 천사는 다시「검」이 되어 그녀에게 돌아가겠죠. 그렇게 되면, 더는 손쓸 방법이 없어요.』

　"우리도 좋아서 이렇게 질질 끌고 있는 게 아니거든……?!"

　코토리는 눈썹을 찌푸리며 신음에 가까운 목소리로 그렇게 말했다.

　하지만 마리아 또한 정령들을 재촉하려는 의도는 없을 것이다. 그녀가 방금 한 말은 어디까지나 엄연한 사실이다. 코토리는 혀를 찬 후, 큰 목소리로 외쳤다.

　"오리가미! 이대로는 결판이 안 나! 큼지막한 걸 한방 먹여

주자!"

"—알았어."

코토리의 지시에 오리가미가 동의했다. 그러자 코토리는 고개를 작게 끄덕인 후, 의식을 집중시키며 〈카마엘〉을 머리 위로 치켜들었다.

그러자 코토리의 뜻에 따르듯, 도끼가 형태를 바꾸더니— 코토리의 가는 팔과 연결된 거대한 포문이 됐다.

【포(砲)】. 불꽃의 천사 〈카마엘〉이 자랑하는, 최대 화력 형태다.

"〈절멸천사(絶滅天使)〉—."

그와 동시에 오리가미가 자신의 주위에 떠있는 무수한 『깃털』을 결집시켜서 대포 같은 형태로 만들었다.

"……큭."

두 사람의 행동을 눈치챈 건지, 〈비스트〉의 눈썹이 떨렸다. 그리고 그 행동을 경계하듯 눈을 가늘게 뜨더니, 그대로 달려들려는 것처럼 자세를 낮췄다.

본능일까, 지성일까, 경험일까. 무엇이 그녀에게 확신을 준 건지는 알 수 없지만, 코토리와 오리가미가 위협적인 존재라는 것을 꿰뚫어보고 있었다. 그리고 유감스럽게도, 〈비스트〉의 속도는 코토리 일행을 아득히 능가하고 있었다.

이대로 【메기도】를 쏘더라도 상대가 피할 거라는 확신이, 코토리의 뇌리를 스쳤다. 아무래 최대 위력의 일격일지라도, 명중하지 않는다면 의미가 엇다.

아니, 그뿐만 아니라 포격을 날린 직후의 코토리와 오리가미에게는 빈틈이 생긴다. 〈비스트〉라면 그 빈틈을 이용해 치명상을 날리는 것도 충분히 가능할 것이다.

그렇다. 이대로는 쏠 수 없다. —**이대로는** 말이다.

"—요시노! 미쿠!"

"예!"

"기다리고 있었어요~!"

코토리가 고함을 지르자, 커다란 토끼 인형에 올라탄 요시노, 그리고 몸 주위에 찬란히 빛나는 건반이 생겨난 미쿠가 답했다. 세세한 지시를 내리지도 않았는데, 두 사람 다 〈비스트〉의 사각지대에 위치해 있었다.

"〈자드키엘〉!"

"〈파군가희(破軍歌姬)〉—【원무곡】!"

다음 순간, 주위의 기온이 순식간에 내려가더니 〈비스트〉를 지상에 옭아매려는 듯한 얼음 족쇄가 그녀의 발치에 생겨났다. 그와 동시에 눈에 보이지 않는 『소리』의 벽이, 그녀의 몸을 몇 겹으로 압박했다.

"으, 그, 아, 아아——?!"

이것은 예상하지 못했던 건지, 〈비스트〉는 포효를 지르며 몸을 비틀었다.

하지만 코토리와 오리기미가 그 틈을 놓칠 리가 없었다. 두 사람의 포문이 동시에 〈비스트〉를 향해 울부짖었다.

"〈카마엘〉—【메기도】!!"

"〈메타트론〉— 【포관(砲冠)】!!"

불꽃과, 빛.

두 포문에서 압축된 농밀한 영력이 단숨에 방출되더니, 허공에 두 줄기 선을 그었다. 아직 어둑어둑한 새벽하늘이, 불타오르는 것처럼 선명히 빛났다.

순수한 화력만 본다면 〈카마엘〉과 〈메타트론〉은 천사 중에서도 최강이라 할 수 있다.

그런 두 천사가 전력을 다해 날린 일격이 정확하게, 지면에서 꼼짝도 못하고 있는 〈비스트〉를 덮쳤다.

하지만—.

"—아, 아, 아아아아아아아아아아아아———!!"

두 포격이 정통으로 명중하기 직전, 〈비스트〉는 한층 더 커다란 포효를 토하면서 온전히 힘만으로 요시노와 미쿠의 힘을 찢어발겼다.

"어……?!"

"꺄아~! 너무 격렬해요~!"

요시노와 미쿠가 당황한 가운데, 〈비스트〉는 지면을 박차며 하늘로 몸을 날렸다. 코토리와 오리가미가 혼신의 힘을 다해 날린 포격이, 방금까지 〈비스트〉가 있던 공간을 꿰뚫었다.

—하지만…….

"음. 나리의 여동생과 오리가미의 일격을 헛되이 할 수야 없지."

"……응, 맞아. 너라면 분명 피할 거라고 생각했어……!"

바로 그때였다. 어느새 코토리와 오리가미의 대각선상에 대기하고 있던 무쿠로와 나츠미가 손에 쥔 천사를 동시에 치켜 들었다.

열쇠의 천사 〈미카엘〉.

그리고, 그 형태를 모방한 거울의 천사 〈하니엘〉을 말이다.

"문을 열거라, 〈미카엘〉!"

"놓치지…… 않겠어!"

두 사람은 석장의 끝을 공간에 찔러 넣더니, 커다란 『구멍』을 만들어냈다.

그 『구멍』에 코토리와 오리가미가 날린 필살의 일격이 빨려 들어가더니―.

〈비스트〉의 등 뒤에 생겨난 새로운 『구멍』에서, 그 포격이 방출됐다.

"커……어어어어어어어어어억―――!!"

하늘을 불태우는 빛과, 지옥의 업화.

흰색과 붉은색으로 물든 영력의 격류가 〈비스트〉를 삼키더니, 하늘 저편으로 사라졌다.

이 자리에서― 아니, 현재 이 지상에서 최고의 위력이라 해도 과언이 아닌, 정령의 힘을 결집시킨 일격이다. 일반적인 생물이라면 티끌조차 남기지 않을, 강력하기 그지없는 파멸의 빛이다.

아무리 강대한 영력을 자랑하는 〈비스트〉라도, 무사하지는 못할 것이다. ……코토리가 이제 와서 좀 심했는지도 모른다는 생각을 할 정도였다.

하지만 그녀를 얌전하게 만드는 것이 최우선 사항이란 점에는 변함이 없다. 코토리와 오리가미는 〈비스트〉에게 원망을 살지도 모르지만, 그런 그녀의 마음을 풀어주는 것이 시도의 역할이다. 그녀를 공략할 수만 있다면, 얼마든지 악역을—.

"—코토리!"

바로 그때였다.

시도의 갑작스러운 외침을 듣고서야, 코토리는 눈치챘다.

여전히 하늘에 흔적을 남기고 있는 영력의 격류.

그 눈부신 빛의 기둥 안에서, 검은 그림자가 튀어나왔다는 것을…….

"피해, 코토리이이이잇!"

시도는 지상에서 하늘을 올려다보며, 비명에 가까운 고함을 질렀다.

"아아아아아아아아아아아아아아아아아아아아아——!!!"

그렇다. 코토리와 오리가미가 자랑하는 필멸(必滅)의 포격.

그 최대 일격을 온몸으로 맞고도, 〈비스트〉는 코토리를 덮친 것이다.

물론, 완전히 멀쩡하지는 않았다. 원래부터 곳곳에 금이 가 있던 낡디 낡은 그녀의 영장은 완전히 파괴되어서 원형을 유지하고 있지도 않았다. 색깔이 완전히 빠진 머리카락 또한, 끝부분이 타들어가고 있었다. 지금 바로 지면에 추락해도 이

상하지 않을 참상이었다.

하지만 그런 상황에서도, 손에 달린 다섯 개의 『손톱』만은, 여전히 찬란히 빛나고 있었다.

"여동생 양!"

"코토리—."

"코토리 씨!"

다음 순간, 다른 정령들이 비명에 가까운 목소리로 그렇게 외쳤다.

하지만 이미 늦었다. 전력을 다한 일격을 날린 직후에 찾아온 한순간의 이완 상태에 처한 코토리의 몸은 그녀의 생각에 바로 반응해주지 않았다.

―세상을 떨리게 만들 듯한 포효를 토하며, 다섯 개의 『손톱』이 코토리를 향해 휘둘러졌다.

코토리의 몸은 무방비하게 그 공격을 받아들이고―.

"―――어?"

다음 순간, 시도는 자신의 목에서 흘러나온 얼빠진 목소리를 들었다.

하지만 그러는 것도 무리는 아니었다.

방금까지 코토리를 찢어발기려 하던 〈비스트〉가, 갑자기 지면을 향해 추락한 것이다.

"대체, 뭐가―."

"커……억!!"

지면에 내동댕이쳐진 〈비스트〉가 하늘을 노려보았다.

그 시선을 쫓듯 고개를 든 시도는— 그제야, 눈치챘다.

아침햇살을 받아 남색으로 빛나고 있는 하늘.

그곳에, 한 소녀가 있었던 것이다.

"저, 건······."

정령—일 것이다. 키가 큰 소녀가 입은 구속복 같은 갑옷은 다른 정령들과 마찬가지로, 영력으로 가득 차 있었다.

오른손으로 거대한 창을 쥐었고, 왼손에는 눈부신 쇠사슬이 감겼으며, 등에는 하늘을 가를 듯한 날개가 달려 있었다.

하지만 시도가 시선을 빼앗긴 것은 그런 요소 때문이 아니다. 바람에 흩날리는 긴 머리카락과 머플러 사이로 드문드문 보이는, 그녀의 얼굴에서 눈을 뗄 수가 없었다.

정열과, 침착. 쾌활함과, 고요함.

두 가지 상반된 요소를 내포한 듯한 두 눈과, 얼굴.

어째서일까. 저 당당하면서도 가련한 얼굴을 본 시도는 기묘한 데자뷔를 느꼈다.

"카구야······ 아니······ 유즈루?"

시도는 반쯤 무의식적으로 그 이름을 입에 담았다.

그렇다. 저 소녀의 얼굴은 카구야와 유즈루를 떠올리게 했다.

시도의 목소리가 전해진 것일까. 그 소녀는 훗하고 웃음을 흘렸다.

그리고, 당당히 자신의 이름을 밝히듯, 하늘을 향해 이렇게 외쳤다.

"—강림. 멀리 있는 자는 귀를 기울여라. 가까이 있는 자는 두 눈으로 똑똑히 봐라.

일기당신(一騎当神), 쾌도난마(快刀亂魔). ─만상을 부복케 하는 구풍(颶風)의 왕, 카자마치 야마이이노라."

"카자마치─ 야마이."

시도는 그 소녀가 말한 이름을 되새기듯 중얼거렸다.

그리고, 확신에 이르렀다.

그것이, 카구야와 유즈루가 인간이었을 적의 이름이라는 것을…….

"설마, **너희들**……인 거야?"

"미소. 훗─."

시도가 망연자실한 목소리로 중얼거리자, 그 소녀─ 야마이는 자신만만한 미소를 머금었다.

"이해가 빨라서 다행이구나. 이 몸은, 야마이 카구야와 야마이 유즈루에 의해 형태 지어진 모습.

─다름 아닌 그대 덕분이다. 친우여. 그대가 나에게, 용기를 줬다."

"내가……?"

시도가 눈을 동그랗게 뜨자, 야마이는 그런 반응조차 재미있다는 듯이 웃으며 그를 쳐다보았다.

"흡족. 그 이야기는 나중에 하마.

하지만 시도. 그대 정도 되는 남자가, 단장을 한 여성을 보고도 한 마디도 하지 않는 우를 범하진 않겠지?"

야마이는 그렇게 말하며 장난스럽게 눈을 가늘게 떴다.

시도는 얼이 나갔지만, 곧 그녀의 의도를 눈치채며 입을 열었다.

"응…….. 최고로 멋져. 잠시 얼이 나갔을 뿐이야."

"홋, 하핫."

시도가 그렇게 말하자, 야마이는 더 못 참겠다는 듯이 웃음을 터뜨렸다.

그리고 우아함마저 느껴지는 몸놀림으로, 지상에서 자신을 노려보고 있는 〈비스트〉를 창끝으로 겨눴다.

"―임전(臨戰). 자아, 인사는 이쯤에서 끝내도록 할까. 함께 춤을 추겠다고 나서놓고 방치해뒀다간, 숙녀^{레이디}께서 기분이 상하실 테니 말이야."

야마이가 그렇게 말하며 날개를 희미하게 흔든 순간―.

그녀는 갑자기 하늘에서 모습을 감췄다.

"어……?!"

너무 갑작스러운 일이었기에, 시도는 눈을 동그랗게 떴다.

하지만 다음 순간, 〈비스트〉 쪽에서 들려온 격렬한 소리를 듣고 이해했다.

야마이가, 눈에 보이지도 않는 속도로 하늘을 날았다는 사실을…….

"――강습. 휘유――――!!"

그 말만 원래 있던 공간에 남겨둔 채, 야마이는 지상에 있는 〈비스트〉를 향해 고속으로 하강했다.

하늘을 박찬 직후, 엄청난 충격이 온몸을 덮쳤다. —음속의 벽. 공기란 것은 일정 속도를 뛰어넘은 순간, 견고한 장벽이 되어 물질을 막아선다. 야마이의 몸은 눈 깜빡이는 것보다 더 짧은 시간에 그 속도를 뛰어넘으며, 그 벽을 돌파한 것이다.

견고한 항공기조차도 산산조각이 날지도 모르는 충격 속에서도, 야마이는 환성을 지르고 싶을 정도의 고양감을 느끼고 있었다.

—몸이 가볍다. 손발이 터져나갈 것처럼 힘이 넘쳐흘렀다. 세상 전체가 멈춘 것처럼 보였다.

극한의 속도에 이른 야마이의 세계, 그녀는 지금 이 정지된 세계의 지배자가 틀림없었다.

"……윽!"

하지만 그런 야마이의 세계에 발을 들인 자가 한 명, 있었다.

〈비스트〉가 야마이의 접근을 눈치채더니, 손에 착용한 『손톱』을 휘두른 것이다.

필살의 위력이 담긴 그 다섯 줄기의 공격이 동시에 야마이를 향해 뻗어왔다. 일반적으로는 도저히 피할 수 없는 거리다. 죽음을 피할 수 없는 간격이다. 다음 순간, 야마이의 몸은 조각나고 말 것이다.

"경탄—"

하지만, 야마이는 공중에서 몸을 비틀면서 종이 한 장 차이— 아니, 종이 한 장도 통과하지 못할 극한의 거리에서, 그 공격을 피했다.

볼을, 가슴을, 배를, 손을, 발을, 상대가 날린 공격이 살며시 닿은 듯한 감촉이 느껴졌다. 하지만, 야마이의 몸에서는 한 방울의 피도 흘러나오지 않았다.

만약 〈비스트〉가 만전의 상태였다면, 결과는 달랐을 것이다. 그녀가 날린 공격 중 하나라도 야마이에게 닿았다면, 상황이 간단히 뒤집혔을 것이 틀림없다.

하지만 야마이는 확신하고 있었다.

정령들이 연계해서 먹인 혼신의 일격이 〈비스트〉의 몸에 엄청난 대미지를 가했을 것이라고. 미세하게나마 『손톱』의 정밀도가 떨어졌을 거라고……

그렇다. 이것은 야마이 혼자만의 싸움이 아니다. 다들 목숨을 걸고 만든 길의 연장선상에서의 싸움이다.

상대인 정령은 너무나도 강대했다. 원래라면 야마이라도 상대가 되지 못할 것이다.

하지만, 모두의 노력이 쌓이고 쌓인 지금 이 순간……

이 한순간만은, 바람의 야마이가 〈비스트〉를 능가한다—!

"반격. 하앗——!!"

야마이는 〈비스트〉를 향해 아낌없는 찬사를 보내며, 손에 쥔 창을 내질렀다.

—【꿰뚫는 자】. 유니콘의 이름을 지닌 무적의 돌격창. 그 날카로운 형태에 맞춘 것처럼, 바람이 소용돌이치며 회오리를

만들었다.

"아, 아앗!"

하지만 〈비스트〉는 뼈가 어긋날 수 있는데도 휘두른 팔을 억지로 반대 방향으로 비틀더니, 『손톱』의 등 부분으로 그 일격을 쳐냈다. 창의 끝에 휘감겨 있던 바람이 방향성을 잃으며 그대로 흩어졌다.

"크…… 아……?!"

하지만 야마이의 반격은 그것이 전부가 아니었다. 〈비스트〉의 얼굴이 고통에 의해 일그러졌다.

—【옭아매는 자】. 뱀의 이름을 지닌 사슬이 그녀의 발에 휘감긴 것이다.

"흐읍……!"

야마이는 왼손에 힘을 주더니, 사슬에 묶인 〈비스트〉의 몸을 지면에 내동댕이쳤다.

"큭……!"

〈비스트〉는 곧 몸을 일으키더니, 사슬을 끊기 위해『손톱』을 휘두르려 했다. 하지만 그 직전에 야마이는 왼손을 당겨서【엘 나하쉬】를 회수했다.

—야마이 자매 식으로 생각하자면, 카구야의 돌격이 빗나갔고, 그것을 예상한 유즈루가 공격을 성공시켜서 카구야가 분통을 터뜨린다—라고 할까.

"___."

야마이는 전투 도중에 자신이 그런 느긋한 상상을 하고 있다는 사실에 무심코 웃음을 터뜨렸다.

지금이라면 알 수 있다. 카구야는 분통을 터뜨리는 척 하면서도 유즈루의 공적에 찬사를 보냈고, 유즈루 또한 카구야가 미끼 역할을 맡아줬다는 것을 이해하고 있었다.

왜냐하면 이 몸은, 카구야와 유즈루의 융합체다. 거기에 깃든 의식 또한, 두 사람의 의지가 뒤섞인 상태였던 것이다.

그렇다. 엄밀하게 말하자면, 이 모습과 의식은 인간이었던 시절의 카자마치 야마이와 완전히 동일하지는 않다.

카구야와, 유즈루. 두 자매가 각각 살아오며 이룬 성장의 이력, 그 두 가지가 만들어낸 새로운 야마이의 모습이다.

그리고 〈라파엘〉의 힘에 의해 융합한 지금이기에 알 수 있는 것이 있었다.

그것은 머나먼 기억. 카자마치 야마이가 빈사의 상태가 되었을 때 세피라를 받고 생겨난, 이름 모를 여동생의 의지다.

아아, 그렇다. 세피라의 힘에 의해 깨어난 그녀는 사랑하는 언니의 죽음을 어떻게든 막기 위해, 자신의 마음과 야마이의 마음을 몸속에서 동화시켰다.

죽음에 이르려 하는 카자마치 야마이와, 세상에 태어나지 못했던 그녀의 동생.

생과 사의 경계를 방황하는 두 애매모호한 인자는 그 존재를 하나로 만들어서, 어찌어찌 죽음을 모면했다.

그리고 시간이 흘러, 두 사람의 마음은 다시 두 개로 나뉘었다.

─하지만, 그렇게 태어난 두 정령은 원래의 두 사람과는 약간 달랐다.

딱히 대단한 일은 아니다.

카자마치 야마이와, 이름 없는 여동생.

카구야와 유즈루는 둘 다, 그 두 사람의 인자를 이어받으며 분화된 존재였다.

"……고소. 나도 참 하찮은 일로 마음고생을 했구나."

야마이는 미소를 머금더니, 【엘 레엠】과 【엘 나하쉬】를 고쳐 쥐었다.

"이 몸에는 이름 모를 여동생의 사랑이 가득 채워져 있었을 뿐이거늘!"

그리고 다시, 〈비스트〉를 향해 【엘 레임】을 내질렀다.

하지만 이번의 일격은 【엘 레엠】이지만, 【엘 레엠】이 아니었다.

"【관통하는 자】……!"

야마이는 그 이름을 외치며 몸을 크게 비틀더니, 혼신의 힘을 다해 그것을 내질렀다.

─그것은 창의 끝에 사슬을 융합시킨, 거대한 투창(投槍)이었다.

"……크. 으, 아─!"

아까와 마찬가지로 『손톱』으로 창을 쳐내려던 〈비스트〉가 몸을 젖혔다.

그녀도 눈치챈 것이다. 이 일격은 아까 전의 공격과는 완전히 다르다는 사실을 말이다.

하지만 【엘 초펠】의 위협적인 건 창의 위력만이 아니다. 창이 두르고 있는 아까보다 강력한 바람이, 〈비스트〉의 몸을 그대로 날려버렸다.

"컥—!"

"결판. 이걸로— 끝이다!"

야마이는 힘찬 목소리로 그렇게 선언하더니, 【엘 초펠】로 공중에 있는 〈비스트〉를 조준했다.

하지만, 바로 그때였다.

"아——."

〈비스트〉가 이제까지와는 다르게 낮은 울음소리를 흘리더니, 왼손을 말아 쥐면서 손 주위에 존재하는 다섯 개의 『손톱』을 하나로 뭉쳤다.

"의아. 뭐하는 거지……?"

예상외의 행동을 본 야마이는 미세하게 미간을 찌푸렸다.

하지만 그녀가 할 일에는 변함이 없다. 상대가 무슨 짓을 하든, 카구야와 유즈루의 힘을 하나로 모아 만든 【엘 초펠】로 부수지 못할 건 없으니까—.

"—아니."

하지만.

【엘 초펠】을 날리려던 야마이는 눈을 치켜뜨며 한순간 그 자리에서 딱딱하게 굳어버렸다.

이유는 단순했다. 하나로 뭉쳐진 〈비스트〉의 『손톱』이, 옅은 빛을 뿜으며 형태가 변모했기 때문이다.

―폭이 넓은 칼날을 지닌, 한 자루의 검으로……

"아아아아아아아아아아아아아아아——!!"

비명에 가까운 포효를 지르며……

〈비스트〉는 그 검을 휘둘렀다.

"아니……?!"

폭풍이 휘몰아치고, 영력이 흩뿌려지고 있는 전장.

그 한가운데에서 정령들의 싸움을 지켜보던 시도는 무심코 그렇게 외쳤다.

이유는 여러 가지였다. 겨우 몇 분 동안에 전장의 상황이 쉴 새 없이 변화했다.

정령들이 영력을 되찾았고, 모두의 협력을 통해 코토리와 오리가미가 〈비스트〉에게 강렬한 일격을 명중시켰다. 그리고 융합한 야마이 자매가 〈비스트〉를 몰아붙이고 있었다.

하지만 지금, 시도의 눈길을 사로잡고 있는 건 전혀 다른 물체였다.

―그것은 바로 〈비스트〉가 휘두른 검이었다.

"저, 건……."

시도는 망연자실한 목소리로 그렇게 중얼거렸다.

하지만 다른 정령들의 반응 또한 시도와 크게 다르지 않았다. 다들 눈을 치켜뜨며, 혹은 미간을 찌푸리며, 〈비스트〉의 검을 응시하고 있었다.

하지만 그러는 것이 당연했다.

그녀가 손에 쥔 검은—.

"……〈오살공(鏖殺公)〉……?!"

—과거에 토카가 사용했던, 검의 천사였던 것이다.

"어떻게 된…… 거야……?"

시도는 〈비스트〉를 주시하며 떨리는 목소리로 중얼거렸다.

확실히 〈비스트〉는 정령들의 힘이 담긴 열 자루의 검을 지니고 있었다. 일반적으로 생각해보면 〈산달폰〉의 힘도 가지고 있더라도 이상할 것이 없다.

하지만, 그렇다면 〈산달폰〉 또한 그녀가 지닌 열 자루의 검 중 한 자루로 모습이 바뀌는 게 도리이지 않을까.

대체 왜, 그녀의 『손톱』이 〈산달폰〉으로 변한 것일까.

설마, 그녀는—.

"야마이!"

"……!"

시도의 생각은 코토리의 외침 때문에 중단됐다.

그렇다. 시도와 마찬가지로 〈산달폰〉에 시선을 빼앗겼던 야마이는 그 일격을 정통으로 맞고 말았다.

〈비스트〉가 휘두른 〈산달폰〉은 대지에 깊디깊은 균열을 새겼다. 흙먼지가 주위에 자욱하게 피어오른 탓에, 야마이의 모습을 확인할 수 없었다.

"음……! 야마이!"

"서, 설마……."

정령들의 당황한 목소리가 전장에 울려 퍼졌다. 야마이의 활약을 본 그녀들이 전율할 정도로, 〈비스트〉의 방금 일격은 강대하기 그지없었던 것이다.

—하지만…….

"……사죄. 무례를 범했구나. 한창 전투 중에 정신이 다른 데 팔릴 줄이야."

그 순간, 엄청난 바람이 소용돌이치면서 주위의 자욱한 흙먼지를 순식간에 걷었다.

그리고 그 중심에는— 거대한 방패를 든 기사가, 서있었다.

"공개. —【지키는 자】. 이것이 없었다면, 위험했겠지."

그렇게 말한 야마이는 방패를 치웠다. 아무래도 그녀의 등에 달린 날개를 접은 후, 쇠사슬을 휘감아서 만든 방패 같았다. 【엘 초펠】과 마찬가지로, 그녀의 천사가 지닌 바리에이션 중 하나 같았다.

"야마이! 괜찮아?!"

"물론. 간발의 차이였지만 말이다."

야마이는 그렇게 말하며 가늘게 숨을 내쉬더니, 하늘에 있는 〈비스트〉를 날카로운 눈길로 쳐다보았다.

"고양(高揚). 귀공의 힘, 이 두 눈으로 똑똑히 보았노라. 그 검에 관한 것도 지금은 묻지 않으마. —조금 전의 결례는 오의의 공개를 통해 씻어낼까 하노라."

그리고 그렇게 말하며, 두 팔을 힘차게 펼쳤다.

그러자 그녀의 손에서 벗어난 창과 방패, 그리고 그녀가 몸에 두른 갑옷 중 일부까지도 하늘로 날아오르면서 새로운 형태를 만들었다.

—보는 이를 압도하는, 거대한 석궁의 형태가 된 것이다.

"꺄앗……!"

"우왓~! 이, 이게 뭐야~?!"

야마이의 손놀림에 맞춰 그 발리스타가 당겨지더니, 주위에 엄청난 폭풍이 휘몰아쳤다.

그것은 구름을 걷어내고, 건물 파편을 휘감으며, 대지를 도려내는 비룡의 날갯짓이었다. 서있는 것조차 힘들 정도의 세찬 바람이 죽음의 들판에 휘몰아쳤다.

그리고 그 바람은 이윽고 화살이 된 돌격창에 모여들었고—.

"해방. 〈라파엘〉—【창궁을 먹어치우는 자】."

야마이의 목소리에 맞춰, 〈비스트〉를 향해 발사됐다.

제9장 이자요이 미쿠

당신은, 천국을 믿나요?

아, 종교 권유를 하려는 게 아니에요~.

천국은 있어요. 그것도 의외로 가까운 곳에요. 구체적으로는 도쿄 텐구 시 동(東) 텐구에 말이죠. —그래요. 바로 달링의 집이에요~!

그곳은 매일 밤 귀여운 여자애들이 모여드는 비밀의 화원⋯⋯ 게다가 달링이 만들어주는 맛있는 저녁 식사도 맛볼 수 있으니, 정말 최고예요! 매일같이 이어지는 하드 스케줄로 지친 몸도, 이곳에 오면 순식간에 리프레시! 제 활력의 비결이에요~!

—그러고 보니, 여러분과 만나고 약 1년 반이 지났군요.

실은 요즘 들어 느껴지는 게 있어요.

그것 바로 여러분의 성장이에요.

불평을 늘어놓으면서도 중학교에 다니기로 결심한 나츠미

양. 머리카락을 싹둑 자른 무쿠로 양. 오리가미 양과 코토리 양은 여전히 열심히 자기 자신을 갈고닦고 있으며, 카구야 양과 유즈루 양은 매일 새로운 것에 도전하고 있어요. 쿠루미 양도 요즘 뭔가를 열심히 공부하고 있는 것 같고, 니아 양도 요즘은 맥주보다 도수가 센 츄하이를 자주 마시…… 아니, 옛날 일을 극복하고 어시스턴트를 고용하려 하는 것 같아요. 우선 자택 업무 디지털 어시스턴트부터 이용해보려는 것 같지만요.

그리고— 토카 양이 사라지는 순간에 보여줬던, 요시노 양의 성장…….

토카 양의 일을 극복하려 노력하는, 달링의 의지…….

참 이상해요. 저는 아이돌인데…….

찬란히 빛나는 세상 속의 사람인데…….

때때로 다른 분들이 너무 눈부셔서, 현기증이 날 것만 같을 때가 있어요.

◇

—바람이, 전장에 휘몰아쳤다.

그렇게 표현할 수밖에 없었다. 야마이가 거대한 발리스타를 〈비스트〉를 향해 쏜 순간, 농밀한 공기 덩어리가 대지에 올곧은 선을 그었다.

그리고 다음 순간, 선이 그어진 자리에는 아무것도 남아있지 않았다.

산더미처럼 쌓여 있던 건물의 잔해도……

그 밑에 있던 도로의 흔적도……

그리고 물론— 화살의 표적이었던 정령 〈비스트〉의 모습도 남아있지 않았다.

"어머, 어머……."

"이야~…… 끝내주네."

"깨끗하게 쓸어버렸네요~……."

잠시 후, 그 압도적인 위력을 보고 얼이 나가 있던 정령들이 한 마디씩 했다. 시도 또한 화들짝 놀라며 어깨를 부르르 떨었다.

"조, 좀 과한 것 같은데……."

시도 일행의 목적은 어디까지나 대화를 통해 〈비스트〉를 공략하는 것이다. 그리고 제대로 된 대화가 불가능한 상태인지라 무력화를 시키자는 방침을 선택했지만— 이래서는, 〈비스트〉의 무사 여부 자체가 불투명했다.

"신뢰. 훗—."

하지만 야마이는 여유에 찬 미소를 지으며 양손을 내렸다. 그 동작에 맞춘 것처럼 거대한 발리스타가 공중에서 분해되더니, 다시 날개와 갑옷으로 변해 야마이의 몸을 감쌌다.

"방금 일격에 당할 정령이었다면, 코토리와 오리가미의 포격을 맞고 이미 소멸했을 것이니라."

"뭐?"

시도가 눈을 동그랗게 뜨며 되물은 순간, 마치 짜기라도 한 것처럼 지면이 솟구치듯 폭발했다.

"……윽!"

"……으, 아—."

그리고 지면 밑에서 검을 지팡이 삼으며, 한 소녀가 모습을 드러냈다. —틀림없다. 〈비스트〉다.

하지만 코토리와 오리가미의 공격에 의해 극심한 손상을 입었던 영장은 갑옷의 역할을 하지 못하고 있었으며, 새하얀 피부 곳곳에는 상처가 새겨져 있었다. 호흡은 거칠었고, 손발 또한 떨리고 있었다. 겉보기에도 겨우겨우 서있는 것처럼 보였다.

아니— 정확하게 말하자면, 그것조차도, 지금의 그녀에게 있어서는 소소한 변화에 지나지 않았다.

"……어?"

시도는 희미하게 미간을 찌푸렸다.

눈앞에 선 소녀는 〈비스트〉다. 그것은 틀림없다.

하지만 지금의 그녀는, 아까까지의 난폭한 정령과는 어딘가 분위기가 다른 것처럼 보였다.

"……나, 는……, ……설, 마……."

〈비스트〉가 아연실색하며 주위를 둘러보더니, 어깨를 떨며 자신의 손바닥을 응시했다.

그 모습에서, 그 말에서, 강렬한 데자뷔를 느낀 시도는 한 걸음 앞으로 내디뎠다.

"아……."

"……윽!"

그러자 그것을 눈치챈 것처럼 고개를 든 〈비스트〉가 시도를 쳐다보며 눈을 치켜떴다.

"─으, 아, 아아아아아──."

마치 시도의 목소리 자체를 거부하듯, 〈비스트〉의 절규가 울려 퍼졌다.

그리고, 검의 무게에 휘둘리듯 비틀거리면서도, 검의 끝을 하늘 높이 치켜들었다.

"─윽! 다들, 조심해!"

"큭……!!"

그 동작을 본 정령들 사이에 긴장이 흘렀다. 다들 일제히 천사를 전개하고, 공격에 대비해 방어 태세를 취했다.

하지만, 아무리 기다려도 〈비스트〉는 공격을 펼치지 않았다.

그 대신─.

"……윽?! 저건, 뭐야……."

시도는 눈앞에 펼쳐진 광경을 보고, 무심코 눈을 치켜떴다.

그러는 것도 무리는 아니었다. 〈비스트〉가 검을 휘두른 궤적을 따라, 허공에 초승달 모양의 상처가 생겨난 것이다.

상처─ 기묘한 표현이지만, 그렇게 표현할 수밖에 없었다. 마치, 공간을 찢어 상처를 낸 듯한 광경이다.

하지만 생물이 아닌 공간에 피와 살이 존재할 리가 없다. 그 단면에서 보이는 건, 그저 시꺼먼 어둠뿐이었다.

"아─."

하지만 시도는 곧 떠올렸다. ─저 광경을, 본 적이 있다는 사실을 말이다.

그렇다. 어제 저녁. 〈비스트〉가 출현했을 때도, 공간에 비슷한 상처가 생겨났다. 정확하게 말하자면, 그때는 『손톱』에 의해 찢겨진 듯한 다섯 줄기의 상처였다.

"윽! 기다려! 너는—."

그것을 인식한 순간, 시도는 매달리듯 손을 뻗으며 고함을 질렀다.

"……윽, ——."

〈비스트〉는 그런 시도의 목소리에 작게 숨을 삼키는 듯한 반응을 보였지만, 그대로 공간에 난 상처에 몸을 비집어 넣었다.

"어……! 설마, 도망치려는 거야?!"

"그렇게는 안 돼—."

"〈미카엘〉!"

뒤늦게 〈비스트〉의 의도를 눈치챈 정령들이 허공을 박차거나, 혹은 천사를 발동시켰다.

하지만— 늦었다. 정령들이 손이 닿기 직전, 〈비스트〉는 자신의 몸을 공간에 난 균열에 집어넣었던 것이다.

그와 동시에, 공간에 난 상처가 소리 없이 아물었다. 『구멍』에서 뻗어 나온 무쿠로의 손이, 〈메타트론〉의 광선이, 허무하게 허공을 갈랐다.

"……."

"……."

"……."

—방금까지 전장이었던 공간이, 부자연스러운 정적으로 가득 찼다.

〈비스트〉는 어디로 가버린 것일까. 과연 진짜로 도망친 것일까. 혹은 어딘가에 숨어서, 반격의 기회를 엿보고 있는 것일까—.

다양한 가능성이 소용돌이치면서, 정령들을 긴장시켰다. 다들 긴장을 늦추지 않으며 주위를 살폈다.

이 긴박감이 해소된 것은 그로부터 수십 초 후, 각자의 헤드셋과 인터컴에서 마리아의 목소리가 흘러나왔을 때였다.

『—영파 반응, 완전히 소실됐어요. 아무래도 진짜로 도망친 것 같군요.』

그 보고를 들은 순간, 몇몇 정령은 안도의 한숨을 내쉬었고 몇몇 정령은 회한에 사로잡힌 것처럼 인상을 찡그렸다.

"이야…… 이번에는 진짜로 죽는 줄 알았어. 그래도 결과적으로는 잘 풀렸네. 모두 무사해서 정말 다행이야."

안도한 정령의 대표 격인 니아가 휴우~ 하고 크게 한숨을 내쉬더니, 지면에 털썩 주저앉았다.

하지만 뒤편에 있던 코토리는 표정을 굳히며 팔짱을 꼈다.

"……하지만, 우리의 목적은 어디까지나, 〈비스트〉의 공략이었어. 도저히 잘 풀렸다고는 할 수 없는 상황이야."

"여동생 양은 여전히 고지식하네. 그렇게 인상을 써대면 주름살이 늘걸?"

"너, 너는 정말……."

코토리가 미간을 찌푸리자, 니아는 손을 내저었다.

"—그렇게 위험한 상황에 처했는데도, 전원이 살아 있잖아. 모두의 노력이, 모두의 목숨을 지켜냈어. 이 이상의 결과를 바라는 건 욕심이야. 아니면 뭐야? 우리 중 한두 명이 목숨을 잃더라도 비~ 양을 공략하는 편이 나았다는 거야?"

"그, 그런 말은 아니지만……."

니아의 말을 들은 코토리가 말끝을 흐렸다.

바로 그때, 니아의 말에 반론하듯 마리아의 차가운 목소리가 들려왔다.

『속으면 안 돼요, 코토리. 모두의 노력, 같은 소리를 하지만, 니아는 영력을 되찾은 후로 〈비스트〉와의 전투에서 별다른 공헌을 하지 않았어요.』

"뜨끔."

니아는 그런 의성어를 입에 담으며 어깨를 부르르 떨었다. 그러자 도끼눈을 뜬 다른 이들의 시선이 니아에게 집중됐다.

"그, 그게, 너희도 알잖아?! 내 〈라지엘〉은 전투에 적합하지 않단 말이야~! 미래기재는 시간이 걸리고, 애초에 영력을 지닌 사람에게는 효과가 그다지 없는데다, 마지막 희망인 양산형 마리아는 출연 금지를 당했거든?!"

『당연히 무리죠. 저의 연산 기능은 〈위그드 라무스〉의 효과를 조금이라도 더 유지하기 위해 풀가동되고 있었으니까요. 거기에 할애할 여력은 없었어요. 그리고 남에게 기대지 말아 줬으면 좋겠군요.』

"으, 으윽…… 그, 그렇게 치면 나뿐만 아니라 쿠루밍도 아무것도 안 했잖아!"

니아는 쿠루미를 손가락으로 가리켰다. 하지만 쿠루미는 딱히 당황하지 않으며 「어머, 어머」하고 말하더니, 볼에 손가락을 댔다.

"죄송해요. 저의 〈자프키엘〉은 영력뿐만 아니라 저의 『시간』도 소모한답니다. 그래서 적극적으로 참전하지 못한 건 인정하겠어요. ─여러분과 셸터에 피난한 분들의 『시간』을 빼앗는 것을 이해해주신다면, 마음껏 날뛰었을 텐데 말이죠."

그렇게 말한 쿠루미는 미소를 머금었다. 그 요사한 미소는 한때 최악의 정령이라 불렸던 그녀를 연상케 했다.

"아……."

"……뭐, 쿠루미는 어쩔 수 없지……."

정령들도 쿠루미의 말에 납득하며 식은땀을 삐질삐질 흘렸다.

쿠루미는 작게 고개를 끄덕이면서, 「하지만」하고 말을 이었다.

"그리고 아무것도 안 했단 말은 좀 너무하군요. 여러분의 활약에 비해 눈에 띄지 않았을지도 모르지만, 〈시간을 먹는 성〉으로 〈비스트〉 씨의 발을 최대한 묶었답니다. 또한─."

"……또한?"

시도가 고개를 갸웃거리자, 쿠루미는 잠시 동안 침묵을 지킨 후에 우후후, 하고 의미심장한 웃음을 흘렸다.

"─아직은, 비밀이랍니다."

"뭐어~! 너무해! 완전 약았어~! 거창한 뭔가가 있는 척 말끝을 흐리면 다들 넘어갈 거라고 생각하지 마~!"

니아는 손을 마구 흔들며 고함을 질렀다.

하지만 다른 정령들은…….

"뭐, 그래도 쿠루미니까……."

"뭔가 사정이 있을지도…… 몰라."

식은땀을 흘리며 턱에 손을 대더니, 낮은 목소리로 그렇게 중얼거렸다.

"왜, 왜 다들 쿠루밍만 봐주는 건데! 그렇게 지면 나도 그냥 손 놓고 있었던 건 아니거든~?!"

"어, 그럼 뭘 했는데?"

나츠미가 묻자, 니아는 그 말을 기다렸다는 듯이 웃음을 흘렸다.

"─아직은, 비밀이야."

그러자, 정령들은 질렸다는 듯이 고개를 내저었다.

"……또 그딴 소리 하기는…….."

"니아, 솔직하게 사과하는 게 좋지 않을까?"

"쿠루밍도 똑같은 말 했는데, 왜 반응이 천지차이인 건데~!"

니아는 벌떡 일어서더니, 엉엉 울며 시도의 품에 뛰어들었다.

"우엥~! 소년~! 딴 애들이 괴롭혀~!"

"하하…… 진정해."

시도는 쓴웃음을 지으며 니아의 머리를 쓰다듬어줬다. 그러자 주위의 정령들이 다양한 감정이 담긴 시선을 니아에게 인정사정없이 날려댔다. 그러자 니아는 멋쩍은 표정을 지으며 두 손을 들더니, 시도에게서 떨어졌다.

"오케이~. 진정해. 브라더. 방금은 내가 경솔했어. 특히 오리링. 진심 어린 살기 좀 뿜지 말아줄래?"

"살기를 뿜은 적 없어."

"저, 정말이야……?"

"살의를 읽힌다는 건 미숙하다는 증거야. 프로는 그저, 죽음이란 결과만을 남길 뿐이야."

"흉흉한 소리 좀 늘어놓지 마~!"

니아가 엉엉 울면서 비명에 가까운 목소리를 질렀다. 그러자 정령들은 아하하 하고 웃음을 터뜨렸다.

딱히 니아도 노린 것은 아니겠지만, 그녀 덕분에 이 자리의 긴장감이 단숨에 풀렸다. 시도는 가볍게 한숨을 내쉬었다.

하늘 혹은 땅에 있던 정령들도 전투의 종결을 실감한 것인지, 시도의 곁으로 모여들었다. 그리고 오래간만의 영장 차림으로 웃음을 흘리며 서로의 활약을 치하했다.

그 중에서도 가장 열띤 반응을 보인 이는 미쿠였다.

"꺄아~! 여러분, 정말 멋졌어요~! 지이이이이이인짜 끝내줬더라니까요~! 오래간만의 보는 영장 차림도 최고네요~! 이참에 사진 좀 찍어두죠! 혹시 카메라나 스마트폰 가지고 계신 분 없나요?!"

눈을 반짝이며 그렇게 말한 미쿠는 이 자리에 있는 이들 모두를 한 번에 꼭 안아주려는 것처럼 두 팔을 활짝 벌렸다. 미쿠의 여전한 반응을 본 다른 이들은 쓴웃음을 지었다.

"그건 그렇고— 야마이, 라고 부르면 되지? 덕분에 살았어. 네가 없었으면 상황이 더 악화됐을지도 몰라."

코토리는 그렇게 말하며 야마이를 쳐다보았다. 그러자 야마이는 미소를 어깨를 으쓱했다.

"부정. 나는 마무리를 했을 뿐이다. 포석은 그대들이 전부 깔아줬지. 자랑스러워해라, 소녀들이여. 이것은 그대들의 승리다."

그렇게 말하며 윙크를 날렸다. 느끼하기 그지없는 행동이지만, 불가사의하게도 기분 나쁘게 느껴지지는 않았다.

"으음, 야마이 씨는, 카구야 씨와 유즈루 씨가 인간이었던 시절의 모습……인 거죠?"

『맞아~. 혹시 합체인간~?』

요시노, 그리고 〈자드키엘〉에 깃든 『요시농』이 고개를 갸웃거리며 물었다. 그러자 야마이는 고개를 저었다.

"설명. 나는 카자마치 야마이지만, 엄밀히 말하자면 인간 카자마치 야마이와 동일한 존재는 아니다. 이 몸은 어디까지나 제각각 성장한 야마이 카구야와 야마이 유즈루가 융합한 형태지. 적어도, 생전의 나는 이렇게 키가 크지 않았으며— 이렇게 끝내주는 걸 가지고 있지도 않았다."

농담 투로 그렇게 말한 야마이가 자신의 풍만한 가슴을 두 손으로 모았다. 그 사이즈는 원래 풍만했던 유즈루의 가슴 사이즈를 능가했다. 그 모습을 본 미쿠는 「우효~!」 하고 만화에서나 나올 법한 괴성을 질렀다.

"야, 야야, 야마이 씨! 저, 저기, 허그 좀 해도 될까요……?"

"특별. 못 말리는 새끼 고양이구나. 이리 오렴."

"하아아아앙! 언니이이이이잇!"

미쿠는 안면으로 다양한 액체를 흘리며, 야마이의 가슴에 뛰어들었다.

하지만 다음 순간, 야마이의 몸이 옅은 빛을 뿜더니, 그 실루엣이 둘로 나뉘었다.

"우왓?! 깜짝 놀랐네!"

"경악. 이건……."

야마이— 두 사람으로 나뉜 카구야와 유즈루는 깜짝 놀란 것처럼 눈을 동그랗게 떴다. 필연적으로 야마이의 품속으로 뛰어들려던 미쿠는 두 사람 사이의 빈 공간에 다이빙을 했으며, 그대로 지면에 내동댕이쳐졌다.

"우꺄~?! 뜻밖의 감촉?! 언니는 어디 가신 거죠?!"

"아~, 미안해. 시간제한이 다 된 것 같아……."

"사죄. 원래 억지로 융합을 했던 것이니까요. 지금까지 유지한 것도 기적이라고 생각해요."

"마, 맙소사……. 이렇게 되면 카구야 양, 유즈루 양! 두 분이 양쪽에서 저를 꼭 안아주세요!"

미쿠는 벌떡 일어서더니, 다시 두 팔을 활짝 벌렸다.

"우왓, 잠깐, 진정해!"

"전율. 굴하지 않는 사람이군요."

카구야와 유즈루는 자신들을 포용하려고 하는 미쿠를 밀

어냈다. 평소와 다름없는 미쿠를 본 시도는 무심코 쓴웃음을 흘렸다.

"······이걸로 잘 된 거야."

이렇게 느긋할 수 있는 것도, 그들 모두가 무사하기 때문이다. 시도는 마음속에 여전히 존재하는 회한을 억누르려는 것처럼 가슴을 부여잡았다.

확실히 니아의 말도 일리가 있다. 〈비스트〉를 공략하지 못한 것은 유감이지만, 그런 위기 상황에서 모두가 살아남은 것은 솔직하게 기뻐해야 하리라.

"······."

하지만, 시도는 계속 신경이 쓰이는 점이 있었다. 야마이의 공격을 받은 후에 보인 〈비스트〉의 반응이었다.

목소리. 눈에 어린 빛. 둘 다 이전의 그녀와는 명백하게 달랐다. 그렇다. 마치—

거기까지 생각이 미쳤을 때, 시도는 어떤 사실에 생각이 미쳤다. 그는 인터컴을 가볍게 누르며, 마리아에게 말했다.

"저기, 마리아. 〈비스트〉는 대체 어디로 사라진 거야? 인계(隣界)는······ 이미, 존재하지 않잖아?"

시도가 그렇게 말하자, 시끌벅적하게 떠들고 있던 정령들의 눈썹이 일제히 떨렸다.

인계. 그것은 정령이 존재한다고 여겨지던 공간이다. 이쪽 세계와 얇은 막 하나를 사이에 두고 존재하는 세계. 공간진은 원래 그 인계에서 정령이 이쪽 세계에 나타날 때 발생하는 여파를 말했다.

하지만 그 인계는 시원의 정령, 미오의 죽음과 함께 소멸되었다. 그렇다면 대체, 〈비스트〉는 어디로 사라진 것일까.

『……적어도 아까 전의 반응은 〈미카엘〉로 공간에 낸 「구멍」이나 일반적인 소실과는 명백하게 달랐어요.』

"그 말은…….."

마리아는 잠시 동안 침묵한 후, 약간 분한 듯한 어조로 말을 이었다.

『……이제까지의 정보만으로는 불명, 이라고 말할 수밖에 없겠군요.』

"……윽."

시도는 숨을 삼키며 주먹을 말아 쥐었다.

이 대답을 예상하지 못했던 것은 아니다. 〈비스트〉는 이레귤러 그 자체라 해도 과언이 아닌 정령이다. 하지만 그 사실을 마리아의 말을 통해 확인하자, 심장이 옥죄어드는 듯한 고통이 엄습했다.

〈비스트〉가 그저 상처를 치유하기 위해 퇴각한 것이라면 그나마 낫다. 그렇다면, 그녀를 구원할 수 있을 가능성이 존재하기 때문이다.

하지만, 그녀가 사라지기 전에 보였던 표정……. 그것을 떠올리자— 그녀가 두 번 다시 자신의 앞에 나타나지 않을지도 모른다는 우려가, 시도를 덮쳤다.

"……시도."

시도가 실의에 빠졌다는 것을 눈치챈 코토리가 그의 어깨에 상냥히 손을 얹었다.

"너무 자책하지 마. 너는 최선을 다했어."

"하지만, 나는……."

구원하지, 못했다.

그 정체불명의 정령을…….

절망에 찬 표정을 짓고 있는 애를…….

그 검을 지닌, 소녀를—.

"……어?!"

그런 체념이 시도의 뇌리를 스친, 바로 그 순간이었다.

—시도의 발치를 향해, 하늘에서 유성이 떨어졌다.

"아니—."

눈부신 빛이 주위를 감싸며, 시도의 시야를 가렸다.

그리고 그 빛이 잦아들자, 시도의 눈앞에는— 한 자루의 검이 꽂혀 있었다.

"이건……."

"호오?"

"〈비스트〉 씨의…… 검?"

정령들의 당황 혹은 흥미가 어린 목소리가 주위에서 소용돌이쳤다.

그렇다. 베는 것만을 추구한 듯한, 외날의 대검.

그것은 〈비스트〉가 지니고 있던 검 중 마지막 한 자루. —그녀의, 열 번째 검이었다.

"왜, 왜, 이 검이……."

시도는 망연자실한 목소리로 그렇게 중얼거리면서, 아까 봤던 광경을 떠올렸다.

나츠미의 활약으로 〈비스트〉에게서 열 자루의 검을 빼앗았고, 소녀들은 정령의 힘을 되찾았다.

하지만 야마이를 한 사람으로 본다면, 지금 이 자리에 있는 정령은 총 아홉 명이다. 그녀들의 곁으로 온 검 또한 아홉 자루다.

전투 중에는 거기까지 생각이 미치지 않았지만— 마지막 한 자루가 보이지 않았다.

그리고 시도는 막연하게, 그 열 번째 검은 천사 〈산달폰〉일 거라고 생각했다. 첫 번째부터 아홉 번째까지의 검이 정령들이 원래 지녔던 천사였던 것이다. 그렇게 생각하는 게 자연스러웠다.

하지만 〈비스트〉가 휘두르던 『손톱』이 〈산달폰〉으로 모습을 바꿨을 때, 그 가정은 와해됐다.

그 대신, 의문이 생겨났다.

—이 검은 대체 무엇일까.

그리고 대체 왜, 지금 시도의 앞에 꽂힌 것일까.

근거는 없다. 하지만, 그것에는 어떤 의미가 있을 듯한 느낌이 들었다.

"——."

시도는 충동에 휩싸인 것처럼, 그 검의 자루를 향해 손을 뻗었다.

"아! 시도, 조심해."

"……응."

코토리의 말에 고개를 끄덕인 시도는 각오를 다지며— 그 검의 자루를, 움켜잡았다.

그러자, 마치 이 순간을 기다린 것처럼 검이 맥박 치더니, 그 모습이 변모하기 시작했다.

—요사한 빛을 뿜는, 칠흑빛의 검으로…….

그 검을 본 시도는 무심코 숨을 삼켰다.

하지만, 그것도 당연했다. 왜냐하면 그것은—.

"〈포학공(暴虐公)〉……?!"

또 하나의 토카— 텐카의 검.

〈산달폰〉과 쌍을 이루는 『마왕』, 〈나헤마〉였던 것이다.

"……윽!"

그리고 그것을 손에 쥔 순간, 시도는 기묘한 감각을 느꼈다.

〈나헤마〉에서, 무언가가 스며들어오는 듯한 위화감이 느껴졌다. 『무언가』가, 머릿속에 말을 걸고 있는 것 같았다. 마치 검 그 자체가 의지를 지니고, 시도에게 호소를 하고 있는 듯한—.

"……할 수 있어. 이 〈나헤마〉만 있으면…… 그 애를 쫓을 수 있어……?"

시도는 반쯤 무의식적으로 그런 말을 중얼거렸다.

"—시도 씨?"

"방금 뭐라고 했느냐?"

정령들은 눈을 동그랗게 뜨며 물었다.

시도는 〈나헤마〉의 자루를 쥔 손에 힘을 주며, 말을 이었다.

"─〈산달폰〉은 원래, 보이지 않는 것을 베는 검…… 온갖 조리, 개념, 그리고 세계와 세계 사이의 벽마저……. 그런 〈산달폰〉과 쌍을 이루는 〈나헤마〉도 또한 마찬가지…….

하지만 상냥한 토카는 이 위험하기 그지없는 권능을 무의식적으로 억누르고 있었다……. 또한 너는 미숙해서 그 힘을 사용하지 못했던 거다, 인간…… 어, 말이 너무 심한 거 아냐?!"

시도는 머릿속에 떠오른 목소리를 향해 무심코 딴죽을 날렸다.

하지만 남들이 보기에는 시도가 묘한 행동을 취하고 있는 것처럼 보일 뿐이었다. 정령들은 어깨를 부르르 떨더니, 걱정 섞인 시선으로 그를 바라보았다.

"시, 시도?"

"……괜찮아?"

"아, 응……."

시도는 마음을 다잡으려는 듯이 가볍게 고개를 저은 후, 다시 손에 힘을 주며─.

지면에 꽂힌 〈나헤마〉를 뽑아들었다.

"──."

─그 순간, 엄청난 위압감이 온몸을 휘감았다. 마왕. 원래 인간이 손에 넣을 수 없는 괴이(怪異). 지금 생각해보면 시도는 몇 번이나 천사를 빌려서 사용한 적이 있지만, 마왕을 손

에 쥔 것은 처음이었다.

생명의 부정. 죽음의 실감. 마이너스로 기운 힘의 파동이
시도를 으스러뜨리려 했다.

아마 시도도 그 중압에 눌려 무릎을 꿇고 말았으리라. ―머
릿속에서 들려오는, 수수께끼의 목소리가 도와주지 않았다면
말이다.

"……, 좋아. 이제…… 갈 수 있어. 나 혼자……라면―."

손에 쥔 검을 고쳐 쥔 시도는 더듬더듬 그렇게 말했다.

그 말을 들은 정령들이 깜짝 놀란 것처럼 숨을 삼켰다.

"잠깐만 있어봐, 시도. 대체 뭘 하려는 거야?"

"설마 〈비스트〉를 쫓아갈 생각이야?"

정령들이 비명에 가까운 목소리로 그렇게 말하자, 시도는
잠시 동안 뜸을 들인 후―.

"…………그래."

짤막하게, 대답했다.

그 대답을 들은 코토리가 미간을 찌푸렸다.

"……안 돼. 허락 못해. 그녀가 어디로 갔는지도 모르는 데
다…… 설령 그녀가 있는 곳에 도착하더라도, 이곳으로 다시
돌아올 수 있을 거란 보장이 없잖아!"

"""……윽."""

코토리의 말을 들은 다른 정령들의 얼굴이 굳었다. 그 표정
에는 복잡한 감정이 소용돌이치고 있는 것처럼 보였다.

묻지 않아도 알 수 있다. 그녀들도 〈비스트〉를 구하고 싶지

않은 것은 아니며, 이쪽 세상에 해를 끼치지 않는다면 방치해 둬도 된다는 식으로 생각하고 있지는 않다. 오히려 가능하다면 구원의 손을 뻗고 싶을 것이다.

하지만, 시도를 영원히 잃을지도 모른다. 그 가능성이 그녀들의 마음에 어두운 그림자를 드리웠다.

"다들……."

시도는 자신을 과소평가하지 않는다. 자신이 그녀들을 소중히 생각하는 만큼, 그녀들 또한 자신을 소중하게 여기고 있다는 것을 자각하고 있었다.

그래서 시도는 자신의 생명을 가벼이 여기며 무모한 행동을 하고 싶지는 않았다. 그것은 그녀들의 마음을 짓밟는 행위인 것이다. ―이 또한, 시도가 그녀들을 만나서 배운 것이다.

하지만―.

"……윽!"

"어―."

바로 그때였다.

시도는, 그리고 정령들은, 동시에 눈을 치켜뜨며 어깨를 부르르 떨었다.

이유는 단순했다. 이 긴박감이 흐르는 폐허에―.

갑자기, 어딘가에서 들려온 아름다운 노랫소리가 울려 퍼졌

기 때문이다.

"미쿠—?"

귀에 익은 목소리였다. 아니, 이 자리에 있는 이들 중에서 이렇게 아름다운 노래를 부를 수 있는 사람은 단 한 명뿐이다. 시도는 그 사람의 이름을 입에 담으며, 노랫소리가 들려오는 곳으로 고개를 돌렸다.

그러자 절세의 가희는, 시도와 소녀들의 불안을 어루만져주려는 듯이 상냥한 미소를 머금었다.

◇

"—꺄아아아아아아아아앗! 도와줘요, 달링이이이이이잉!!"

〈비스트〉가 나타나기 몇 달 전.

붉게 물든 나뭇잎이, 바람에 흩날리는 시절의 일이다.

시도가 자택의 마당에서 낙엽을 쓸고 있을 때, 갑자기 도로 쪽에서 그런 목소리가 들렸다.

"무, 무슨 일이야……?"

방울소리처럼 아음다운 목소리, 그리고 『달링』이라는 특이한 호칭을 통해 상대가 누구인지는 금방 눈치챘다. —이자요 이 미쿠. 천하에 이름을 떨치고 있는 아이돌이자, 과거에 정령이었던 소녀 중 한 명이다.

하지만, 상대가 누구인지 알았는데도 상황은 전혀 이해되지 않았다. 허둥지둥 고개를 돌리며 상황을 확인했다. 그러자 모자와 선글라스로 대충 변장을 한 미쿠가 풍만한 가슴을 호쾌하게 흔들어대면서 시도를 향해 뛰어오고 있었다.

"미쿠, 어떻게 된 거야?! 무슨 일 있어?!"

시도는 미쿠를 맞이하기 위해 문을 열며 외쳤다. 그러자 미쿠는 뒤편을 손가락으로 가리키며 비명을 질렀다.

"저 사람이…… 저 사람이 끈질기게 쫓아와요오오오!"

"저 사람?"

시도는 미심쩍은 듯이 미간을 찌푸리며 미쿠의 뒤편을 쳐다보았다. 그러자 정장을 말쑥하게 차려 입은 여성의 모습이 눈에 들어왔다. 격렬한 운동에는 적합해 보이지 않는 타이트스커트와 굽이 높은 구두를 신었으면서도, 필사적인 표정으로 미쿠를 쫓아오고 있었다.

그 모습을 본 시도는 긴장 탓에 온몸이 굳었다. 백주대낮에 미쿠를 쫓아오고 있는 저 사람은 대체 누구일까. ―열광적인 팬이나 스토커? DEM의 잔당? 아니면 스캔들을 노리는 주간지 기자? 다양한 가능성이 머릿속에 떠올랐다가 사라졌다.

"에잇, 생각은 나중에 하자. 우선―."

시도는 자신의 집에 도착한 미쿠의 손을 잡아당기더니, 그녀를 지키려는 듯이 정장 차림의 여성을 막아섰다. 그리고 의연한 태도로 그 여성과 대치했다.

"이 애한테 대체 무슨 볼일이죠? 경우에 따라시는……."

하지만 딱딱하게 굳어 있던 시도의 표정은 곧 일그러졌다.

이유는 단순했다. 얼굴이 땀범벅이 된 채 어깨를 들썩이며 거친 숨을 내쉬는 이 여성의 얼굴이 낯익었기 때문이다.

"어라? 당신은……."

"……하아, 하아……, 쿠레바야시…… 스바루……, 미쿠의……, 매니저야……."

그 여성— 스바루는 금방이라도 숨이 끊어질 듯한 목소리로 자신의 이름을 밝혔다.

"……미쿠?"

시도가 도끼눈을 뜨며 미쿠를 쳐다보니, 그녀는 「……꺄하☆」하고 귀엽게 윙크를 했다.

"—해외진출?"

그로부터 몇 분 후, 자신의 집 거실로 두 사람을 들인 시도는 눈을 동그랗게 뜨며 그렇게 말했다.

"으음…… 실은 얼마 전에 미국에 있는 음반회사로부터 그런 제안을 받았는데……."

맞은편 소파에 앉은 스바루가 이마의 땀을 손수건으로 닦으며 그렇게 말했다.

참고로 평소 손님이 올 경우에는 한쪽 소파에 시도가, 그리고 맞은편 소파에 손님 두 사람이 앉는 것이 일반적이다. 하지만 현재 미쿠는 당연한 듯이 시도의 옆에 앉아 있었다. 또한 어느새 시도와 팔짱을 끼며 그의 어깨에 머리를 얹었다.

세상을 떠들썩하게 하는 아이돌의 이런 모습에서는 스캔들 느낌이 물씬 났지만, 스바루도 그런 사정은 숙지(아니, 체념)하고 있기에 이제 와서 반응을 보이지는 않았다. 그녀는 눈앞의 상황을 딱히 개의치 않으며 말을 이었다.

"그쪽 프로듀서가 동영상 사이트에서 미쿠의 노래를 듣고 한눈, 아니, 한귀에 반해버렸대. 완벽한 지원을 약속할 테니, 이 노래를 전 세계 사람들에게 전하자고 했어……."

"흐음……."

시도는 납득한 것처럼 고개를 끄덕였다.

갑작스러운 이야기이기는 했다. 전혀 놀라지 않았다면 거짓말일 것이다. 하지만 있을 수 없는 일은 아니라는 생각이 들었다.

미쿠는 원래 정령이었으며, 그녀의 힘은 소리와 노래에 영력을 담는 것이었다. 그 노랫소리는 마성의 꿀이었다. 그녀는 말한 마디로 사람들을 자유자재로 조종할 수 있었다.

하지만 미쿠의 가희로서의 인기가 정령의 힘으로 이뤄낸 허구냐면— 결코 그렇지 않았다.

타고난 아름다운 목소리, 노력으로 뒷받침되고 있는 가창력과 퍼포먼스…….

사람의 눈을, 귀를 사로잡는 압도적인 존재감은 시원의 정령에게 부여받은 것이 아니라, 그녀 스스로의 힘이 틀림없다. 한귀에 반해버린 그 프로듀서의 심정도 충분히 이해가 됐다.

"하지만, 그 이야기와 아까 전의 술래잡기가 무슨 상관이죠? 들어보니, 꽤 좋은 제안 같은데……."

"그게……."

스바루는 난처한 표정을 지으며 미쿠를 쳐다보았다.

그러자 미쿠는 흥~! 하고 코웃음을 치며 티나게 고개를 돌렸다.

"몇 번을 말해도 거절할 거예요~! 저는 미국에는 안 가요~!"

"……저러고 있거든."

"아, 아하……."

시도는 땀을 흘리며 고개를 끄덕였다. 그리고 자신의 팔을 안고 있는 미쿠를 향해 고개를 돌렸다.

"으음, 일단 물어보는 건데 말이야. 왜 그렇게 싫어하는 거야? 미국을 싫어……하는 건 아니지?"

"그야 저도 활약의 폭이 넓어지는 건 기쁘거든요? 이런 제안을 해준 분에게 감사하기도 하고, 많은 사람들에게 제 노래가 전해지는 것도 대환영이에요. 하지만—."

시도의 질문을 들은 미쿠가 텅~! 소리가 나게 테이블을 내려치면서 힘찬 목소리로 말했다.

"미국에 진출하면! 달링, 그리고 다른 분들과 함께 보내는 시간이 줄어든단 말이에요~!"

"아…… 응. 예상대로의 답변을 들려줘서 고마워."

시도가 쓴웃음을 지으며 그렇게 말하자, 미쿠는 「별말씀을요~!」 하고 말하며 구김 없는 미소를 지었다. 빈정거리는 것이 아니라, 순수하게 시도의 고맙다는 말에 답하고 있는 것 같았다.

스바루는 난처한 표정을 지으며 머리를 긁적거렸다.

"저기, 미쿠. 다시 생각해주면 안 될까? 이건 다시없을 기회야."

"싫~어~요~! 몇 번이나 거절했잖아요~!"

"하지만 미쿠. 그 프로듀서는 30대란 젊은 나이에 미국의 음악 업계를 석권한 민완 프로듀서이자―."

"흥~! 그런 말 해봤자 제 생각은 달라지지 않아요~!"

"―장신에 글래머러스한 캐리어 우먼 타입의 금발 미녀거든?!"

"으윽......?!"

스바루가 그 말을 한 순간, 미쿠의 어깨가 부르르 떨렸다. 하지만 이를 으스러져라 악물더니, 손등을 꼬집으며 고개를 세차게 저었다.

"그, 그딴 수법에는...... 넘어가지 않아요~......!!"

그 모습은 강인한 의지의 힘으로 파괴충동에 저항하는 코토리를 연상시켰지만, 그런 말을 했다간 코토리가 불쌍할 것 같았기에 시도는 말하지 않았다. 시도는 여동생을 아끼는 오빠인 것이다.

"큭......, 더는 방법이 없나......."

스바루는 고개를 푹 숙였다. ......방금 정보를 비장의 카드라고 여기는 것을 보면, 사무소 측이 미쿠를 어떻게 다루는지 짐작이 됐다.

"......저기, 시도 군. 당신도 밀 좀 해주면 안 될까? 이건 미쿠의 장래를 좌우할 수 있는 선택이야. 미쿠의 심정도 이해가 되긴 해. 하지만 5년 후 혹은 10년 후에 미쿠가 후회하게 되는 건 싫어."

"어, 제, 제가 말인가요?"

시도는 그 느닷없는 말을 듣고 눈을 동그랗게 떴다.

"으음⋯⋯."

스바루의 애절한 시선, 그리고 미쿠의 불안이 어린 시선이 두 방향에서 시도에게 날아왔다. 시도는 거북한 듯이 몸을 비틀면서도, 머릿속으로 생각했다.

스바루의 마음은 이해한다. 그녀는 미쿠의 매니저다. 미쿠의 활약을 누구보다 가까이에서 지켜봐온, 미쿠의 제일가는 팬이다. 미쿠의 노래가 전 세계에 울려 퍼질 이 기회를 놓치고 싶지 않을 것이며— 미쿠가 세계적인 가희가 될 소질을 지녔다고 믿는 게 틀림없다. 시도 또한 스바루의 생각에 공감하고 있었다.

하지만 미쿠의 심정 또한 이해가 됐다. 그녀는 지금까지 순탄치 않은 인생을 살아왔다. 지금 이 평온을 소중히 여기고 싶어 하는 것도 무리는 아니다. ⋯⋯그리고 왠지 일주일 이상 나츠미(다른 이도 괜찮겠지만, 왠지 나츠미가 가장 먼저 떠올랐다)를 포옹하지 않는다면, 미쿠의 정신이 붕괴될 듯한 느낌도 들었다.

"⋯⋯."

시도는 낮은 신음을 흘린 후, 고개를 들었다.

"저는—."

"──미쿠가 바라는 대로 해주고 싶어요."

잠시 동안 심사숙고한 후, 시도는 그렇게 말했다.

그 말을 들은 미쿠가 「꺄아!」 하고 환성을 질렀다. 그리고 맞은편에 앉아있던 스바루는 무릎에 화살이 꽂힌 것처럼 「크으……!」 하고 신음을 흘리며 무너지듯 바닥에 주저앉았다.

"역시 달링~! 사랑해요~!"

미쿠는 팔짱을 낀 손에 더욱 힘을 주면서, 소파 위에서 껑충껑충 뛰었다. 시도는 그런 미쿠에게 휘둘리며 아하하 하고 쓴웃음을 흘린 후, 말을 이었다.

"물론 저도 미쿠가 활약해주기를 바라지만…… 그 이상으로, 미쿠가 행복해지기를 바라고 있어요. 만약 미쿠가 지금의 생활을 소중히 여기고 싶어 한다면…… 그 의지를 존중해주고 싶어요."

"달링……!"

미쿠는 시도의 상냥한 말을 듣고 눈물을 흘리더니, 그대로 그를 꼭 끌어안았다. 멋쩍은 듯이 볼을 붉힌 시도는 미쿠의 어깨를 가볍게 두드려줬다.

미쿠는 한동안 시도의 감촉과 체온과 목덜미의 향기를 즐긴 후, 푸핫~ 하고 숨을 토하며 스바루를 향해 고개를 돌렸다.

"스바루 씨, 들었죠?! 이제 순순히 포기하세요~!"

"마, 마지막 희망이……."

미쿠의 말을 들은 스바루는 힘없이 몸을 일으키더니, 복도를 향해 터벅터벅 걸었다.

하지만 거실을 나서려던 순간, 시선을 날카롭게 만들며 미쿠를 손가락으로 가리켰다.

"두고 봐, 미쿠……. 나를 쓰러뜨리더라도 제2, 제3의 자객이 너한테 권유를 하러 올 거야……!"

"흐흥~! 그딴 건 하나도 안 무서워요~!"

"……아, 여보세요. 쿠레바야시에요. 수고 많으세요. 역시 무리였어요. 예. 상대방 프로덕션에 귀여운 애를 골라서 파견해달라고 부탁해 주세요. 어리광을 받아주는 언니 타입과 솔직하지 못한 연하 타입은 필수불가결이에요. 그리고 일본어가 능숙하지 않아 더듬더듬 말하는 타입한테도 약할 거예요."

"어라?! 강적이 나타날 듯한 예감이 들어요~!"

미쿠가 양손으로 볼을 누르며 비명을 지르자, 스바루는 음흉한 웃음을 흘리며 사라졌다.

몇 초 후, 현관문이 닫히는 소리가 들렸다. 그 소리를 듣고서야, 미쿠는 휴우 하고 한숨을 내쉬었다.

"고마워요, 달링. 너무 끈질겨서 난처하던 참이었어요~."

"하하……. 뭐, 어쩔 수 없을 거야. 진짜 엄청난 제안인걸. 쿠레바야시 씨로서는 저렇게 나올 수밖에 없을 거야."

"그건 그렇겠지만……."

미쿠는 불만을 표시하듯 입술을 삐죽 내민 후, 환한 표정을 지었다.

"그래도 달링의 말을 듣고 기뻤어요. 역시 달링도 저와 같이 있고 싶은 거군요!"

"으, 응······. 그래."

미쿠가 그렇게 말하자, 시도는 난처한 표정을 지었지만— 곧 미소로 그 표정을 덮으며 고개를 끄덕였다.

"유명해지는 것만 인생의 성공은 아니니까, 미쿠가 만족할 수 있는 삶을 사는 게 가장 좋을 거라고 생각해."

"맞아요! 역시 달링은 뭘 좀 안다니까요~!"

미쿠가 미소를 지으며 그렇게 대꾸하자, 시도는 「하지만」 하고 말을 이었다.

"만약 미쿠가 도전하고 싶어 한다면, 나는 전력을 다해 응원할 거야. 잊지 말아줬으면 하는 건······ 그 어떤 선택을 하더라도, 나는 미쿠의 편이라는 거야."

"······아! 달링—."

미쿠는 또 감격의 눈물을 흘리더니, 시도를 다시 끌어안았다.

시도가 한순간 지었던 복잡한 표정도 신경 쓰였지만— 온몸을 가득 채우는 시도의 따뜻한 감촉에 의해, 이윽고 그런 생각은 점점 옅어졌다.

◇

—결국 당시 시도의 생각을 미쿠가 이해한 건, 그로부터 넉 달 이상 지난 후였다.

그렇다. 시도가 〈비스트〉를 쫓아서, 이곳과는 다른 세계로 가겠다고 말한 바로 그때다.

당황과 초조가 정령들의 마음을 가득 채운 가운데, 미쿠는 불가사의한 데자뷔에 사로잡혀 있었다.

"어, 이건……."

누구에게도 들리지 않을 만큼 작은 목소리로 그렇게 중얼거린 순간— 미쿠는 자각했다.

지금의 자신은 당시의 시도와 비슷한 처지라는 것을 말이다.

물론 상황과 규모는 명백하게 달랐다. 게다가 도전보다 안정을 선택한 미쿠와 달리, 시도는 새로운 한 걸음을 내디디려 하고 있었다.

하지만 소중한 사람에게 전환점이 될 기회가 찾아오고, 어떤 선택을 내릴지 지켜보고 있다는 점에 있어서는 기묘하게 부합된다고 느껴졌다.

그리고 제삼자의 위치에 있기에 느낄 수 있는 점이 있었다.

시도는 〈비스트〉를 쫓아가고 싶어 하고 있었다. 다른 세계로 사라진 그녀에게, 손을 내밀어주고 싶다는 생각을 가지고 있다. 그것은 틀림없다.

하지만 공간의 벽을 넘어간 후, 다시 이 세상으로 되돌아올 수 있을 거란 보장은 없다. 그 점이— 아니, 정확하게 말하자면 미쿠를 비롯한 정령들이 슬퍼하는 것을 시도는 견딜 수 없는 것이다.

"——."

그리고 그것을 자각하는 것과 동시에, 미쿠는 어떤 생각을 했다.

—시도의 족쇄가 되고 싶지 않다, 는 생각을 말이다.

　물론 시도와 헤어지고 싶지는 않다. 만약 시도와 영원히 만날 수 없게 된다면, 어쩌면 좋을지 알 수 없었다.

　하지만 그 마음이 시도의 족쇄가 되어서 그가 원하는 방향으로 나아가는 것을 막는 것 또한, 미쿠에게는 견딜 수 없는 고통이었다.

　그것은, 벗어날 길 없는 모순이었다.

　미쿠가, 정령들이, 시도를 잃고 싶지 않다고 생각하는 건—.

　그가 이럴 때, 〈비스트〉를 구하러 간다는 선택지를 고르고 마는 사람이기 때문이다.

　"아아—."

　미쿠는 기묘한 감회에 젖으며 눈을 가늘게 뜨더니, 불안한 표정을 짓고 있는 정령들을 둘러보았다.

　그것은 어디까지나, 미쿠의 마음이다.

　하지만 미쿠는 자각의 유무란 차이는 있을지라도, 다들 같은 마음을 품고 있을 거란 확신이 있었다.

　왜냐하면 이곳에 있는 모든 정령들은 미쿠와 마찬가지로 시도와 만났고, 미쿠와 마찬가지로 시도에게 구원받았으며, 미쿠와 마찬가지로 시도와 함께했을 뿐만 아니라— 미쿠와 마찬가지로 시도를 좋아하게 된, 동지들인 것이다.

　그렇다면 지금 미쿠가 해야 하는 건 무엇일까. 미쿠가 해야만 하는 일은 무엇일까.

　미쿠는 골똘히 생각한 후, 헤드셋을 조작해서 마리아에게

만 통신을 보냈다.

"……마리아 씨. 부탁이 있는데, 들어주지 않겠어요?"

『―미쿠? 어떤 부탁이죠?』

"그게 실은―."

미쿠가 자신의 요청사항을 전하자, 마리아는 『호오』하고 답했다.

『그렇군요. 그 정도라면 지금의 〈프락시너스〉로도 가능합니다. 지금 바로 준비하죠.』

"정말인가요? 그럼 부탁드릴게요."

『미쿠.』

"예?"

『당신이 있어서 다행이에요.』

"우후후. 저한테 반했어요? 저는 언제든 웰컴이거든요~?"

『그런 부분도 포함해서 한 말이에요.

―아, 준비가 완료됐어요. 언제든 시작하세요.』

"어머~. 역시 일처리가 빠르군요."

미쿠는 편하게 웃으면서 그렇게 말한 후, 숨을 들이마셨다.

그리고…….

"〈가브리엘〉― 【환상곡】."

지금 자신이 지닌 영력이 최대한 담긴 목소리로―.

노래하기, 시작했다.

【————————————————.】

그것은…….

너무나도 아름답고, 웅장하며— 또한 상냥한, 노래였다.

〈비스트〉 관련으로 언성을 높이고 있던 시도와 다른 정령들의 눈과 귀를, 순식간에 빼앗을 정도로…….

하지만 그것은 그저 아름답기만 한 선율이 아니었다. 그 노래에는 손으로 만지려 하면 감촉이 느껴지는 것이 아닐까 싶을 정도로 농밀한 영력이 담겨 있었다.

"아니—."

두 고막— 아니, 온몸의 겉면을 통해 그 선율을 느끼면서, 시도는 몸에 남아있던 아픔이 잦아들어가는 것을 느꼈다.

아니, 그뿐만이 아니었다. 지쳐있던 손발에 힘이 들어가고, 감각기관이 예리해졌다. 왠지, 【행진곡】(마치)과 【진혼가(鎭魂歌)】(레퀴엠), 그리고 〈가브리엘〉의 다른 곡의 효과가 한꺼번에 발동되고 있는 느낌이었다.

다른 정령들도 같은 느낌을 받은 것 같았다. 갑자기 고통이 가셔서 놀란 건지, 눈을 껌뻑거리고 있었다.

【————————————, ————————————.】

이윽고 노래가 끝나자, 미쿠는 과장스러운 몸짓을 섞으며 공손이 예를 표했다.

그 순간, 시도와 정령들은 무심코 숨을 삼켰다.

시도 일행이 착용한 인터컴과 헤드셋에서는 우레와 같은 박수, 그리고 찢어질 듯한 환성이 들려왔다.

"어……?"

"이, 이건……."

시도 일행이 놀라고 있을 때, 미쿠는 빙긋 미소 지었다.

"놀랐나요? 마리아 양에게 이 인근의 셸터와 통신을 연결해 달라고 부탁했어요. 다들 불안할 테고, 다친 분이 있을지도 모르니까요. ―모처럼의 이자요이 미쿠 콘서트잖아요. 많은 분들에게 들려들어야 하지 않겠어요?"

『―또한 노래만 송신하고 있으니, 부담 가지지 않고 대화를 나눠도 됩니다.』

마리아가 보충설명을 하듯 그렇게 말했다. 정말 빈틈이 없다. 마리아가 너무 용의주도했기에, 시도는 쓴웃음을 흘리고 말았다.

미쿠는 그런 시도를 향해 돌아서더니, 미소를 머금었다.

"자아. 달링, 어떤가요? 제 혼신의 노래예요."

"응……. 좀 놀라기는 했지만, 엄청―."

"―〈비스트〉 씨를 공략한 후, 이쪽 세계로 다시 돌아올 수 있을 만큼 힘이 났나요?"

미쿠가 시도의 말을 끊으며 그렇게 말하자, 그는 무심코 눈을 치켜떴다.

"미쿠……."

"후후. 저는 이래봬도 연장자거든요? 이럴 때 정도는 폼 좀 잡게 해주세요."

미쿠는 그렇게 말한 후, 코토리를 비롯한 다른 정령들을 바라보았다.

"자아, 여러분. 저는 달링을 돕기로 마음먹었어요. 불만이 있으면 저한테 말하세요. 제가 실컷~ 들어드릴게요~."

그렇게 말한 미쿠가 씨익…… 웃으면서 양손의 손가락을 꼼지락거리자, 정령들은 「히익」 하고 신음을 흘리며 뒷걸음질 쳤다.

그리고 결국 정령들은 체념한 것처럼 한숨을 내쉬었다.

"……뭐, 결국 이렇게 될 줄 알았어~. 어쩔 수 없지. 소년은 그런 사람인걸."

"으음…… 나리가 이 상황에서 평온을 선택할 성격이었다면, 무쿠들은 이 자리에 모여 있지 않을 것이니라."

"미소. 유즈루는 애초부터 반대하지 않았어요. 참고로 카구야는 울먹거렸지만요."

"멋대로 그딴 소리 하지 늘어놓지 말아줄래?!"

정령들은 그렇게 말하며 표정을 풀었다.

하지만 그녀들은 미쿠와의 『대화』를 두려워하는 것도, 미쿠의 『목소리』에 조종을 당한 것도 아니었다.

이유는 하나다.

노래에 담긴 미쿠의 마음이, 그녀들에게 전해졌던 것이다.

그리고 그 마음이 자신의 내면에도 존재한다는 것을, 이해한 것이리라.

원래 노래에는 마음이 담긴다. ─그것이 천사의 가호를 받은 노래라면, 더욱 그럴 것이다.

미쿠의 노래는 듣는 이들에게 힘을 줬을 뿐만 아니라, 노래

하는 이의 각오와 결심 또한 다른 사람들에게 전해줬다.

"―조심해. 시도라면, 할 수 있어."

"힘내세요, 시도 씨."

『축하 파티 준비를 해둘게~.』

"……뭐, 시도라면 어떻게든 될 거야."

"기다리는 여자라는 건 제 성격에 맞지 않지만…… 후후, 오늘은 특별히 건투를 빌어드리겠어요."

시도는 정령들에게 차례차례 격려를 들으며, 코토리를 향해 돌아섰다.

"코토리……."

"…………, 흥. 만약 돌아오지 않는다면, 〈라타토스크〉가 수집한 네 흑역사를 전부 까발려버릴 거야."

"뭐, 뭐어…… 반드시 돌아와야겠는걸."

시도가 그 무시무시한 계획을 듣고 쓴웃음을 흘리자, 코토리는 그의 멱살을 잡아당겼다.

그리고 시도의 가슴에 이마를 대며, 작은 목소리로 중얼거렸다.

"……꼭 돌아와야 해…… 오빠."

"……그래. 물론이지."

시도는 짤막하게 대답하면서 코토리의 머리를 상냥히 쓰다듬어줬다.

몇 초 동안 그러고 있은 후, 시도는 마지막으로 미쿠를 향해 돌아섰다.

"고마워, 미쿠. 너한테 받은 이 힘과— 각오를, 절대 헛되이 하지 않겠어."

"우후후, 당연하죠. 천하의 아이돌 이자요이 미쿠의 혼신을 다한 노래였으니까요. 후딱 〈비스트〉를 공략하고 돌아오세요."

미쿠는 그렇게 말하더니, 장난스럽게 웃으며 말을 이었다.

"너무 늦으면— 저는 세계적인 가희가 되어있을지도 모르거든요?"

"윽! 그 말은……."

그 말의 의미를 눈치챈 시도가 눈을 동그랗게 뜨자, 미쿠는 입가에 미소를 머금었다.

"—저는 아이돌이니까요. 찬란함과 눈부심의 화신이에요. 지금의 여러분 사이에서 제가 계속 빛나기 위해선— 그리고, 여러분에게 있어 동경의 대상이 되려면, 그 정도는 되어야 하지 않겠어요?"

"……하하, 맞는 말이야."

시도는 어깨를 으쓱하며 웃더니, 〈나헤마〉를 쥔 손에 힘을 주며 돌아섰다.

"—다녀올게."

"예, 다녀오세요."

등 뒤에서 미쿠를 비롯한 정령들의 목소리가 들려왔다.

그와 동시에, 손에 쥔 〈나헤마〉에서도 재촉하는 듯한 떨림이 전해져왔다.

시도는 가늘게 숨을 내쉰 후…….

"—하앗!!"

날카로운 기합을 지르면서, 〈나헤마〉를 휘둘렀다.

그 순간, 양손에 어마어마한 압력이 가해지더니, 〈나헤마〉의 칠흑빛 칼날이 공간을 찢으며— 초승달 모양의 『상처』가 허공에 생겨났다.

그것은 아까 〈비스트〉가 만들어낸 것과 마찬가지로, 세계의 균열이다. 어딘가로 이어져 있는 미지의 문이다.

이 너머에 무엇이 기다리고 있는지는 알 수 없다. 어떤 세계가 펼쳐져 있는지도, 알 수 없다.

딱 하나 확실한 것은, 이 너머에 〈비스트〉가— 인지를 초월한 힘을 휘두르는, 슬픈 눈을 지닌 고독한 소녀가 있다는 사실이다.

"……충분해."

시도는 작게 중얼거린 후, 발에 힘을 주며—.

미지의 세계로, 몸을 날렸다.

◇

"……으, 큭—."

—위화감은 한순간에 잦아들었다.

하지만 그 충격은, 시도의 뇌를 격렬하게 뒤흔들었다.

그 느낌은 〈자프키엘〉【열두 번째 탄환】으로 과거로 갈 때와 비슷한 것 같았다. 서있을 수 없을 정도의 격렬한 현기증이 엄습했다. 만약 〈가브리엘〉의 가호를 받지 않았다면, 혹은 손에 〈나헤마〉를 쥐고 있지 않다면, 이 자리에서 바로 쓰러졌을 게 틀림없다.

하지만, 원래 자신이 존재할 리 없는 장소에 억지로 들어선 것이다. 현기증 정도로 끝나서 다행일지도 모른다.

"하아……, 하아……, 여기는……."

시도는 이마를 짚으며 심호흡을 한 후, 주위를 둘러보았다.

"……윽."

그리고 자기 주위에 펼쳐진 광경을 보고, 한순간 말문이 막혔다.

—눈에 보이는 공간 전체가 폐허였다.

그곳은 방금까지 자신이 있던 원래 세계와 흡사한 풍경이었다. 한순간, 이동에 실패한 걸지도 모른다는 생각을 했을 정도다.

하지만 그렇지 않았다. 시도는 한쪽 무릎을 꿇은 후, 지면을 구성하고 있는 건물의 잔해를 응시했다.

엉망진창으로 파괴된 건축자재였다. 그 위에 이끼가 끼어 있으며, 흙먼지가 자욱하게 쌓여 있었다. 적어도, 어제 오늘 파괴된 것이 아니다. 몇 달 혹은 몇 년…… 압도적인 힘에 유린된후, 수리 및 재건이 이뤄지지 않은 채 방치된 것 같았다.

그리고, 문제는 그 범위다. 시도는 눈을 가늘게 뜨며 먼 곳까지 쳐다보았다.

"……."

하지만, 아무것도 발견하지 못했다.

무사한 건물이나 차, 혹은 삼림이나 산조차도 보이지 않았다.

그렇다. 시도의 눈에 들어온 모든 풍경이 완전히 초토화되어 있었다.

마치 이 세상의 멸망을 구현한 듯한 광경이다. 약간의 식물을 제외하면, 생명의 숨결 자체가 완전히 단절된 듯한 죽음의세계다. 불길하기 그지없는 상상을 한 시도는 무심코 몸을 부르르 떨었다.

하지만……

시도는 곧 그 생각을 중단했다.

그 이유는 단순했다.

이 폐허 안에서— 한 소녀를 발견했기 때문이다.

엉망이 된 영장, 상처투성이인 피부. 지금은 쉬고 있는 것처럼 지면에 몸을 웅크린 채, 희미하게 어깨를 들썩이고 있었다.

그 뒷모습은 방금까지 마을을 유린하던 정령이라기에는 너무나도 연약해 보였으며— 훌쩍이고 있는 어린애 같아 보일

정도였다.

"아―."

시도는 무심코 목소리를 흘렸다.

"……윽?!"

그러자 그 목소리를 들은 것처럼 그 소녀의 어깨가 희미하게 떨렸다.

그리고 고개를 들며 시도를 돌아보더니, 경악한 것처럼 눈을 치켜떴다.

"어, 째, 서…… 네가, 여기에……?"

그렇게 말하며 몸을 일으킨 소녀는 뒷걸음질을 쳤다.

마치, 시도를 두려워하는 것처럼…….

"……."

그 모습을 본 시도는 가는 숨을 내쉬었다.

무슨 일이 일어난 것인지는 알 수 없다. 여기가 어디인지는 아직 확실치 않다. 하지만, 자신의 직감이 정확했다는 확신을 가지기에는 충분한 광경이었다.

"아까도 말했잖아? 나는 당신을―."

시도는 소녀를 똑바로 쳐다보더니, 말을 잠시 멈췄다.

그렇다. 눈앞의 소녀를 이 2인칭으로 부르는 건, 너무 데면데면하다는 느낌이 들었다.

"―너를, 구하러 왔어."

"……윽……."

시도가 그 말을 입에 담은 순간, 눈앞의 소녀는 숨을 삼켰다.

"설마…… 나를 쫓아온 것이냐……. 안 된다……. 나는, 이제, 너를 만나지 않기로 결심했는데……. 이러면 안 된다. 나는─."

소녀는 말을 끝까지 잇지 못했다.

하지만, 그게 당연했다.

─시도의 입술이, 소녀의 입술을, 틀어막았으니까…….

"──."

"……읍."

─그것은, 수도 없이 써왔던 방법.

입맞춤을 통해 정령의 힘을 봉인하는, 세상에서 시도에게만 허락된 금단의 의식.

하지만 지금의 시도에게는 그럴 의도가 눈곱만큼도 없었다. 게다가 미오가 사라졌으니, 시도에게 영력 봉인 능력이 남아 있는지도 확실치 않았다.

하지만, 그런 것은 지금의 시도와 상관없다.

예전부터 마음먹고 있었던 것이다.

만약 그녀와 만난다면, 그때는─.

힘껏 안아주며, 키스를 하겠노라고…….

아아, 그렇다.

그녀가, 『손톱』을 대검으로 변화시켰을 때부터…….

〈나헤마〉를 이 손에 쥐고, 그 목소리를 들었을 때부터…….

아니─ 어쩌면, 그녀와 만난 그 순간부터…….

시도는, 그녀의 이름을, 알고 있었다.

"아⋯⋯."

찰나와도 같은 시간이 흐른 후⋯⋯.

키스를 마친 〈비스트〉의 입술에서, 목소리가 흘러나왔다.

그리고⋯⋯.

"─시도⋯⋯."

〈비스트〉─ 야토가미 토카는, 그렇게, 중얼거렸다.

제10장 야토가미 토카

—————

——————

———————

——시——

———도————

◇

"······가 버렸네."

허공— 방금까지 초승달 모양의 상처가 존재했던 그 공간을 응시하며, 코토리는 중얼거렸다.

말로 형용할 수 없는 적막감이 그녀의 폐부를 가득 채웠다. 시도가 사라진 세계는 왠지 정적이 감돌고 있는 듯한 느낌이 들었다.

물론 그것이 마음의 문제라는 것은 코토리도 알고 있다. 어렴풋이 하늘이 밝아오고 있는 새벽. 주민이 한 명도 남아있지 않는 폐허. 〈비스트〉가 없어진 현재, 이곳은 정적이 지배하는 공간이었다.

"······."

코토리는 가슴을 움켜쥐었다. 시도라면 분명 해낼 거라 믿는다. 분명 무사히 돌아올 거라고 생각한다. 그렇기 때문에, 마지막에는 시도를 보내줬던 것이다.

하지만, 그런데도— 억누를 수 없는 불안이 코토리의 가슴을 격렬하게 옭아매고 있었다.

"—코토리."

"코토리 씨······."

코토리의 상태를 눈치챈 정령들이 그녀에게 말을 건넸다.

그런 그녀들의 얼굴에도 코토리와 같은 색이 어려 있었다.

그 모습을 본 코토리는 고개를 살며시 흔들었다.

확실히 상대는 정체불명의 정령이다. 시도가 발을 들인 곳 또한 어딘지 알 수 없는 세계다. 어쩌면 시도와 두 번 다시 만날 수 없을지도 모른다. 그런 생각이 들자, 울음을 터뜨리고 싶었다.

하지만 사령관인 코토리는 남들은 불안에 떨게 할 수 없다. 그녀는 기합을 넣듯 자신의 볼을 때린 후, 다른 이들을 향해 고개를 돌렸다.

"시도라면 분명 괜찮을 거야. ……우리는 우리가 할 수 있는 일을 하자. 시도가 돌아왔을 때, 사후 처리가 제대로 끝나지 않았다면 웃을 테니까 말이야."

코토리가 그렇게 말하자, 정령들은 일제히 고개를 끄덕였다.

"예…… 맞아요."

"……음, 그럴 것이니라."

소녀들의 반응을 살핀 후, 오리가미는 턱에 손을 댔다.

"이 파괴 자체는 공간진이 원인인 걸로 하면 될 테니, 구조 과정에서 우리의 얼굴과 〈위그드 폴리움〉을 본 주민들에 대한 대처가 최우선적으로 이뤄져야 해."

"아……. 그리고 보니 나츠미 양들의 얼굴을 본 사람이 잔뜩 있을 기에요~."

"우려. 보도 관련은 〈라타토스크〉의 힘으로 막는다고 쳐도, 개인의 SNS를 전부 파악하는 건—"

『안심하세요. 이미 그쪽도 대처 중이에요.』

소녀들의 우려를 불식시키려는 듯이, 헤드셋에서 마리아의 목소리가 흘러나왔다.

『현재, 해당 지역의 네트워크는 전부 제 관리 하에 있어요. 셸터 내부의 스마트폰으로 업로드된 목격 정보는 전부 삭제하고 있죠. 첨부된 사진 및 동영상도 단말과 클라우드 상에서 삭제하고 있어요. 현재 유사 정보를 선행적으로 네트워크에 퍼뜨리는 기만 작전을 실행 중이에요. 며칠 안에 잠잠해질 것이며, 도시괴담 중 하나가 되겠죠.』

"……하하, 대단하네."

나츠미는 식은땀을 흘리며 메마른 웃음을 흘렸다. 그런 그녀의 표정에는 『절대 적으로 돌리면 안 되겠어……』라는 의지가 어려 있었다.

여전히 멋진 수완이었다. 코토리는 감탄 섞인 한숨을 내쉬었다.

"역시 대단해. ―그럼 남은 건 너희의 치료와 메디컬 체크겠네. 가능하면 영력을 보유하고 있는 동안 영장과 천사의 데이터도 확보해주고 싶지만…… 뭐, 무리하는 건 좋지 않을 거야. 아, 〈프락시너스〉의 수리도 서둘러야 해."

코토리가 손가락을 접으며 해야 할 일을 거론하고 있을 때, 니아는 「에헤헤」하고 느긋한 웃음을 흘렸다.

"에이~. 서두르지 말고 느긋하게 하자, 여동생 양. 소년도 지금쯤 감동의 재회를 나누고 있을 거야. 뭐, 완벽하게 동일인이라고 할 수는 없지만 말이야."

"응…… 잠깐만, 뭐?"

무심코 고개를 끄덕이려던 코토리는 미간을 찌푸렸다.

니아의 방금 발언에서 좀 걸리는 부분이 있었던 것이다.

그리고 곧 떠올렸다. 니아가 지닌 천사의 권능을…….

〈비스트〉와의 전투에 정신이 팔린 나머지, 생각이 미치지 못했지만…… 책의 천사 〈라지엘〉을 지닌 그녀는 원하기만 한다면 이 세상의 모든 정보를 손에 넣을 수 있는 상태다.

"……니아. 너, 뭔가 알고 있는 거지?"

코토리가 도끼눈을 뜨며 묻자, 니아는 잠시 동안 침묵을 지킨 후…….

"…………, 에헷☆"

우스꽝스럽게 혀를 쑥 내밀었다.

"뭘 웃고 자빠진 거야! 〈라지엘〉로 조사했으면서, 왜 미리 말해주지 않은 건데?!"

"마, 맞아! 시도에게 알려줬다면, 준비라도 할 수 있었을지도 모르는데……!"

코토리를 비롯한 정령들이 따지자, 니아는 진땀을 흘리며 몸을 뒤편으로 젖혔다.

"다, 다들 진정해……. 위험한 정보였다면 미리 말해줬을 거야. 게다가—."

니아는 입가에 미소를 머금더니, 의미심장하게 눈을 내리깔았다.

"사전 정보가 없이는 나서지 못할 바에야, 그냥 가지 않는 편이 나을 거라고 생각했어. —뭐, 소년이라면 그럴 리가 없다고 생각했지만 말이야."

니아의 말을 들은 정령들이 「으음……」 하고 신음을 흘렸다. 왠지 속고 있는 듯한 느낌이 들었지만, 니아가 시도에 대한 신뢰를 들먹이니 더 이상 추궁할 수가 없었다.

하지만…….

『—뭐, 그 상황에서 스포일러를 하는 건 무리겠죠.』

"맞아, 맞아~. 일개 크리에이터로서, 그 단계에서의 스포일러는 좀 재미가 없다고나…… 헉."

헤드셋에서 흘러나온 마리아의 목소리를 들은 니아가 고개를 끄덕이며 대꾸를 하려다— 다른 이들의 날카로운 시선을 눈치채고 어깨를 부르르 떨었다.

"야, 약았어! 방금 그건 유도 심문이야~!"

"니이이이이아아아아아아아—?"

"꺄아~! 살려줘어어어어엇!"

니아는 한심한 비명을 지르며, 쿠루미의 등 뒤에 숨었다.

니아가 대피 장소로 그곳을 고른 이유는 곧 눈치챘다. 대부분의 정령들이 분노한 가운데, 쿠루미만은 재미있다는 듯이 웃음을 흘리고 있었던 것이다.

"너무 그러지 마세요. 니아 양의 말도 틀린 건 아니니까요. 어둠 속에 발을 들일 각오가 되지 않은 분은 그 무엇도 거머쥐지 못할 테죠. —걱정하지 않으셔도, 시도 씨라면 무사히 돌아오실 거랍니다."

"……너도 뭔가를 알고 있는 눈치네."

코토리가 지적하자, 쿠루미는 눈웃음을 치듯 눈을 가늘게 떴다.

"아뇨. 니아 양처럼 구체적인 정보를 알고 있는 건 아니랍니다. 제 경우는 그저 추측, 아니, 예감이라는 표현이 적당할지도 모르겠군요."

"무슨 소리를 하는 건지 도통 모르겠네. 대체 뭐가 어떻게 된 거야?"

코토리가 묻자, 쿠루미는 미소를 머금으며 손가락을 튕겼다.

"—〈자프키엘〉."

그리고 그 이름을 읊조린 순간, 쿠루미의 발치에 응어리진 그림자에서 거대한 시계가 모습을 드러냈다.

"우왓~?!"

그 출현 위치는 쿠루미의 등 뒤였기에, 그곳에 있던 니아는 시계에 발이 걸려 벌러덩 넘어졌다. 원래부터 끝자락이 짧던 영장이 말려 올라가면서, 엉덩이가 대담하게 노출됐다.

……하지만 그 모습에서는 눈곱만큼의 색기도 느껴지지 않았다. 미쿠만이 「호오, 이거 이거……」 하고 중얼거리더니, 프로 같은 분위기를 자아내며 턱을 매만졌다.

"……"

그런 일련의 일도 신경 쓰이지 않는 건 아니지만…… 지금은 그것보다 더 시간을 끄는 것이 있었다. 코토리는 미간을 약간 찌푸리더니, 〈자프키엘〉의 문자판을 쳐다보았다.

Ⅳ, Ⅵ, Ⅶ, Ⅷ, Ⅺ, Ⅻ─.

열두 개의 숫자 중 절반이, 색을 잃은 것이다.

"이건……."

코토리가 영문을 모르겠다는 투로 그렇게 중얼거리자, 쿠루미는 작게 웃음을 흘리며 하늘을 올려다보았다.

"─그 어떤 세상에도, 배배 꼬인 사람이 있기 마련이란 거죠."

◇

생명이 스러진 죽음의 대지에서…….

시도는, 소녀의 어깨를 움켜잡은 채, 그저 조용히 있었다.

다시 소녀의 얼굴을 응시했다. 색이 빠진 머리카락. 핼쑥한 볼. 기억 속에 있는 『그녀』와는, 전혀 닮지 않은 용모다.

하지만, 빛을 되찾은 저 눈동자는…….

겁먹은 듯이 시도를 응시하고 있는 저 눈은, 시도가 알고 있는 『그녀』의 눈과 똑같았다.

"……토카─."

"…………윽."

시도가 이름을 부르자, 토카는 어깨를 부르르 떨었다. 마치 시도에게 그 이름으로 불리는 것이 크나큰 죄라고 여기는 것처럼…….

그렇다. 토카. 야토가미 토카.

미오와 코토리라는 예외를 제외하면, 시도가 처음으로 만난 정령이자—.

1년 전, 시도와 정령들이 보는 앞에서 소멸하고 만 정령이다.

이 1년간, 그녀를 떠올리지 않았던 날은 없었다. 그녀를 생각하지 않았던 날은 없었다.

그녀를 위해 할 수 있는 일이 있었던 걸지도 모른다는 후회를 되풀이하는 나날이었다. 다시 한 번 그녀를 만날 수 있다면, 그 어떤 희생도 치르겠노라고 생각했다.

그런 토카가 지금, 자신의 눈앞에 있다.

그 사실에, 시도는 울음을 터뜨릴 것만 같았다.

"……."

—하지만, 안 된다. 입술을 깨물며, 가슴 속에서 날뛰고 있는 격렬한 감정을 억눌렀다.

그렇다. 〈나헤마〉를 쥔 순간, 전해져 온 정보를 통해…….

그리고, 토카와 키스를 한 순간에 흘러들어온 어렴풋한 기억을 통해…….

시도는, 눈치채고 말았다.

—지금 자신의 눈앞에 있는 소녀는, **토카지만, 토카가 아닌 것이다.**

"……시도……구나."

토카는 더듬더듬 중얼거렸다.

"하지만…… 내가 아는 시도가…… 아니다."

그리고, 시도가 생각하고 있는 것과 똑같은 말을, 입에 담았다.

"······응. 아무래도 그런 것 같아."

시도는 고함을 지르고 싶은 충동을 억누르며, 그렇게 답했다.

"이곳은······ 내가 아는 세계와는, 조금 다른 장소 같아."

시도는 고개를 들더니, 황폐한 풍경을 둘러보며 중얼거렸다.

〈나헤마〉가 낸 상처를 통해 찾아온, 건너편 세계.

─이곳은 『평행세계』라 할 수 있는 장소였다.

물론 황당무계한 이야기이기는 했다. 〈나헤마〉를 통해 습득한 정보로 그렇게 추리한 시도 또한, 놀라움을 금할 수 없었다.

하지만 시도는 의심하지 않았다. ─엄밀하게 말하자면, 시도는 예전에도 평행세계를 경험한 적이 있는 것이다.

그렇다. 쿠루미의 천사 〈자프키엘〉. 시도는 【유드·베트】로, 오리가미의 부모님이 오리가미에게 살해당하는 최악의 세계를 바꿨다.

또한, 【여섯 번째 탄환^{바브}】으로, 미오에게 정령들이 유린당하는 미래를, 바꿨다.

그것은 다른 선택지를 고른 세계로 이동했다, 라고 볼 수도 있을 것이다.

이곳은 그런 가능성의 세계 중 하나다.

토카가 소멸하지 않는 대신, 이렇게 변모하고 만 세계다.

"나, 는······."

토카는 무슨 말을 하면 좋을지 모르겠다는 듯이 고개를 숙였다.

"······미안하다. 폐를 끼쳤구나. 사과를 한다고 용서받을 수 있는 문제가 아니라는 건 안다만…….

　뭐랄까…… 꽤나, 기나긴 꿈을, 꾼 것 같다."

　"……응."

　시도는 짤막하게 대답했다. 용서한다고 말하는 건 간단하다. 하지만 그것이 거꾸로 토카를 괴롭히는 결과로 이어질 거라는 확신이 있었다. 토카가 사과하려는 대상이 시도만이 아니라는 생각이 들었던 것이다.

　"……저기, 토카. 가르쳐주지 않겠어? 이쪽 세계에서 무슨 일이 있었는지, 그리고 왜 네가…… 그런 모습이 됐는지를 말이야."

　"……."

　시도가 묻자, 토카는 잠시 동안 망설인 후에 더듬더듬 말을 이었다.

　"자세한 건…… 기억나지 않는다. 머릿속에, 안개가 낀 것만 같다. 하지만…… 아아, 그래. 얼마나 이전의 일이었는지는 모르겠다만—"

　그리고 토카는 시도의 옷자락을 꼭 움켜쥐며 말을 이었다.

　"—시도가…… 죽고 말았다."

　"——."

　그 말을 들은 순간…….

　시도는, 숨이 막히는 듯한 느낌을 받았다.

"내, 가……?"

확실히 이곳은 시도의 세계와는 다른 미래에 도달한 세계다. 그럴 가능성도 충분히 존재할 것이다.

시도가 경악한 것은, 평행세계의 자신이 죽었다는 것보다— 그게 원인이 되어서 토카가, 세계가, 이렇게 변모해버렸다는 사실 때문이었다.

"……음. ……나는, 슬프고, 괴로워서, 너무나도 힘들었는데…… 정신을 차리고 보니, 어느새, 이런 모습이— 되어 있었다."

그 후에도, 토카는 말을 이었다.

끝없는 절망이 가슴속을 가득 채웠고, 자신이 시꺼멓게 물들어가는 듯한 느낌이 엄습했다고…….

—심연으로 끌려들어가는 듯한 반전(反轉)의 감각도 분명 느꼈다. 하지만 토카의 절망은 그것마저 삼키며, 그 규모를 키워갔다.

절망에 뒤덮인 토카는, 결국 예전과는 다른 생물로 변모하고 말았다.

그저 격렬한 감정에 따라 손톱을 휘둘러, 세상을 갈가리 찢는— 짐승이 된 것이다.

그리고, 그 흉흉한 칼날은 동료인 정령들에게로 향했다.

온갖 것을 죽였다.

온갖 것을 없앴다.

온갖 것을 멸했다.

그래봤자 그 무엇도 채워지지 않는데도—.

"……그것이, 이쪽 세계의 전말이다. ─내가 **멸망시킨, 세계의**……."

토카는 낮은 목소리로 그렇게 중얼거렸다.

더듬더듬, 하지만 간결한 말로 털어놓는 멸망의 기록.

그녀의 표정은 끝없는 비통함과 자책, 그리고 자신을 향한 비웃음으로 물들어 있었으며, 그것을 본 시도의 심장을 고통스러울 정도로 옥죄었다.

"…………그랬, 구나."

시도는 희미한 후회와 함께 말을 토했다. 이쪽 세계에 대해 알기 위해 필요한 일이기는 했다. 하지만 그것을 토카가 직접 설명하게 한 것은 너무 잔혹한 일일지도 모른다.

그런 시도의 마음을 눈치챈 것인지, 토카는 작게 고개를 저었다.

"……그런 표정 짓지 마라. 필요한 일이다."

"응, 하지만……."

시도가 그렇게 말하자, 토카의 표정이 누그러졌다. 마치 과거를 그리워하는 것처럼…….

"시도는, 어느 세계에 속해있든 변함없는 시도구나."

"……하하."

시도는 그 말을 듣고 애매모호한 미소를 흘렸다.

토카가 눈앞에 있는 시도를 자기 세계의 시도와 겹쳐봤듯, 시도의 눈에도 눈앞에 있는 토카가 예전에 봤던 토카와 겹쳐 보였다.

"……."

"음? 시도, 왜 그러느냐."

"아, 그게……."

시도는 말끝을 흐리더니, 신경 쓰이는 점에 대해 물었다.

"……맞아. 토카는 왜 우리 세계에 온 거야?"

"음……."

시도가 묻자, 토카는 난처한 표정을 지으며 턱에 손을 댔다.

"그건…… 모르겠다. 눈에 보이는 모든 것을 파괴하고도, 통곡이 잦아들지 않았다. 그건 어렴풋이 기억하고 있다. ……분명, 당시의 나는 이미 존재하지 않는 시도의 냄새를 찾고 있었겠지. ……그것이 무엇인지조차, 알지 못하면서 말이다."

"즉…… 내 냄새를 맡았다는 거야? ……내 냄새는, 다른 세계에서도 맡을 수 있는 건가……?"

"으음……."

토카는 눈썹을 찌푸리며 생각에 잠기더니, 잠시 후에 뭔가가 생각난 것처럼 고개를 들었다.

"누군가가, 나를…… 부른 것, 같았다……?"

그리고, 고개를 갸웃거리면서 중얼거리듯 말했다. 시도도 마찬가지로 고개를 갸웃거렸다.

"불렀다고? 대체, 누가……?"

"……모르겠다. ……애초에 애매한 기억 속에 존재하는, 감각을 이야기하는 것이다. 하지만 목소리가 들린 듯한…… 보이지 않는 무언가가 나를 부른 듯한…… 그런 느낌이 든다."

"흐음……."

시도가 영문을 모르겠다는 듯이 낮은 신음을 흘리자, 토카는 뭔가를 눈치챈 것처럼 눈썹을 희미하게 떨며 입을 열었다.

"시도는…… 어떻게, 이쪽 세계에 온 것이냐?"

"아…… 〈나헤마〉 덕분이야. ……이 검이 나를 인도해줬어."

시도는 그렇게 말하면서 손에 쥔 검의 자루를 움켜쥐었다.

그러자 〈나헤마〉는 자신의 사명을 다했다는 듯이— 혹은 시도와 토카를 방해하지 않겠다는 듯이— 모습을 감췄다.

"……검을 쥔 순간, 많은 걸 알게 됐어. 처음에는 뭐가 뭔지 몰랐지만…… 분명 『토카를 구해줬으면 한다』며 나에게 호소한 거야. ……아냐, 『토카를 구해주지 않는다면 죽여 버리겠다, 인간』쪽이 적절할지도 모르겠네. 그 녀석의 경우에는 말이지."

"그 녀석……?"

시도가 쓴웃음을 흘리며 그렇게 말하자, 토카는 영문을 모르겠다는 듯이 미간을 찌푸렸다. 어쩌면 이쪽 세계에서는 토카와 텐카가 직접 얼굴을 마주한 적이 없는 걸지도 모른다.

"……응. 거만하고, 불손하며, 무시무시하지만— 토카를 정말 좋아하는, 상냥한 신이야."

"흠……."

토카는 시도의 말을 이해한 듯한, 이해하지 못한 듯한 표정으로 고개를 갸웃거린 후, 복잡한 심정이 담긴 쓴웃음을 머금었다.

"그게 누구이든 간에, 감사해야겠구나. 덕분에 나는 스스로를 되찾을 수 있었다. ……좀 늦었을지도 모르지만 말이다.”

“토카…….”

시도는 가슴이 옥죄어드는 듯한 아픔을 느끼면서도, 가는 숨을 내쉬었다.

“나도…… 감사해야겠어. 덕분에 토카를 다시 만났잖아.”

“……뭐? 다시……?”

토카는 시도의 말을 듣더니, 어리둥절한 듯이 눈을 동그랗게 떴다.

아아, 그렇구나. 납득을 한 시도는 시선을 내리깔았다. 당연하겠지만, 이 토카는 시도의 세계에 있던 토카를 모르는 것이다.

“나도…… 내 세계에서의 일을 이야기해야겠지.”

그제야 시도는 눈치챘다. 상처투성이가 된 반라 상태의 토카를 내버려두고 있다는 것을 말이다.

“……저기, 토카. 괜찮다면 장소를 옮기지 않겠어? 토카와 제대로 이야기를 나누고 싶―.”

시도는 이으려던 말을 멈췄다.

이럴 때, 자신들에게는 더 어울리는 말이 있다는 생각이 든 것이다.

“아…… 말이 잘못 나왔어.

―토카, 나와…… 데이트하자.”

“…………!”

토카는 시도의 말을 듣고 놀란 것처럼 고개를 들더니―.

“……음.”

멋쩍은 듯한 미소를 머금으며, 그렇게 대답했다.

그 물체를 보자마자, 학교 건물이라는 것을 눈치채는 사람은 적을 것이다.

그을음으로 범벅이 된 철골과 드문드문 존재하는 벽으로 구성된, 기묘한 사각형 물체다. 어린애가 점토로 만든 것도 이것보다는 특징을 잘 살렸을 거라는 생각이 들었다.

하지만 형태를 유지하고 있는 것만으로도, 이 죽음의 대지에서는 비정상 그 자체라 할 수 있었다. ─그것이 완벽한 우연인지, 아니면 토카가 무의식적으로 파괴를 자제한 것인지는 알 수 없었다.

"여기는, 설마……."

"음……. 우리가 다녔던, 학교다."

시도가 망연자실한 목소리로 중얼거리자, 토카는 낡은 건물을 올려다보며 그렇게 대답했다.

그렇다. 토카가 시도를 데려가고 싶은 장소가 있다고 해서 따라와 보니─ 도착한 곳이 바로 라이젠 고교가 있던 장소였던 것이다.

"……어째서일까. 만약 시도와 다시 만나게 된다면, 함께 이곳에 오고 싶다고…… 생각했다."

"……윽."

시도는 토카의 말을 듣고 눈을 치켜떴다.

하지만 토카는 그런 시도의 반응을 눈치채지 못한 건지, 계속 말을 이었다.

"으음…… 미안하다. 말로 잘 설명할 수가 없구나. 하지만……."

"―아니, 괜찮아. ……이해했어."

시도는 토카의 눈을 응시하며 그렇게 말했다.

시도 또한, 만약 토카와 재회하게 된다면 같이 가보고 싶은 곳이, 같이 하고 싶은 일이, 잔뜩 있었다.

"음, 그런가……. 후후―."

토카는 기쁘다는 듯이 웃음을 흘리더니, 시도의 손을 잡았다.

"자아. 그럼 가자, 시도. 목적지는 옥상이다."

토카는 그렇게 말하더니, 시도의 손을 잡아끌며 폐허가 된 학교 안으로 들어갔다.

하지만 이렇게 엉망진창이 된 건물인 만큼, 내부의 복도와 계단도 멀쩡하다는 말과는 거리가 넘었다. 위로 올라갈수록 상황은 더 심각했으며, 최종적으로는 겨우겨우 남아있는 철골을 잡고 억지로 옥상으로 올라가야만 했다.

"휴우…… 도착……."

정상에 도착한 시도는 숨을 내쉬며 기지개를 켠 후, 주위의 경치를 둘러보았다.

지상에 있을 때보다 눈높이가 높아졌기 때문인지, 아까보다 더 넓은 범위를 둘러볼 수 있었다. 정확한 시간대는 알 수 없지만, 새벽인 건 틀림없어 보였다. 하늘이 새빨갛게 불타는 듯한 색을 띄고 있으며, 태양이 완만한 곡선을 그리며 절반

정도 얼굴을 드러냈다.

"절경……이라고 말하는 건 좀 그럴 것 같네. 하지만…… 엄청난 풍경이야."

"음……."

시도의 감상을 들은 토카가 고개를 끄덕였다. 정면에서 아침햇살을 쬐고 있는 그녀의 모습은 시도가 무심코 숨을 삼키고 말 정도로 아름다웠다.

"—아, 그래. 중요한 걸 깜빡했구나."

바로 그때, 토카는 뭔가가 생각난 것처럼 손뼉을 쳤다.

"중요한 것?"

"음."

토카는 그렇게 말하며 눈을 내리깔며 머릿속으로 뭔가를 떠올리는 듯한 시늉을 한 후, 손가락을 튕겼다.

그러자 그 소리에 맞춰 토카의 몸이 옅은 빛에 휩싸이더니— 그녀가 걸친 낡은 영장의 형태가 바뀌었다.

짙은색 블레이저 상의와 주름이 잡힌 플리츠스커트, 그리고 흰색 블라우스의 옷깃 부분에는 붉은색 리본이 매여 있었다. 그리고 가슴에는 R 문자를 본떠서 만든 듯한 엠블럼이 빛나고 있었다.

"이건—."

시도는 무심코 눈을 동그랗게 떴다. 그것은 현재 시도와 토카가 있는 라이젠 고등학교의 교복이었던 것이다.

"꽤 오래간만이라 잘 생각나지 않는 부분도 있구나. —어떠냐?"

토카는 그렇게 말하며 그 자리에서 빙글 돌았다. 그 움직임에 맞춰 치마가 펄럭였다.

색이 빠진 머리카락과 피부는 그대로이기 때문에, 기묘한 부조화가 이뤄지고 있는 것 같았다. 하지만 그런 건 지금 시도의 가슴을 가득 채운 감회 앞에서는 사소한 것에 지나지 않았다.

"……응. 잘 어울려. 최고야."

"후후."

토카는 약간 멋쩍은 듯이 미소 지은 후, 무릎을 굽히며 옥상 가장자리에 걸터앉았다.

"—자, 네 세계의 이야기를 들려다오."

"그래—."

시도는 짤막하게 답하면서 토카의 옆에 앉았다. 그리고 토카를 쳐다보며 말을 이었다.

"그 대신, 네 이야기도 들려줘. 실은 엄청 궁금하거든."

"음……? 그건 상관없다만, 이쪽 세계의 전말은 아까 전부 이야기해줬는데—."

토카는 난처한 듯한 어조로 그렇게 말했다.

시도는 그 말을 도중에 끊듯 고개를 저었다.

"그게 아니라— 이쪽 세계의 내가 살아있을 적의 이야기 말이야. 너와 나, 그리고 다른 애들의 이야기를 들려줘."

"——!"

토카는 시도의 말을 듣고 놀란 것처럼 눈을 동그랗게 뜬 후, 「음!」 하고 힘차게 고개를 끄덕였다.

그리고, 시도는 이야기를 시작했다. 자신의 세계에서 있었던 일을……

토카와 처음 만난 날의 일.

토카와 함께 보낸 나날들.

그리고— 토카가, 사라진 순간의 일을…….

"아니……"

토카는 흥미롭다는 듯이 시도의 말을 듣고 있었지만, 이윽고 그렇게 말하며 눈을 치켜떴다.

"네 세상의 나는 사라져버리고 만 건가. 그래. 그래서— 다시, 라고 말한 거구나."

아까 시도가 했던 말을 떠올린 듯한 토카는 눈을 내리깔며 중얼거렸다.

생각해보면, 불가사의한 광경이기는 했다.

토카를 잃은 시도와, 시도를 잃은 토카.

그런 두 사람이, 이렇게 나란히 앉아서 이야기를 나누고 있는 것이다.

"……"

시도가 기묘한 감회를 느끼며 쓴웃음을 짓고 있을 때, 토카가 팔짱을 끼면서 고개를 갸웃거렸다.

"하지만…… 음. 모르는 점이 몇 개 있어서 그러는데, 질문을 좀 해도 되겠느냐?"

"모르는 점? 뭔데?"

"저기, 아루비 섬이 대체 무엇이냐?"

"뭐?"

시도는 토카의 말을 듣고 눈을 동그랗게 떴다.

"뭐냐니…… 수학여행 때 갔던 섬이잖아. 카구야, 유즈루와 처음 만났던……."

"음? 수학여행은 오키나와로 가지 않았던 것이냐? 카구야 와 유즈루의 사타안다기[1] 빨리 먹기 대결은 경탄을 금할 수 없는 열전이었지. ……내가 그 두 사람보다 많이 먹은 바람에 무효 경기가 되어버렸다만……."

"……그, 그랬어?"

시도는 머릿속에 물음표를 띄우며 대꾸했다. 그러고 보니 수학여행의 처음 예정지는 오키나와였지만, DEM이 손을 써서 아루비 섬으로 변경됐다.

"그리고 천앙제 때 우리가 한 건 메이드 카페가 아니라 고양이귀 카페였다."

"어, 그것도 다른 거야?"

"음. 시도가 아닌 여자가 엄청 인기 있었지. 무대에도 고양이 귀를 착용한 채 올랐다."

"젠장, 그건 똑같은 거냐고!"

시도는 무심코 머리를 감싸 쥐었다. 그 모습을 본 토카가 웃음을 흘렸다.

#1 사타안다기(サーターアンダーギー) 일본 오키나와의 음식이며, 도넛과 비슷한 형태의 튀김 과자.

"그것 말고도 다른 점은 더 있다. 예를 들자면―."

토카는 기억을 뒤지듯 손가락을 빙글빙글 돌리면서 자신의 추억을 이야기했다.

시도의 기억과 조금 다른, 토카와 시도의 이야기를 말이다.

역시 평행세계라서 그런지, 이쪽 세계의 과거는 시도의 세계와 미묘하게 다른 것 같았다. 나츠미는 유즈루로 변신했었고, 니아와의 대결 때 정령들이 입었던 옷도 바니걸 복장이 아니라 간호사복이었다고 한다. 오리가미는 정력제로 자라보다 물개를 선호했으며, 동화의 세계에서 시도는 백설공주로 변했다고 한다. 그리고―.

과거가 다를지라도, 토카는 시도를, 시도는 토카를, 좋아했다.

―이윽고 떠오른 아침 해가 완전히 모습을 드러내며, 대지를 밝혔다.

"――."

그리고, 시도는 눈치챘다.

토카의 볼을 타고, 눈물이 흘러내리고 있다는 것을……

"토, 토카. 왜 그래? 내가 혹시 하면 안 되는 말을 한 거야?"

"그―그런 게, 아니다. 미안하구나……"

토카는 교복 소매로 눈가를 닦더니, 왠지 아련한 눈길로 지평선을 응시했다.

"……그저, 네 세계의 나는 대단하다는 생각이 들었을 뿐이다. 시도를 돕고, 다른 애들을 구하며, 엄청난 활약을 했지 않느냐. 정말…… 나 따위는, 비교조차 되지 않을 정도로 대단해."

그리고, 슬픈 목소리로 그렇게 중얼거렸다.

"……."

자신이 파괴하고만 대지를 바라보고 있는 그 모습이 너무나도 안타까운 나머지…….

시도는 마음속으로, 어떤 생각을 품고 말았다.

"—토카."

"음……. 시도, 왜 그러느냐."

시도가 이름을 부르자, 토카는 의아하다는 표정으로 시도를 쳐다보았다.

시도는 가볍게 숨을 들이마신 후— 결의를 다지며, 그 말을 입에 담았다.

"우리 세계에, 오지 않겠어?"

"……윽?!"

토카는 깜짝 놀란 것처럼 어깨를 부르르 떨었다. 마치 번개라도 맞은 것처럼…….

하지만— 그녀는 천천히 고개를 저었다.

"……방금 내 이야기를 듣고 알았지 않느냐. 나는 너희 세계의 토카와 다르다. 나 따위는 너의 토카를 대신할 수—."

"아냐."

시도는 토카의 눈을 응시하며, 그녀의 말을 끊듯 입을 열었다.

"너를 토카 대신이라고 생각하지 않아. 그저, 너를 어디까지나 너로서— 한 사람의 정령으로서, 구하고 싶다고 생각할 뿐이야."

"······윽."

토카는 작게 숨을 삼켰다.

시도는 볼을 긁적이며 「게다가」 하고 덧붙여 말했다.

"무엇보다 나는····· 언젠가 토카와 다시 재회할 생각이거든. 그때 너를 토카 대신이라고 여기고 있다면, 우리 세계의 토카가 화내지 않겠어?"

"———."

시도의 말을 들은 토카가 눈을 동그랗게 뜨더니—.

"······후, 하하, 하하하하—."

이윽고, 더는 못 참겠다는 것처럼 웃음을 터뜨렸다.

"왜, 왜 그래? 딱히 이상한 소리를 한 건 아니잖아?"

"홋····· 그래. 미안하다. —하지만, 나는 정령이다. 정령이 사라진 너희 세계에서 내가 폭주한다면, 막을 방법이 없지 않겠느냐?"

"만일 그런 일이 일어나더라도— 내가, 우리가, 너를 막겠어."

"흠, 나를 꽤나 얕잡아 보고 있나 보구나."

"흥. 몇 시간 전에 우리한테 당한 녀석이 할 소리는 아닐 것 같은데?"

"윽."

시도가 그렇게 말하자, 토카는 아픈 곳을 찔린 것처럼 우물거렸다. 하지만 곧 마음을 다잡으려는 듯이 헛기침을 한 후, 말을 이었다.

"그런 방법이 몇 번이나 통할 거라고 생각하는 것이냐?

……다들 대단하기는 했지만, 다음에도 똑같은 결과를 거머쥘 수 있을 거란 보장은 없지. 게다가 나는 시도의 죽음에 절망해서 지금 모습이 된 거다. 만약 네가 내 눈앞에서 죽는다면―."

"무슨 소리를 하는 거야? 확실히 지금의 나는 〈카마엘〉의 치유 능력을 잃었어. 그래도 정령은 이미 없고, DEM도 속빈 강정 상태니까, 적극적으로 내 목숨을 노리는 녀석은 없다고. 뜻밖의 사고나 질병 및 질환에 관해서는 〈라타토스크〉가 24시간 감시 서포트로 즉사 이외에는 즉시 해결해주지! 솔직히 말해, 현재 지구상에서 가장 죽기 힘든 사람이 나라고 자부할 수 있다고!"

"으, 으음……."

토카는 당혹스러운 표정을 지으며 낮은 신음을 흘렸다.

"그, 그래도 안 된다. 나는 너희에게 상처를 입혔다. 이제 와서 너희를 볼 면목이 없어."

"흐음, 너희 세계의 정령들은 그런 걸 신경 쓰는 녀석들이었어?"

"음…… 하지만―."

그런 대화를 나누면서― 시도는 불가사의한 데자뷔를 느꼈다.

지금으로부터 약 2년 전, 토카와 처음으로 데이트를 했던 날의 저녁 때 나눴던 대화다.

지금까지 파괴하기만 했던 마을을 가까이에서 본 토카는 자신이 해왔던 일을 후회했다.

자신이 사라지는 편이 나을지도 모른다며, 고민했다.

그런 토카에게, 시도는 말했다.

—이 세계에, 있어도 된다고 말이다.

"설령, 네 스스로가 너를 부정한다면——."

시도는 그때처럼 토카를 향해 손을 뻗더니—.

"그것보다 더 강하게, 내가 너를, 긍정해주겠어……!!"

그녀의 눈을 응시하며, 그렇게 외쳤다.

"——."

그 말을 들은 토카가 작게 숨을 삼키더니, 이윽고 눈을 내리깔았다.

"……훗. 그런 말을 들은 건, 처음이구나."

아무래도 이쪽 세계의 시도는 토카에게 다른 말을 했던 것 같았다. 그걸 눈치챈 시도는 눈앞에 있는 토카와 기억 속의 토카가 다르다는 사실을 다시 실감했다.

하지만, 시도의 말을 들은 토카의 표정에서는 망설임이 깨끗하게 사라졌다.

"고맙다, 시도. ……결심을 굳혔다. 나는—."

토카는 천천히 눈을 뜨며 말했다.

하지만…….

"—너의 세계에는, 가지 않겠다."

토카의 입에서는, 그런 거절의 말이 흘러나왔다.

"……어, 어째서야? 혹시 다른 문제가—."

시도는 인상을 찡그리며 물었다. 하지만 토카는 천천히 고개를 저었다.

"그런 게 아니다. 네 제안은 진심으로 기쁘다. 너의 세계에서 너희와 함께 살아갈 수 있다면, 그것은 정말 기쁜 일일 거라고 생각한다. 하지만……."

토카는 작게 숨을 내쉬더니, 몸을 일으켰다.

"—내 세계는, 바로 여기다. 이곳에서 시도와 만났고, 이곳에서 시도와 살았지. 시도와의 추억이 남아있는 이 세상을 버릴 수는, 없다."

"——윽."

토카의 그 말을 듣고…….

이번에는, 시도가 숨을 삼켰다.

그리고 몇 초에 걸쳐 길게 숨을 내쉰 후, 고개를 들었다.

"……그래. ……응, 그럴 거야."

"음…… 모처럼 제안을 해줬는데, 거절해서 미안하다."

"개의치 마. —아마 내가 네 상황이라도…… 그렇게 생각했을 거야."

"훗—."

토카는 작게 미소 짓더니, 선 채로 말을 이었다.

"그렇다면, 네 시간을 나에게 너무 많이 쓰게 할 수야 없겠지."

"뭐?"

"이쪽 세계의 문제에, 더는 너를 휘말리게 할 수 없다.

게다가 너는— 네 세계의 나와, 다시 만날 거라고 했지? 그렇다면 이런데서 멀뚱거릴 시간은 없지 않느냐."

그렇게 말한 토카는 오른손을 옆으로 내밀었다.

"〈산달폰〉."

토카의 손안에 금색의 대검이 현현되더니, 허공에 초승달 모양의 상처가 생겼다.

세계와 세계 사이에 존재하는 보이지 않는 벽. 그 벽에 생긴 미세한 틈새. 시도가 이쪽 세계에 올 때도 저것을 지나왔다.

그것을 본 시도는 이해하고 말았다. 이제 끝낼 시간이 되었다는 것을…….

토카는 천천히 시도를 향해 돌아섰다.

"너라면, 분명 만날 수 있을 거다. 알 수 있지. ─나도, 토카니까 말이다."

"──, 응. 그렇다면 아무 문제없네."

시도는 그 믿음직한 말을 듣고 미소 짓더니, 몸을 일으키며 토카를 향해 돌아섰다.

그러자 토카는 상냥한 미소를 머금으며 말했다.

"잘 가라, 친구여. 나의 둘도 없는 단짝. 나는 평생 너를 잊지 못할 것이다."

"응. 나도 마찬가지야. ─잘 있어, 토카."

너무나도 짤막한 작별이었다. 아쉬움이 느껴지지 않는다면 거짓말일 것이다.

하지만, 이 정도가 적당할 것이다.

시도는 가볍게 토카를 향해 손을 흔든 후, 공간에 생긴 상처를 향해 몸을 날리려─.

"─기다려라."

토카가 갑자기 손을 뻗더니, 시도를 잡았다.

"어—?"

그 느닷없는 행동에, 시도는 무심코 눈을 동그랗게 떴다.

그럴 만도 했다. 토카는 시도의 멱살을 잡더니, 자신 쪽으로 잡아당기면서 입술에 한없이 가까운 볼에 키스를 한 것이다.

"———."

몇 초 후. 토카는 시도의 볼에서 입술을 떼더니, 미소를 머금었다.

"이 다음은, 너희 세계의 토카와 해라."

그리고 토카는 더욱 진한 미소를 머금더니, 얼이 나간 시도의 몸을 공간에 난 상처로 밀어 넣었다.

◇

　"……아……."

　다음 순간, 시도의 눈에 들어온 것은 황량한 죽음의 대지
이나 금방이라도 무너질 것 같은 학교 건물도 아니라, 근미래
적 느낌의 천장이었다.

　다음 순간 몰려온 강렬한 현기증을 느끼며, 그는 자신의 상
황을 파악했다.

　서 있지는 않았다. 토카에게 밀려난 자세 그대로, 바닥에
벌러덩 쓰러져 있었다. 하지만 불가사의하게도 등은 아프지
않았다. 추락하는 듯한 느낌이 들었지만, 부드러운 쿠션 위에
떨어진 듯한 감촉이 등에서 느껴졌다.

　"…………어?"

　그것을 느낀 순간, 시도는 자신의 주위에 있는 이들과 등
밑에서 들려온 신음소리를 인식했다.

　"……어서 와. 그리고 미안한데, 빨리 비켜주지 않겠어?"

　그 말에 따라 침대에서 몸을 뒤척이는 느낌으로 몸을 옆쪽
으로 굴렸다. 그러자 방금까지 시도에게 깔려 있었던 코토리
가 이마를 문지르며 몸을 일으켰다. 그녀는 현재 영장을 입고
있지 않았으며, 진홍색 재킷을 어깨에 걸치고 있었다.

　그녀만이 아니었다. 주위에는 오리가미, 니아, 쿠루미, 요시
노, 무쿠로, 나츠미, 카구야, 유즈루, 미쿠가 있었다. 원래 정
령이었던 소녀들 모두가 모여 있는 것이다. 또한 좀 떨어진 곳

에는 마리아와 칸나즈키, 그리고 다른 〈프락시너스〉 승무원들도 있었다. 다들 작업에 힘쓰고 있었지만, 갑자기 나타난 시도를 보고 놀란 건지 입을 쩍 벌리고 있었다.

그렇다. 공간의 상처에 밀려들어갔던 시도는 세계의 벽을 넘어서 〈프락시너스〉의 함교에 낙하한 것 같았다.

우연……은 아닐 것이다. 평행세계의 토카가 배려해준 것인지, 시도 본인과 인연이 깊은 장소에 자동적으로 보내진 것인지는 모르겠지만 말이다.

"……시도!"

"나리—."

"시도 씨!"

몇 초 후, 소녀들도 상황을 이해한 것 같았다. 그녀들은 어깨를 부르르 떨며 시도를 향해 뛰어왔다. 시도는 현기증을 억누르듯 관자놀이를 손으로 누르면서, 그녀들을 향해 미소 지었다.

"……다들 걱정 많이 했지? 나, 돌아왔어."

시도가 그렇게 말하자, 소녀들은 안도한 듯한 표정으로 그의 귀환을 반겼다.

그리고 그런 대화가 끝날 때까지 기다린 후, 코토리는 물었다.

"—그런데, 어땠어? 시도."

"……아—."

시도는 눈을 내리깔며 살며시 고개를 끄덕였다.

설명해야만 하는 일이 너무 많았다. 다들 그녀에 대한 이야기가 듣고 싶을 것이다.

하지만 지금 해야만 하는 말은 그런 게 아니라는 생각이 들었다. 시도는 미소를 머금으며 중얼거리듯 말했다.

"짧았지만…… 즐거운 데이트였어."

그리고―.

다시, 4월이 찾아왔다.

화창한 봄의 햇살은 아침이 온 줄도 모를 만큼 깊은 잠에 빠져들게 하기에 충분한 위력을 자랑했다. 적어도 낮잠을 잘 뻔한 시도가 코토리와 무쿠로의 연합군에게 침대 습격을 허락할 정도로 말이다. ……시도를 깨우는 것이 목적일 텐데, 두 사람 다 침대 근처에 올 때까지 발소리를 내지 않은 것도 꽤나 악랄했다.

참고로 이때 쓰인 테이프와 강아지풀은 이츠카 가의 숙면 보호 조약에 저촉되는 비인도적 병기이기 때문에 나중에 엄격하게 추궁할 방침이다. 또한 주범은 「잠이 덜 깨서 잘못 본 거 아냐?」 같은 소리를 하며 사용 사실을 부인하고 있었다.

뭐, 그래도 시간에 맞춰 깨워준 것 자체는 고마워해야 할 것이다.

그 날, 시도의 집은 평소보다 더 시끌벅적했다.

"―자아, 베이컨과 달걀 페이스트 다 됐어. 저쪽에 양상추와 토마토와 치즈가 있으니까, 원하는 대로 끼워서 먹어. 아, 버터와 잼은 저쪽에 있고, 빵을 구워먹고 싶으면 오븐과 토스트기를 차례대로 이용해."

그렇게 말한 시도는 베이컨과 달걀이 놓인 접시를 테이블에 뒀다. 그러자 다음 순간, 좌우에서 뻗어온 스푼과 젓가락이 접시 위에 놓인 식재료를 낚아채갔다.

"우왓~! 니아 님의 바삭바삭 베이컨이~!"

"크하하! 무르구나! 시도가 직접 만든 딸기잼보다 물러, 니아! 그 정도 스피드로 바삭바삭 베이컨을 먹을 수 있을 거라 생각했느냐!"

"임전. 아침 식탁은 전장이에요. 입에 넣을 때까지는 결과를 알 수 없죠."

"어, 내 빵 위에 놓인 베이컨을 훔치려고 하지 말아줄래?!"

……이런 소리를 하며 열띤 싸움이 펼쳐지고 있었다.

하지만 그럴 만도 했다. 현재 시도의 집에는 오리가미, 니아, 쿠루미, 카구야, 유즈루, 그리고 마리아의 인터페이스 보디까지 모여 있는 것이다.

평소 저녁 식사 때면 시도의 집에 자연스레 모이는 멤버들이다. 하지만 아침에는 다들 일이 있거나 학교에 가야 하기에 각자 자택에서 식사를 해결했다. 그래서 이 시간에 시도의 집에 이들이 모이는 건 매우 드문 일이다.

필연적으로 아침 식사도 평소보다 대량으로 준비해야 했기에, 빵에 자신이 좋아하는 재료를 끼워먹는, 오리지널 샌드위치 방식을 아침 메뉴로 선정했다.

하지만 그 메뉴가 그녀들(주로 야마이 자매와 니아)의 하트에 불을 지핀 것 같았다.

"다들 느긋하게 먹어. 음식은 더 있거든."

시도가 쓴웃음을 지으며 그렇게 말하자, 앞치마를 걸친 마리아가 고개를 끄덕였다.

"그래요. 카구야와 유즈루도 이제 대학생이니까, 좀 어른스러워지세요. 계속 그렇게 촐싹대다간, 니아처럼 될 거예요."

"어이, 로봇걸! 그 말은 무슨 의미야~?!"

마리아의 말을 들은 니아가 발끈했다.

그러자 카구야와 유즈루는 서로를 쳐다보며 고개를 끄덕인 후, 자세를 바르게 고치며 의자에 단정하게 앉았다.

"미안해, 유즈루. 베이컨, 절반 줄게."

"사죄. 유즈루야말로 어른스럽지 못했어요. 달걀을 나눠줄게요."

"어, 왜 이 타이밍에 아리따운 카구양&유즈룽이 된 거야?!"

니아가 비명을 지르듯 그렇게 외쳤다. 카구야와 유즈루는 아하하 하고 웃더니, 방금 만든 샌드위치를 입에 넣었다.

참고로 카구야는 재료를 너무 많이 넣은 건지, 샌드위치를 씹은 순간에 빵의 반대편에서 흘러나온 재료가 접시에 떨어졌다. 그 모습을 본 유즈루는 못 참겠다는 듯이 웃음을 흘렸다.

그리고 마리아와 마찬가지로 앞치마를 걸치고 시도를 돕던 오리가미와 쿠루미가 접시를 들고 테이블로 걸어왔다.

"너희는 채소를 너무 안 먹어. 샐러드도 섭취해."

"수프도 있답니다. 저의 특제 수프죠."

두 사람은 그렇게 말하며 샐러드와 수프를 테이블 위에 올려뒀다. 니아와 야마이 자매는 오오~ 하고 환성을 터뜨리며 두 사람이 만든 요리를 맛봤다.

"도와줘서 고마워, 오리가미, 쿠루미. 덕분에 살았어."

"괜찮아. 이 정도는 아무것도 아냐."

"예, 예. 시도 씨의 옆에 서려면, 이 정도는 할 수 있어야겠죠."

오리가미는 조용히, 쿠루미는 즐거운 듯한 어조로 그렇게 말했다. 두 사람은 누가 먼저랄 것 없이 서로를 쳐다보더니, 그대로 잠시 동안 서로를 응시했다. 두 사람의 표정에는 변화가 없지만, 시도는 왠지 등골이 서늘해지는 느낌을 받았다.

마리아가 그런 두 사람을 달래려는 듯이 손을 벌리며 입을 열었다.

"두 사람 다 진정하세요. 『도와줘서 고맙다』는 말을 들은 순간에, 당연한 듯이 공동 작업을 하고 있는 저보다 뒤쳐져 있다는 사실을 자각해줬으면 좋겠군요."

"…………"

"…………"

눈곱만큼도 달래지 않았다. 오히려 도발했다. 삼파전 양상으로 펼쳐지고 있는 시선의 응수를 옆에서 본 시도는 힘없이 쓴웃음을 흘렸다.

―바로 그때였다.

거실로 이어지는 문 쪽에서 똑똑 하는 노크 소리가 들려서, 다들 그쪽을 쳐다보았다.

아무래도 『준비』가 끝난 것 같았다.

그렇다. 지금 이 곳에 모인 이들은 시도의 집에 아침을 먹기 위해 온 것이 아니며, 뜨거운 배틀을 펼치러 온 것도 아니다.

―오늘 이곳에서 선보일 『무언가』를 보기 위해, 모인 것이다.

"그래. 들어와."

시도가 그렇게 말하자, 그에 맞춘 것처럼 문이 열리면서 다섯 소녀가 안으로 들어왔다.

"짜잔~, 등장!"

"후후…… 왠지, 좀 부끄러워요."

"……응. 주목을 받으니 부끄러워 죽겠어……."

"음. 괜찮지 않느냐. 다른 이들이 입고 있는 걸 보고, 쭉 동경했느니라."

"맞아요. 오라버니와 오리가미 씨는 항상 이걸 입고 있었고요."

코토리, 요시노, 나츠미, 무쿠로, 그리고 시도의 친동생인 마나.

전원이 라이젠 고등학교의 교복 차림으로, 의기양양하게, 혹은 약간 부끄러워하며 이 자리에 서있었다.

그렇다. 오늘, 4월 10일은 이 다섯 사람이 고등학생이 되는 입학식 날이다.

그래서 새로운 학교로 가기 전에 그녀들의 교복 차림을 선보이는 자리를 가지기로 했고, 다들 이 집에 모인 것이다.

"오오~, 괜찮네. 다들 잘 어울려!"

"우후후, 참 귀엽군요. ―특히 마나 양. 마치 진짜 여자 고등학생 같답니다."

"훗…… 라이젠인가……. 참 그립구나……."

"지적. 유즈루와 카구야는 2주 전까지만 해도 저걸 입고 있었어요."

거실에 있던 이들이 박수를 치며 그렇게 말했다. 교복 차림인 소녀들은 부끄러운지 볼을 붉혔다. —뭐, 쿠루미의 말을 듣고 힘줄이 돋은 마나 같은 예외도 존재하지만 말이다.

"저기, 오빠. 어때?"

코토리는 귀여운 포즈를 취하며 물었다. 시도는 고개를 끄덕이며 솔직한 감상을 말했다.

"응, 엄청 잘 어울려. 너희와 같이 고등학교를 못 다닌 게 아쉬울 정도야. 반 친구들한테 귀여운 여동생이 있다고 자랑했을 텐데 말이야."

"후후…… 아직 안 늦었어. 출석일수가 부족해서 유급한 걸로 하면 어때?"

코토리는 볼을 붉히면서도 장난기 섞인 미소를 지으며 그렇게 말했다. 그 모습은 순진무구한 여동생 같으면서도, 당찬 사령관님 같기도 했다.

"에이…… 그건 봐줘."

시도는 쓴웃음을 지었다. 빈말을 한 건 아니지만, 대학 수험을 다시 치르는 것은 사양하고 싶었다.

"——."

바로 그때— 오리가미의 눈썹이 흔들리더니, 창밖을 쳐다보았다. 시도는 의아해 하면서 덩달아 창밖을 쳐다보았다.

"응? 오리가미, 왜 그래?"

"뭔가가 다가와."

"어?"

시도가 눈을 동그랗게 뜬 순간, 거실 창문을 활짝 열어젖히면서 누군가가 침입했다.

"꺄아아아아아아아아아아——!! 설마 이곳이 그 소문자자한 천국인가요~?! 교복을 입은 천사가 마중을 해주네요~! 일단 여러분 전원이 저를 둘러싸고 부비부비~ 좀 해주면 안 될까요오오오오오오~?!"

그 정체불명의 그림자가 미쿠라는 사실을 눈치챈 것은, 그녀가 교복을 입은 소녀들을 향해 몸을 날린 후였다.

하지만 결과만 보자면 그녀는 교복 차림의 소녀들의 곁에 도달하지 못했다. 야마이 자매가 양쪽에서 내민 발에 걸린 미쿠는 그대로 소파를 향해 다이빙하고 만 것이다. 그 후, 코토리가 미쿠의 정수리를 향해 손날을 날렸다.

"꾸엑."

"하아, 매번 이런다니깐. ……그런데, 미쿠는 오늘 외국에서 스케줄이 있지 않았어?"

코토리는 팔짱을 끼면서 그렇게 말했다. 그러고 보니 미쿠는 눈부신 의상 위에 코트를 걸치고 있었다.

그렇다. 미쿠는 결국 해외 진출을 하기로 결정했으며, 이번 달부터 활동 거점을 미국으로 옮겼다.

"—예! 하지만 다음 일정 사이에 짬이 좀 있어서 눈썹 휘날리며 날아왔어요~! 여러분의 교복차림 발표회를 놓칠 수는 없으니까요~!"

미쿠는 끝내주게 환한 표정을 지으며 엄지를 치켜들었다. ……그렇다. 놀랍게도 미국 진출을 했는데도 불구하고, 그녀가 시도의 집에 오는 빈도는 예전과 별 차이가 없었다.

마리아는 한숨을 내쉬며 어깨를 으쓱했다.

"리얼라이저가 탑재된 소형정을 택시처럼 이용하지 말아줬으면 좋겠군요. 그건 최고 기밀이란 말이에요."

"아앙, 마리아 양~! 매번 고마워요~! 답례는 키스로 하면 될까요?!"

미쿠는 전혀 미안해하지 않으며 몸을 배배 꼬았다. 그 모습을 본 마리아는 또 한숨을 내쉬었다.

"하하…… 이럴 것 같으면, 해외 진출을 그렇게 질색할 필요는 없었을 것 같은데……."

"무~슨 소리를 하는 거예요, 달링~!"

미쿠는 시도를 향해 부리나케 고개를 돌리더니, 따지기 시작했다.

"아무리 라타토스크의 소형정을 이용하더라도, 예전보다 이동에 15분은 더 걸리고 있단 말이에요! 1년으로 환산하면 얼마나 시간을 낭비하는 건지 알기는 해요~?! 그건 그렇고, 달링! 이렇게 가까이에서 보니 여전히 피부가 깨끗하네요! 부비부비해도 될까요?!"

"……그, 그래? ……미안해."

미쿠가 뿜는 정체불명의 박력에 압도당한 시도는 무심코 사과하고 말았다. 후반부에서 이야기가 탈선된 것 같은 느낌도 들지만, 아마 기분 탓일 것이다.

그 모습을 본 코토리는 쓴웃음을 지으며 고개를 절레절레 저었다.

"뭐, 바쁜 와중에 이렇게 달려와줘서 기뻐. 자아, 상이야."

코토리는 그렇게 말하며 미쿠의 머리를 쓰다듬어줬다. 그러자 미쿠는 감격한 것처럼 왈칵! 울음을 터뜨렸다.

"아! 코, 코토리 양~! 다, 당연히 와야죠~!"

미쿠는 눈물을 줄줄 흘리며 코토리를 와락 끌어안았다. 하지만 그 손놀림이 음란했기에, 또 코토리의 손날이 미쿠의 정수리에 꽂혔다.

"정말⋯⋯."

코토리는 크게 한숨을 내쉰 후, 마음을 다잡으며 다른 이들을 둘러보았다.

"—자아, 우리도 아침 먹자. 아직 시간적으로 여유가 있지만, 이렇게 노닥거리다간 지각할 거야."

"""예~."""

코토리의 말에 따라, 고등학교 1학년이 된 소녀들도 자리에 앉았다. 이 인원이 전부 식탁에서 식사를 하는 것은 무리이기에, 거실 테이블도 이용하기로 했다. 미쿠도 시간이 있는지, 나츠미와 무쿠로 사이에 억지로 앉으며 행복한 표정을 지었다.

"⋯⋯어?"

바로 그때였다.

마리아가 희미하게 표정을 바꾸며 고개를 들었다.

"마리아, 왜 그래?"

"——, 〈프락시너스〉의 관측기가 또 영파로 추정되는 반응을 감지한 것 같아요. 미약하기 때문에 문제는 되지 않겠지만…… 일단 확인을 요청 드려도 될까요?"

"뭐?"

마리아의 말을 들은 코토리가 미간을 찌푸렸다. 또한 다른 이들의 표정에서 희미하게 긴장이 흘렀다.

"영파반응…… 설마 또 〈비스트〉가 나타난 건 아니겠지……?"

볼을 타고 땀이 흘러내리고 있는 나츠미가 그렇게 물었다. 그러자 마리아는 「물론이에요」 하고 대답했다.

"평행세계의 정령 같은 이레귤러 중의 이레귤러가 자주 나타날 리 없어요. 게다가—— 그녀는 자아를 되찾았다면서요?"

마리아는 시도를 쳐다보며 말했다. 그러자 그는 고개를 끄덕였다.

"그래. 그 녀석은—— 토카는 이제 함부로 폭주하지는 않아."

시도가 그렇게 말하자, 소녀들은 복잡한 표정을 지었다.

〈비스트〉—— 평행세계의 토카와 있었던 일은, 시도가 이쪽 세계로 돌아온 직후에 다른 이들에게 이야기해줬다.

건너편 세계의 시도는 이미 죽음을 맞이했다.

그리고 시도가 죽는 모습을 본 토카가 절망에 사로잡혀, 세계를 파괴하고 말았다.

그리고 정신을 차린 후에도—— 그 세계에 남기로 결심했다.

그 말을 들은 소녀들은 제각각 다른 반응을 보였지만, 그녀들 모두는 토카를 그리워하는 마음, 그리고— 정신을 차린 그녀와, 잠시라도 좋으니 이야기를 나눠보고 싶었다는 마음을 느꼈다.

"""…………"""

아까까지 시끌벅적하던 분위기가 느닷없이 가라앉았다.

그런 분위기를 털어내려는 듯이, 코토리가 헛기침을 했다.

"알았어. 아직 시간이 있으니까, 나는 〈프락시너스〉에 들렀다 학교에 갈게. 다른 사람들은 먼저 가."

"알았어요. 하지만……."

"진짜로 괜찮아버리는 거예요? 도움이 필요하다면, 저희도 동행해버릴게요."

다른 사람들의 말을 들은 코토리가 손을 내저으며 답했다.

"괜찮아. 나도 입학식 지각이란 전설을 만들고 싶진 않거든."

코토리는 농담 투로 그렇게 말한 후, 어깨를 으쓱했다. 그 모습을 다른 이들의 표정이 부드러워졌다.

그 모습을 본 시도는 마음을 다잡으려는 듯이 가볍게 숨을 내쉰 후, 다른 이들을 둘러보며 말했다.

"뭐, 일단 밥부터 먹자. —토카도 자주 말했잖아? 뭘 하든 간에, 배고프면 힘이 안 난다고 말이야."

"후후…… 맞는 말이에요."

"그래도 토카는 좀 극단적이었느니라."

다들 그렇게 말하며 웃음을 흘렸다. 시도는 고개를 끄덕인 후, 손뼉을 치듯 힘차게 두 손바닥을 맞대며 말했다.

"―잘 먹겠습니다!"

""""잘 먹겠습니다!""""

시도의 집에, 기운 넘치는 목소리가 울려 퍼졌다.

◇

굴곡 자체가 전무하다고 해도 과언이 아닌 대지에, 눅눅한 바람이 불었다.

"……음."

바다가 보이는 곳에서 홀로 수평선을 응시하던 토카의 눈썹이 갑자기 희미하게 떨렸다. 미세한 변화. 볼을 쓰다듬는 바람의 감촉이, 며칠 전보다 미세하게 따뜻해진 듯한 느낌이 들었던 것이다.

정확한 날짜는 확인할 길이 없지만, 분명 지금의 계절은 봄일 것이다. 일전의 기적 같은 만남이 토카의 마음에 온기를 되찾아줬기 때문에—라는 멋진 이유도 어느 정도 영향을 끼쳤을지도 모르지만 말이다.

—평행세계의 시도와 만나고, 약 2주가 흘렀다. 토카는 그후로 황폐해진 대지를 돌아보았다.

겨우 2주에 불과했지만, 새로운 발견이 줄을 이었다. 자아를 잃었던 시절에는 눈치채지 못했던 것이, 이 세상을 가득 채우고 있었다.

가장 중요한 발견은 바로— 인간이 아직 존재한다는 것이다.

정령의 힘이 맹위를 떨치던 세계에서, 다수의 인간이 여전히 살아 있었다. 일본에서 멀리 떨어진 나라는 물론이고, 토카에 직접 피해를 입은 지역에서도, 지하에 숨어서 목숨을 이어가고 있는 사람들을 확인했다.

생각해보면, 자아를 잃은 토카는 세계를 멸망시키거나, 혹은 인류를 전멸시키려고 싸운 것이 아니다. 목적 없이 아무렇게나 이뤄진 파괴를 피해 살아남은 이가 있는 것이 어찌 보면 당연했다.

세계는, 토카가 생각하는 것보다 광대하며…….

인간은, 토카가 생각하는 것보다 끈질겼다.

그런 당연한 사실이 묘하게 기뻤기에, 토카는 살아있는 인간을 발견하고 무심코 눈물을 흘리고 말았다.

하지만 정령의 존재가 은폐되던 시절과는 달랐다. 현재 토카란 존재는 전 세계에서 공포의 상징으로 여겨지고 있었다. 그런 토카가 함부로 인간에게 다가갈 수는 없었다.

"자아, 그렇다면 이제 어떻게 할까."

토카는 작은 목소리로 혼잣말을 중얼거리며, 기지개를 켰다.

자아를 되찾은 순간. 자신이 한 짓을 자각한 순간. 그저 이대로 썩어문드러지는 것이 유일한 속죄일지도 모른다는 생각도 했다.

하지만 그런 결말을 선택해선, 그때 자신에게 손을 내밀어준 평행세계의 시도를 볼 면목이 없다. 자신이 할 수 있는 일이, 분명 있을 것이다. 시간은 얼마든지 있다. 우선 그것을 생각―.

"―어머, 어머.

한동안 못 본 사이에, 표정이 환해지셨군요."

바로 그때였다.

"――윽."

그 순간, 느닷없이 목소리가 들려오자 토카는 뒤편을 돌아보았다.

그곳에는 모든 것이 짓이겨진 듯한 폐허의 대지가 펼쳐져 있었다. 몸을 감출 장소는 존재하지 않았다. 토카에게 들키지 않고 목소리가 들릴 거리까지 접근하는 건 불가능했다.

그렇다― 느닷없이, 그림자 안에서 튀어 나오지라도 않는 한 말이다.

"아니……."

토카는 눈을 치켜뜨며 그 여성을 노려보았다.

마치 그림자를 구현한 것 같은 상복을 입은, 불길한 분위기의 여성이었다. 소매 밖으로 뻗어 나온 손, 그리고 옷깃 사이로 보이는 새하얀 피부가 시꺼먼 옷을 더욱 부각시켰다. 옷에 맞춘 것처럼 칠흑빛 양산을 쓰고 있어서 얼굴 전체가 보이지는 않았지만, 얇은 입술이 머금고 있는 요사한 미소만은 눈에 들어왔다.

그 불길한 겉모습을 보자, 무심코 몸이 굳어졌다. 그런 토카의 반응을 눈치챈 건지, 그녀는 더욱 진한 미소를 머금었다.

"우후후, 최강의 정령께서 저를 이렇게 경계해주시다니 정말 몸 둘 바를 모르겠군요."

"……너는, 대체 누구냐. 사신이냐……. 아니면 지옥에서 온 사자냐?"

토카가 미간을 찌푸리면서 그렇게 말했다. —진짜로 그러하다면 신이란 존재는 꽤 센스가 있는 것 같다는 자조 섞인 생각을 하면서 말이다.

하지만 그녀는 우습다는 듯이 웃음을 흘리더니, 천천히 양산을 들어올렸다.

"사신이라니, 너무하는 군요. 기왕이면— 천사, 라고 불러주셨으면 해요."

"……윽! 너는—."

상대방의 얼굴을 본 토카는 숨을 삼켰다.

어깨 언저리에서 모아 묶은 윤기 넘치는 흑발, 조각상처럼 단정한 얼굴…….

—그리고, 시계의 문자판이 새겨진 왼쪽 눈.

토카가 기억하는 모습보다 약간 나이를 먹어서 그런지, 농밀한 색기를 온몸에 두르고 있지만— 틀림없다. 알아보지 못할 리가 없다.

"쿠루미—?"

그렇다. 토키사키 쿠루미. 한때 최악의 정령이라 불렸던 소녀.

하지만, 말도 안 된다. 토카의 표정은 당혹감에 물들었다.

"말도 안 돼. 너는 죽었다. 틀림없이, 내가…… 죽였단, 말이다."

토카가 그렇게 말하자, 쿠루미는 재미있다는 듯이 웃음을 흘렸다.

"대체 무슨 소리를 하시는 거죠? 어찌된 건지 세상에는 저와 비슷한 외모를 지니신 분이 참 많답니다. 혹시 다른 분과 착각하신 게 아닐까요?"

"……윽! 하지만, 〈자프키엘〉은 분명 내 『검』이―."

토카는 말을 이으려다 멈췄다.

자아를 잃은 동안에는 눈치채지 못했던 위화감이 느껴졌다. 『검』이 된 천사들 중에서, 유독 〈자프키엘〉만이 묘하게도 영력이 약했던 것이다.

마치― 마치, 절반의 힘만 갖추고 있는 것처럼…….

"―키히히, 히히."

쿠루미는 당혹스러워하는 토카를 즐겁다는 듯이 응시하며 웃음을 흘렸다.

"쭉, 쭉 기다려왔답니다. 토카 양, 당신이 정신을 차리는 순간을 말이죠. ―당신에게 구원의 손길을 내민 이가 평행세계의 시도 씨……라는 건, 예상 밖이지만 말이에요.

―자, 토카 양. 저는 당신과 수다나 떨러 온 게 아니랍니다. 당신에게, 제안을 하러 왔어요."

"뭐……?"

토카가 미간을 찌푸리며 대꾸하자…….

"저기, 토카 양. ―이 세상을 되돌리고, 싶지 않나요?"

쿠루미는 시계 모양의 눈에 웃음기를 머금으며, 말했다.

"—아니?! 사령관님, 그 복장은 뭡니까?! 호, 혹시 고등학교 입학 기념 보너스로 저를 의자로 이용해주러 오신 겁니까?! 아아, 고등학교 의자보다 먼저 저한테 앉으러 와주실 줄은 몰랐습니다! 이 칸나즈키 쿄헤이, 황공하기 그지없습니다! 자아, 새 교복으로 저의 착석감을 확인—."

"시끄러워."

코토리는 〈프락시너스〉의 함교에 들어오자마자 괴성을 지르고 있는 칸나즈키를 일격에 닥치게 만든 후, 그대로 함장석에 앉았다. 참고로 칸나즈키는 괴로운 듯이, 그러면서도 행복한 듯이 「깜싸합니뙈아……」 하고 말했다.

"그런데, 신경 쓰이는 반응이 뭐야?"

코토리는 그렇게 말하면서, 함교에서 대기하고 있던 마리아를 쳐다보았다. 아까 자신의 집에 있던 마리아와는 다른 보디지만, 그 보디를 조종하고 있는 건 동일한 AI다.

"이걸 봐주세요."

마리아가 오른손을 들자, 그에 맞춰 메인 모니터에 지도 및 세세한 수치가 표시된 그래프가 표시됐다.

"이건……."

그것을 본 코토리는 미간을 찌푸렸다. 그것 자체는 〈비스트〉가 나타나기 전부터 관측됐던 것과 흡사하지만— 지난달에는 전 세계에 분포되어 있던 반응이, 지금은 특정 지역으로 집중

되어 있었다.

이마에 땀방울이 맺힌 코토리가 마리아를 쳐다보았다.

"……뭐가 미약한 반응이란 거야. 이건, 마치—."

"정령술식 그 자체?"

이 타이밍에 뒤편에서 그런 말이 들려오자, 코토리는 어깨를 부르르 떨었다.

목소리가 들린 곳을 향해 고개를 돌려보니, 니아와 오리가미가 눈에 들어왔다.

"너희가 왜 여기 있는 거야……?"

뜻밖의 인물을 본 코토리는 눈을 동그랗게 떴다. 아침 식사를 마친 후에 니아는 자신의 집으로, 그리고 오리가미는 대학교로 향했던 것이다.

특히 오리가미는 교사들의 반대를 무릅쓰며 시도와 같은 대학으로 진학한 강자다. 그런 그녀가 모처럼 시도와 함께 등교할 기회를 내팽개칠 리가 없다.

"으음~. 뭐, 수다 좀 떨까 해서 말이야."

"—나는, 니아의 이야기를 듣고…… **오늘 쯤**, 일거라고 생각했어."

"……뭐?"

코토리는 오리가미의 말을 듣고 고개를 갸웃거렸지만, 곧 시선을 날카롭게 만들었다.

그렇다. 방금, 한귀로 흘려들어선 안 되는 말을 들었던 것이다.

정령술식. 그것은 과거에 마술사 아이작 웨스트코트가 사용한 금단의 기술이다.

전 세계를 가득 채운 마나를 모아서, 궁극의 생명체— 정령을 창조하는, 이제 이 세상에 존재하지 않는 기술인 것이다.

니아가 말한 것처럼, 관측기는 그 술식이 펼쳐졌을 때와 매우 흡사한 파장을 표시하고 있었다.

히지만 그 점을 지적한 니아는 긴장감이 눈곱만큼도 느껴지지 않는 어조로 말을 이었다.

"뭐, 안심해도 돼. 비슷한 파장이기는 하지만, 자연현상일 테니까 말이야."

"자연현상? 이런 마나의 흐름이 누군가의 의지가 아니라 우연히 발생했다는 거야?"

코토리는 그제야 눈치챘다. 이런 이상사태가 발생했는데, 자신을 이곳으로 부른 마리아의 표정이 꽤 태연하다는 사실을……

"……마리아. 너도 니아한테 무슨 말 들었던 거지?"

"너무하군요. 오리가미라면 몰라도, 니아와 공범 취급당하는 건 납득할 수 없어요."

"그럼 아니라는 거야?"

"노코멘트하겠어요."

"역시 뭔가 알고 있는 거잖아!"

코토리는 짜증이 난 것처럼 머리카락을 쥐어뜯더니, 날카로운 눈길로 니아를 노려보았다.

"……제대로 설명해줄 거지? 대체 무슨 일이 일어나고 있는 거야?"

코토리가 험상궂은 표정을 지으며 묻자, 니아는 「으음~」 하고 신음을 흘리며 턱을 매만졌다.

"음~, 표현하기 좀 어렵네. 완전한 우연은 아니고, 의지 자체는 존재……한다고나 할까? 하지만 딱히 누군가의 의지는 아닌데……."

"굳이 따지자면, 『세계의 의지』라고 불러야 해."

오리가미가 그렇게 말하자, 니아는 「오, 바로 그거야」 하고 말하며 손가락을 튕겼다.

"……놀리는 거야?"

코토리의 시선이 더욱 날카로워지자, 니아는 고개를 세차게 저었다.

"딱히 놀리는 건 아니거든? 〈라지엘〉은 뭐든 가르쳐주지만, 그걸 이해하는 건 어디까지나 내 머리거든. 한심한 소리지만, 그 전모를 완벽하게 이해하고 있지는 않아."

코토리는 니아의 말을 듣고 눈썹을 살짝 찌푸렸다.

"……니아. 너, 대체 뭘 알고 있는 거야? 그때 〈라지엘〉로 조사한 건, 〈비스트〉에 관한 것 아니었어?"

"응~? 맞는데? 비~ 양에 관해 조사했어. 하지만 궁금한 점이 있었거든. 애초에 비~ 양이 어떻게 해서 우리의 세계에 나타난 걸까?"

"뭐……?"

그 말을 들은 코토리의 머릿속에 물음표가 생겨났다.

듣고 보니 그것은 중요한 문제였다. 평행세계의 정령이란 이레귤러가 이 세상에 나타난 이유— 혹시 그것이 명확하게 존재한다면, 그것을 없애지 않는 한 위협적인 존재가 또 이 세상에 나타날 가능성이 존재하는 것이다.

하지만 현재 알고 있는 관련 정보는, 시도가 평행세계의 토카에게 들은『무언가가 부른 듯한 느낌』이란 애매모호한 말뿐이다.

코토리가 생각에 잠겨 있을 때, 니아가 머릿속에 존재하는 이미지를 정리하려는 것처럼 손가락으로 허공에 뭔가를 그렸다.

"적당한 표현이 생각나지 않으니까『세계의 의지』로 호칭하기로 하고…… 그건 최근 1년 동안 쭉 어떤 일을 해왔어."

"어떤 일?"

"응. 완전히 산산조각이 난 존재를, 한 치의 오차도 없이 완벽하게 동일한 구성으로 원래 형태로 되돌린다—라는 일을 말이야."

"……윽! 그건—."

"단순한 구조물이라면 몰라도 그 완성형이 복잡하기 그지없는 존재이기 때문에 이 작업은 상상을 초월할 정도로 어려워. 세계의 의지라고 불러야 할 존재한테도 쉬운 일이 아닌 거지. 몇 백 년…… 어쩌면 몇 천 년, 몇 만 년이 걸릴지도 모르는 일이야.

—그래서,『세계의 의지』는 어떤 계략을 짰어.

평행세계에 있는, 그 목표와 형태가 매우 흡사한 존재에게,

러브콜을 보낸 거야.

물론 평행세계라는 말이 붙은 만큼, 목표물과 완벽하게 동일하지는 않아. 하지만 그 순간, 이쪽 세계에는 『한없이 목표물에 가까운, 살아있는 설계도』가 존재하게 된 거야. —그 결과, 작업 공정이 매우 단축됐을 것 같지 않아?"

"⋯⋯."

코토리는 가슴에 손을 대며 숨을 들이마셨다.

긴장 때문인지, 흥분 때문인지, 심장의 박동이 빨라진 듯한 느낌이 들었다.

코토리는 함장석에서 일어서더니, 왼편에 있는 승무원용 좌석으로 걸어갔다.

아무도 앉아있지 않은, 해석관용 좌석. 그곳에는 이 자리의 주인의 유품이라 할 수 있는 상처투성이 곰 봉제인형이 놓여 있었다.

—세계의, 의지.

니아와 오리가미가 애매모호한 말로 표현한, 그 존재.

하지만, 어째서일까. 그 말을 들은 순간, 코토리의 뇌리에는 어떤 인물의 모습이 떠올랐다.

우수한 기관원이자, 코토리의 부하.

한때, 코토리의 곁에 있어줬던 둘도 없는 친구.

—그리고, 마나가 되어 이 세상에 녹아버리고 만, 어떤 여성의 모습이⋯⋯.

"⋯⋯정말, 못 말리는 사람이라니깐."

봉제인형을 꼭 끌어안으며 그렇게 중얼거린 순간, 코토리는 자신의 볼을 타고 흘러내리는 뜨거운 무언가를 느꼈다.

◇

쏴아아 하는 소리를 내면서, 벚꽃이 하늘에 흩날렸다.

우연히 그 절경을 본 시도는 작게 탄성을 터뜨렸다.

"—우와, 만개했네."

가방과 어깨에 붙은 벚꽃잎을 털어낸 시도는 다시 걸음을 옮겼다. 나무들 사이로 쏟아져 내리는 햇살은 자연스럽게 시도의 마음을 들뜨게 했고, 그의 발걸음이 빨라지게 했다.

이번 주는 대학 오리엔테이션 기간이다. 즉, 이제부터 1년 동안 들을 강의를 고르기 위한 설명 및 체험 기간인 것이다. 자신이 흥미를 가진 과목과 필수 과목을 진급 및 졸업에 필요한 학점에 맞춰 골라야만 한다. 마음 같아서는 같은 대학에 진학한 오리가미와도 상의하고 싶지만, 오늘은 중요한 볼일이 있다며 먼저 가줬으면 한다고 그녀가 말했다.

지금 시도는 강가에 있는 가로수길을 걷고 있었다. 좌우에는 벚나무가 줄지어 심어져 있었으며, 만개한 꽃잎이 자연스럽게 아치를 형성하고 있었다.

하지만 그 풍경도 오랫동안 이어지지는 않는다. 오늘은 4월 10일, 예년보다 조금 늦게 벚꽃이 피었다고는 하지만 다음 주 즈음에는 꽃이 전부 질 것이다.

약간 쓸쓸한 마음도 들지만, 그래도 어쩔 수 없다. 꽃이 지면 어린잎이 난다. 그리고 그 잎이 떨어지면, 나뭇가지에는 다시 봉오리가 맺힌다. 그것은 오랜 세월동안 이어져 내려온 윤회. 내년이 되면 또, 아름다운 꽃이 피어날 것이다.

"4월, 10일……인가."

연분홍 베일 안에서, 시도는 중얼거렸다.

그렇다. 4월 10일.

오늘 이 날짜는 시도에게 있어 특별한 의미를 지니고 있다.

2년 전 오늘. 시도는, 한 소녀를 만났다.

무시무시할 정도로 아름답고, 천진난만하며, 멍한 구석이 있을 뿐만 아니라— 누구보다도 긍지 높고, 강한 소녀와…….

그리고 그녀는, 시도에게 많은 것을 남겨준 후—.

1년도 함께 하지 못한 채, 사라지고 말았다.

"……하하."

거기까지 생각이 미친 시도는 무심코 웃음을 터뜨렸다.

이제 생각해보니, 시도가 그녀와 함께 한 시간은 1년도 채 되지 않았다.

아아, 하지만 그 1년은…….

이제까지 살아온 인생과 비교하더라도 짧게 느껴지지 않을 정도로, 놀라움과, 고난과, 그리고 무엇보다 찬란함으로 가득 찬 나날이었다.

그녀와 만난 덕분에, 시도의 인생이 바뀌었다 해도 과언이 아니었다.

그녀가 있었기 때문에, 지금의 시도가 있고…….

그녀가 있었기 때문에, 모두가 있을 수 있다.

그 정도로 시도에게 있어, 모두에게 있어, 그녀는 특별한 존재였다.

"……."

시도는 웃음을 흘리더니, 다시 주위를 둘러보았다.

그러고 보니 딱 한번, 그녀를 이곳에 데려온 적이 있었다.

그것은 그녀가 사라져버렸던 그 날. 그녀, 그리고 그녀의 언니라 할 수 있는 존재와 셋이서, 벚꽃을 보러 왔다.

생각해보니 그때도, 오늘처럼 벚꽃이 만개—.

"——윽."

그 순간. 아까보다 강한 바람이 주위에 불면서, 나무에 핀 꽃과 지면에 떨어진 꽃잎이 흩날렸다.

옅은 분홍색 커튼이 시야를 뒤덮었다. 너무 갑작스러운 일이었기에, 시도는 무심코 눈을 감고 말았다.

"……어, 바람이 세—."

그리고…….

어렴풋이 눈을 뜬 시도는 말을 멈췄다.

기나긴, 길게 이어져 있는 벚꽃길.

그 길의 끝. 시도의 정면에, 아까까지는 없었던 이가 서있었던 것이다.

"——."

그 모습을 본 시도는, 무심코 눈을 치켜떴다.

연분홍색 배경에 드리워진, 밤을 연상케 하는 칠흑빛 장발.

몽환적인 색깔을 띤, 수정과도 같은 두 눈동자.

폭력적일 만큼 아름다운 그 얼굴에는, 부드러운 표정이 어려 있었다.

"——너, 넌……."

반쯤 무의식적으로, 시도는 그 말을 입에 담았다.

어째서일까. 그녀를 만난다면, 그렇게 말해야만 한다— 머릿속 한편으로, 그렇게 생각하고 있었던 듯한 느낌이 들었다.

"……이름……."
그러자 그 소녀 또한, 그 말을 듣게 되리란 것을
이미 알고 있었던 것처럼,
만면에 미소를 지으며, 답했다.

"—내 이름은 야토가미 토카.

소중한 사람에게 받은, 소중한 이름이다. —멋진 이름이지?"

■작가 후기 (※본편 스포일러가 포함되어 있습니다. 아직 읽지 않은 분께서는 주의해주시길)

  2011년 3월 19일에 『데이트 어 라이브』 1권이 발매된 후로 9년이 흘렀습니다.

  본편 완결편 『데이트 어 라이브 22 토카 굿엔드 하』를 여러분에게 전해드립니다.

  어떠셨는지요. 이 시리즈가 여러분의 마음에 조그마한 무언가라도 남겼다면, 그 이상의 기쁨은 없을 겁니다.

  인사가 늦었습니다만, 오래간만입니다. 타치바나 코우시입니다. 오랫동안 함께 해주신 『데이트 어 라이브』도, 드디어 완결됐습니다.

  여러분께서 응원해주신 덕분에, 기획 당초의 예상을 아득히 뛰어넘는 장기 시리즈가 됐습니다. 또한 다수의 코미컬라이즈, 애니메이션화, 게임화, 극장판, 스핀오프 등, 다양한 전개 또한 이뤄졌습니다. 정말 행복한 시리즈였다고 할 수 있을 겁니다.

  이것도 전부 『데이트』에 관여해주신 많은 분들, 그리고 독자 여러분 덕분입니다. 이 자리를 빌려 진심으로 감사드릴까 합니다.

  츠나코 씨. 오랫동안 감사했습니다. 츠나코 씨의 일러스트가 없었다면 지금의 『데이트』는 없었을 겁니다. 정령, 메카, 사복 등등, 저의 별의별 요청에 최고의 형태로 부응해주셨습니다. 츠나코 씨의 그림에 부끄럽지 않은 원작을 만들고 싶어 지금까지 힘써왔습니다. 정말 감사합니다. 그리고 매번 감상을 들려주셔서 감사합니다. 큰 격려가 됐습니다.

쿠사노 씨. 원작, 애니메이션, 광고에 이르기까지 『데이트』의 세계의 인상은 쿠사노 씨의 센스로 만들어졌다 해도 과언이 아닙니다. 쿨하면서 스타일리시한 표지 디자인을 볼 때마다, 매번 흥분했습니다. 최고의 결과물을 만들어주셔서 정말 감사했습니다.

담당 편집자님. 그러고 보니 수상 후로 지금까지 함께 해왔으니, 올해로 12년 동안 함께 해왔나요. 당신이 없었다면 이 시리즈는 존재하지 못했을 겁니다. 『데이트』의 또 한 명의 작가가 바로 당신입니다. 정말 감사합니다. 마감 관련으로 부담을 드려 정말 죄송합니다. 신작도 최선을 다할 테니, 한동안 더 함께 해주신다면 감사하겠습니다.

히가시데 씨. NOCO 씨. 멋진 문장×멋진 일러스트=최강. 멋진 스핀오프를 만들어주셔서 감사합니다. 애니메이션 또한 벌써부터 기대됩니다.

그리고 만화가, 일러스트레이터, 애니메이션 스태프, 성우 여러분, 게임 스태프, 피규어 및 굿즈 세삭, 편집, 유통, 서점 등, 『데이트』에 관여해주신 분들. 그리고 이 책을 읽어주신 당신.

정말, 감사드립니다.

오리가미. 처음에만 해도 너는 히로인이면서 적이었어. 그래서 초반에는 손해를 보기도 했지. 하지만 또 하나의 주역이라 할 수 있는 너의 시점은 이야기를 그려나가는 데 있어 매우 도움이 됐어. 무엇보다 네가 나오는 부분을 쓰는 건 즐거웠지. 그리고 10권, 11권이라는 전반부 최대의 하이라이트를 거친 너는 어엿한 히로인이 된 거야. 너를 그리면서 정말 즐거웠어. 고마워.

니아. 너는 정령들 중에서 종반부에 참전했지만, 놀라울 정도로 순식간에 다른 이들 사이에 녹아들었어. 밝고 능동적이며, 오타쿠 지식도 지닌 데다, 제4의 벽을 넘나드는 발언도 허용되는 너란 존재는 정말 고마운 캐릭터였어. 이제 네가 나오지 않는 단편은 생각도 할 수 없을 정도야. 툭하면 손해 보는 역할을 맡겨서 미안해. 항상 많은 도움이 되고 있어. 고마워.

쿠루미. 내 고등학생 시절 공책에서 소환된 너는 어찌 보면 최고참 캐릭터였어. 그리고, 내 상상 이상으로 약진한 캐릭터이기도 해. 너 없이는 『데이트 어 라이브』를 이야기할 수 없어. 작품 안에서도 너만큼 믿음직한 캐릭터는 없었어. 그리고 피규어와 굿즈도 잔뜩 나와서 그쪽으로 정말 도움이 됐어. 고마워.

요시노. 그리고 『요시농』. 2권에서 등장한 너는 토카가 찍은 「점」을 「선」으로 만들어준 중요한 캐릭터야. 새 시리즈를 시작해 악전고투 중인 나의 오아시스이기도 했어. 그리고 무엇보다 이야기의 종반에서는 나도 놀랄 정도의 성장과 활약을 보여줬어. 20권의 MVP는 너라고 해도 과언이 아냐. 고마워.

코토리. 너는 1권 극초반부터 완결권까지, 항상 시리즈를 지탱해준 공로자야. 네가 없었으면 이 이야기는 성립되지 않았어. 포지션 때문에 시점 인물이 되는 일도 많아서, 가장 작가 입장에 가까운 캐릭터였다고 할 수 있지. 여러모로 괴로운 결단 또한 내려야 했어. 미안해. 네가 있어서 정말 다행이야. 고마워.

무쿠로. 정령들 중에서 가장 마지막에 등장했기 때문에 다른 캐릭터에 비해 출연 분량이 적었던 너지만, 그런 와중에도 멋지게 존재감을 드러내줬어. 기존 캐릭터에 대항할 수 있도록 속성을 잔뜩 집어넣었지만, 불가사의하게도 가장 인상에 남았던 건 네 순수함이야. 네가 있기만 해도 장면 자체가 부드러워졌어. 고마워.

나츠미. 네가 등장했을 때부터 캐릭터를 마음 가는 대로 만들기 시작했던 것 같아. 너는 부정적인 자기 자신을 싫어하는 것 같지만, 솔직하게 말할게. 네 시점에서 글을 쓸 때 가장 글이 술술 써졌어. 니아와 함께 단편에서 활약시키기 가장 쉬운 캐릭터였지. 요시노란 친구, 미쿠라는 천적을 얻은 너는 더욱 찬란히 빛났어. 네가 행복해지기를 진심으로 빌게. 고마워.

카구야. 너는 중2병 캐릭터였는데, 어느새 괴롭힘 당하는 캐릭터가 됐어. 그건 기쁜 오산이었지. 너와 유즈루의 과거를 다룰 수 있어 정말 다행이야. 툭하면 크로ㅇ다인처럼 써먹어서 미안해. 그래도 덕분에 살았어. 이렇게 말하면「나에 대한 코멘트만 딴 애들과 너무 다른 거 아냐?!」하고 말할 것 같은 점이 사랑스러워. 고마워.

유즈루. 카구야를「동적」인 캐릭터라서, 너를「정적」인 캐릭터로 설정했는데, 어느새 카구야보다 더 내추럴 중2병스러운 육식 캐릭터가 되어버렸지. 이것도 기쁜 오산이었어. 멋진 스승을 뒀구나. 마지막에 카자마치 야마이를 등장시킬 수 있어서 정말 다행이야. 시도와의 데이트 때 보여줬던 그 귀여움이야말로 너의 진수라고 생각해. 고마워.

미쿠. 예상치 못한 캐릭터의 변화와 성장은 자주 일어나지만, 그 중에서도 너한테는 정말 놀랐어. 처음에는 미움의 대상이었던 네가 어느새 사랑받는 캐릭터가 되어 있었지. 참고로 담당 편집자님은 너를 가장 좋아하는 것 같아. 평소에는 요괴지만, 연상 캐릭터로서 할 때는 하는 네가 정말 멋졌어. 너의 노래를 또 들을 수 있기를 빌고 있어. 고마워.

토카.『데이트 어 라이브』는 너로부터 시작됐어. 네가 있었기 때문에 이 이야기는 태어날 수 있었던 거야. 네가 있었기 때문에, 이 긴 여로의 끝까지 걸을 수 있었어. 마지막에 너의 미소를 보기 위해, 나는 22권이나 되는 이야기를 쓸 수 있었던 거야. 너의 미래에는 즐거운 일만이 아니라, 분명 많은 난관도 기다리고 있을 거야. 하지만 너라면 마지막에는 웃을 수 있을 거라고 믿어. 시도와, 모두와, 오랫동안 행복해야 해. 정말, 고마워.

마유리. 극장판은 정말 즐거웠어. 분량과 설정 탓에 시도와의 접점과 대사는 적었지만, 네 마지막 대사는 아직도 내 마음속에 남아 있어. 고마워.

린네. 게임화 이야기가 나왔을 때, 오리지널 히로인을 전력을 다해 만들자고 생각했고, 그 결과 태어난 게 바로 너야. 그 야말로 내 마음에 남는 캐릭터가 됐다고 생각해. 고마워.

마리아(鞠亜). 그리고 **마리아.** 이야기 초반부터 존재했던 너를, 이런 식으로 등장시키게 될 거라고는 생각도 못했어. 종반에는 많은 도움이 됐어. 고마워.

마리나. 처음에는 악역이었던 네가 뜻밖의 활약을 보여줬어.『리오 리인카네이션』에서 보여준 네 결말은, 내 희망이 됐지. 고마워.

리오. 네 덕분에 구원받은 캐릭터는 수없이 존재해. 설정상 본편과 연관 지을 수 없었던 게 마음에 걸려. 하지만 나는 잊지 않을 거야. 네가 태어난 세계가 분명 존재했다는 것을……. 고마워.

렌. 네가 나오는 게임은 아직 발매되지 않았기 때문에 자세한 이야기는 할 수 없어. 하지만 이 말만은 할게. 네 덕분에 가능해진 어떤 이야기에, 진심으로 감사하고 있어. 고마워.

미오. 어떤 의미에서 보면『데이트 어 라이브』는 네 러브 스토리였어. 실제로 당초의 예정에서는 네 이야기로 이 작품을 마무리할 예정이었지. 하지만, 실제로는 그렇게 되지 않았어. 그 후로 세 권 분량이나 되는 정령들의 이야기가 탄생했어.

네 딸들이, 너를 넘어선 거야. 네 이야기를 집필할 수 있어 나는 정말 행복했어. 부디 신지와 행복하기를 빌게. 고마워.

레이네. 일부러 미오와 따로 다루도록 할게. 이 이야기의 숨은 공로자는 바로 너였어. 코토리의 버팀목이 되어주고, 시도를 도왔으며, 모두를 이끌었지. 그 모든 것이 네 소망을 이루기 위한 행동일지라도, 너란 존재는 모두의 버팀목이 됐어. 네 스스로는 부정할지도 모르지만, 너는 누구보다 상냥한 사람이었어. 분명, 마지막까지도 말이야. 고마워.

마나. 너란 존재는 이야기에 깊이를 더하기 위해 매우 중요한 배역이었어. 혹독한 인생을 살게 해서 미안해. 작품 안에서도 손꼽힐 만큼 듬직한 캐릭터였어. 고마워.

텐카. 처음에는 냉혹한 캐릭터였는데, 모르는 사이에 여동생을 아끼는 언니가 됐지. 분명 너 덕분에 토카는 행복했어. 고마워.

평행세계의 토카. 너라면 분명, 원하는 미래를 거머쥘 수 있을 거야. 고마워.

엘렌, 웨스트코트, 우드먼, 카렌. 너희 덕분에 이 이야기는 시작됐어. 최고의 악역이었어. 믿음직한 상관이었지. 고마워.

칸나즈키, 시이자키, 카와고에, 나카츠가와, 미노와, 미키모토. 너희의 서포트 덕분에 시도는 데이트를 할 수 있었어. 툭하면 이상한 선택지를 고르게 해서 미안해. 고마워.

타마 선생님, 토노마치, 아이, 마이, 미이. 너희는 일상의 상징이었어. 항상 변함없이 정령들과 함께해줘서 고마워.

료코, 미키에, 밀리. 언제나 텐구 시를 지켜줘서 고마워.

신지, 아르테미시아, 〈니벨코르〉, 타츠오, 하루코, 제시카, 패딩튼, 앤드류, 애슐리, 세실, 레오노라, 미네르바, 머독, 카논, 히요리, 나기사, 아사히, 스바루, 리리코, 로봇 오리가미, 이곳에 적지 못한 모든 캐릭터에게. 고마워.

그리고, **시도**. 기획 당초의 너는 아무런 색깔도 없는 캐릭터였어. 하지만 실제로 이야기를 써내려가면서, 이야기가 진행되면서, 너는 점점 색깔을 지니게 됐지. 너는 없어서는 안 되는 캐릭터가 된 거야. 너는 내 최고의 친구이자, 동경의 대상이었어. 분명 너라면 이야기로서 그려지지 않을 앞으로의 인생도, 어엿하게 걸어 나갈 거야. 너의 미래에 행복이 함께하기를 빌게. 정말, 고마워.

자아, 긴 것 같으면서도 짧은 후기도, 이걸로 끝입니다.

본편은 완결이 됐습니다만, 『데이트』는 아직 끝나지 않았습니다. 『앙코르』도 계속될 것이며, 『데이트 어 불릿』은 애니메이션화 기획도 진행 중입니다.

그리고 『데이트 어 라이브』 본편도 애니메이션 속편 시리즈의 제작이 결정됐습니다! 애니메이션을 통해 여러분을 다시 만나는 날을 고대하고 있겠습니다.

그럼 이만 줄이겠습니다. 진심으로 감사합니다!

2020년 3월 타치바나 코우시

후기

데이트 어 라이브 완결 축하드립니다! 타치바나 선생님, 정말 수고하셨습니다!!

멋진 이야기와 캐릭터들을 접하게 해주셔서 감사합니다. 처음으로 삽화를 담당한 소설이

이렇게 오랫동안 사랑받는 작품이 되어, 관계자 여러분에게 그저 감사드릴 따름입니다.

애니메이션 전개가 앞으로도 계속 될 테니, 앞으로도 많은 응원 부탁드립니다!

라타토스크 멤버 여러분의 디자인은
애니메이션의 디자인을
활용했습니다.

2020.03

■역자 후기

    안녕하십니까. 근로청년 번역가 이승원입니다.

『데이트 어 라이브 22 토카 굿엔드 하』를 구매해주셔서 진심으로 감사드립니다.

    『데이트 어 라이브』 시리즈가 22권으로 드디어 완결됐습니다.

    오랫동안 함께 해주신 독자 여러분, 진심으로 감사드립니다!

    리뷰어로서 참여한 인연으로 1권 번역을 맡게 되었고, 그 후로 지금까지 『데이트 어 라이브』 소설 및 코믹스의 번역을 전담해왔습니다.

    그리고 TV애니메이션을 전부 봤을 뿐만 아니라, 극장판은 일본에서 낙오(?)까지 되어가며 개봉 직후에 관람했습니다.

    또한 지금까지 나온 『데이트 어 라이브』 콘솔 게임 또한 한정판으로 전부 입수해 완벽하게 클리어했으며, 일전에 타치바나 코우시 선생님과 츠나코 선생님을 뵈었을 때 한정판 박스 네 개에 전부 친필 사인을 받는 영광까지 누렸습니다.

    역자로서만이 아니라 팬으로서도 진심으로 좋아한 작품이 이렇게 완결되니 정말 만감이 교차합니다. 좀 더 이어졌으면 하는 바람도 있습니다만, 작가님께서 의도하신 바에 따라 행복한 결말을 맞이한 작품을 이대로 보내주고 싶다는 마음도 있습니다.

……아직 앙코르와 머지않아 나올 데어라 콘솔 게임 『렌 디스토피아』, 그리고 애니화도 확정된 데이트 어 불릿이 남아있기 때문일지도 모릅니다.^^

　앞으로 나올 작품들을 접하는 그 날까지, 데어라 본편 완결의 여운을 즐길까 합니다.

　독자 여러분, 앞으로도 나올 『데이트 어 라이브』 관련작들도 잘 부탁드립니다!

　그럼 이만 줄이겠습니다.

　L노벨 편집부 여러분, 『데이트 어 라이브』라는 명작을 저에게 맡겨주셔서 감사합니다. 편집부에서 맡겨주신 이 작품은 어느새 저의 인생작이 되었습니다. 앞으로도 이런 멋진 작품을 맡겨 주실 거라 믿어 의심치 않습니다!

　『데이트 어 라이브』를 너무 좋아해 증정본도 거부하며 직접 사서 모은 악우들이여. 오랫동안 정말 고마웠다. 이 책이 발간되는 날, 모여서 밤샘 데어라 토크를 하자고.^^

　마지막으로 언제나 제게 버팀목이 되어주시는 어머니와 『데이트 어 라이브』를 읽어주신 모든 분들에게 진심으로 감사드립니다.

　언젠가 발매될 『데이트 어 라이브 앙코르』 10권의 역자 후기 코너에서 다시 뵙겠습니다!

2020년 6월 중순
역자 이승원 올림

데이트 어 라이브 22

1판 1쇄 발행 2020년 7월 10일
1판 3쇄 발행 2022년 6월 24일

지은이_ Koushi Tachibana
일러스트_ Tsunako
옮긴이_ 이승원

발행인_ 신현호
편집장_ 김승신
편집진행_ 권세라 · 최혁수 · 김경민 · 최정민
편집디자인_ 양우연
관리 · 영업_ 김민원

펴낸곳_ (주)디앤씨미디어
등록_ 2002년 4월 25일 제20-260호
주소_ 서울시 구로구 디지털로 26길 111 JnK디지털타워 503호
전화_ 02-333-2513(대표)
팩시밀리_ 02-333-2514
이메일_ lnovellove@naver.com
ㄴ노벨 공식 카페_ http://cafe.naver.com/lnovel11

DATE A LIVE Vol.22 TOHKA GOOD END GE
©Koushi Tachibana, Tsunako 2020
First published in Japan in 2020 by KADOKAWA CORPORATION, Tokyo.
Korean translation rights arranged with KADOKAWA CORPORATION, Tokyo.

ISBN 979-11-278-5600-7 04830
ISBN 979-11-278-4271-0 (세트)

값 7,800원

데이트 어 불릿 1~6권

히가시데 유이치로 지음 | 타치바나 코우시 원안·감수 | NOCO 일러스트 | 이승원 옮김

"……저는 이름이 없어요. 빈껍데기예요. 당신은 이름이 뭐죠?"
"제 이름은 토키사키 쿠루미랍니다."
기억을 잃은 채 인계라 불리는 장소에서 눈을 뜬 소녀,
엠프티는 토키사키 쿠루미와 만난다.
그녀의 안내를 받아 도착한 학교에는 준정령이라 불리는 소녀들이 있었다.
서로를 죽이기 위해 모인 열 명의 소녀들.
그리고 비정상적인 존재이자 빈껍데기인 소녀.
"지는 쿠루미 씨의 일행이자 미끼…… 미끼인가요?!"
"아, 미끼가 싫다면 디코이라고……."
"똑같은 의미잖아요!"

이것은 토키사키 쿠루미의 알려지지 않은 이야기.
자— 저희의 새로운 전쟁을 시작하죠

녹을 먹는 비스코 1~3권

코부쿠보 신지 지음 | 아카기시K 일러스트 | mocha 세계관 일러스트 | 이경인 옮김

모든 것을 녹슬게 만들며 인류를 죽음의 위험에 빠뜨리는 《녹바람》 속을 달리는
질풍무뢰의 『버섯지기』 아카보시 비스코.
그는 스승을 구하기 위해
영약이라 전해지는 버섯, 《녹식》을 찾아 여행하고 있다.
미모의 소년 의사, 미로를 파트너 삼아 파란만장한 모험에 나서는 비스코.
가는 길에 펼쳐지는 사이타마 철(鐵)사막,
문명을 멸망시킨 방어 병기 유적으로 지은 도시,
대왕문어가 둥지를 튼 지하철 폐선로…….
가혹한 여정 속에서 차례차례 덮쳐오는 위협을
미로의 번뜩이는 지혜와 비스코의 필중의 버섯 화살이 꿰뚫는다!
그러나 그 앞에는 사악한 현지사의 간계가 도사리고 있는데……?!

최강의 버섯지기가 자아내는 노도의 모험담!